21世紀日本文学ガイドブック❸

# 平家物語

高木 信 編
本橋裕美 編集協力

# はじめに

本書は21世紀日本文学ガイドブックの一冊として、『平家物語』入門を企図している。ただし、一般的な入門書であれば、各巻の構成やストーリー、有名章段の解説、人物紹介、合戦の様子のヴィジュアル的再現、そしていわゆる歴史的事実と『平家物語』が創り出した歴史像の違い、歴史資料のなかの琵琶法師、『平家物語』が平安時代末期に起きた事件をどのように語っているかを解説するといったスタイル・構成をとるであろう。しかし、本書は『平家物語』の内容を解説して、『平家物語』好きを増やすということを目的とはしなかった。

※

本書は、『平家物語』を(内容や研究史や諸本の異同などを)知らなくても読めるようになるための入門書を目指すこととした。覚一本『平家物語』というテクストが、ある理論的な立場やあるテーマのもとで、どのように読めるのかに主眼を置いた。

ここにはいくつかのもくろみがある。ひとつは『平家物語』を主要な研究対象とはしていないが、他の時代のテクストを深く鋭く読んできた人たちが『平家物語』をどのように読むかを提示したいということである。理論《セオリー》(文学理論や現代思想)や、あるモチーフで『平家物語』を読んだらどのような分析結果が出てくるのかを見たかったのである。もうひとつは、読者が『平家物語』について詳しくなくても、本書の論考を参考にして、自分でも『平家物語』を分析してみようという欲望をもつようになってほしいということである。

そこで第一部では、権力、歴史、女性、物語論という角度から『平家物語』を読んだらどうなるのかを示してみた。第二部はいわゆる「理論《セオリー》」、一般的には「文学理論」(欧米では「セオリー」というと「文学理論」を指す)で『平家物語』を分析したらどうなるのかを試してみた。脱構築《ディコンストラクション》、精神分析、ポスト・コロニアリズム批評、フェミニズム批評から読む『平家物語』である。

しかし、本書は「どうですか? 『平家物語』の新しい読み方にチャレンジしてみましたよ!」ということを宣伝したいわけではない。本書を読んだあとに他のテクストを読んだら、いままでとは違う読み方をいかに発見できるのか。本書で提示したドラマティックでダイナミックな〈読む〉という出来事を、読者各自が追体験し、その上でみずからを〈読む主体〉として再構築できるようになるための入門書となることも、本書を編んだ理由でもある。

※

中学の国語で「祇園精舎の鐘の声、諸行無常の響あり。娑羅双樹の花の色、盛者必衰の理をあらはす」という冒頭章段を暗記した人は多いだろう。多くの人が知っているはずの『平家物語』。しかし、その内容はどれくらい知られているのだろうか。加えて、『平家物語』の世界へ少し足を踏み入れようとすると、清盛、重盛、宗盛、知盛……と「○盛」地獄で誰が誰で、どの人とどの人が親子で、兄弟で、主従関係かもよくわからず、混乱するはずだ。そこへ藤原○○、源××、△△天皇に△△院と登場人物も多く、どのような人なのかは訳注がついていても、その人物の具体像を把握するのには苦労する。歴史的事実についても、どの事件が他のどの出来事と関わっているのか、それ以前に出来事の時間的前後関係もきちんと整理するのは大変だ。

そのような苦労をしてしまう人のために、第三部では「略年表」や「系図」を入れた。系図は可能な限り「妻」や「母」が誰なのかをわかるようにつとめた。誰を母としているか、誰を妻(前妻、後妻を含めて)としたかは、権力関係や人物の身の振り方の原因をみるのに重要だからである。しかし、人物略歴などはあえて作らなかった。類似の入門書はたくさんあるし、人物名がわかればネットで検索できる（間違いも多いが）。

※

また、『平家物語』を読むうえでの大きなハードルは、異本の多さである。覚一本『平家物語』、延慶本、屋代本、八坂本、四部合戦状本……。どれを読めばいいのか、どこから出版されているのか、出版年は古いのかといったことの参考になるように、「主要諸本」についても整理してある。そこからなにを選ぶのかはみなさんの読書の嗜好性、必要性、そして主体的にテクストを読む姿勢におまかせする。

さて次のハードルである。日本人は「本当のこと」が好きだ。「実は○○だった」という類いの歴史新書はよく読まれているようだ。本書で分析対象としてメインにしたのは、琵琶法師が関わって作られたという（伝承を持つ）「覚一本」である（『徒然草』二二六段）。教科書などに採用されるのも覚一本であるし、一般に安価に入手できるのも、現代語訳が付いているのもこの覚一本である。しかし、この「覚一本」の『平家物語』には清盛が扇で夕日を戻した話も、木曾義仲が倶利伽羅峠で火牛の計（牛の角に松明を付けて放ち、平家の大群を谷底へつぎつぎと落とした）を用いたことも、安徳帝が女性であったという噂も、源義経が八艘飛びで平家の武将を次々倒した話も、後白河法皇と建礼門院（安徳帝の母。清盛の娘・平徳子）との、あるいは義経との情事も、安徳帝の本当の父親が徳子の夫・高倉帝ではない話も、まったくでてこない。ゴシップ的な「本当のこと」を楽しめない可能性は高い。

逆に、歴史好きの人からすれば、「こんなことなかった」「こんなことできるはずがない」「この地位ではこんなこと言えない」、だから「『平家物語』はしょせんフィクション（作り話）でしかない」と言われてしまうだろう。フィクションが創りあげる真実やねじ曲げられた事実を人々が常識として内面化することはじつは非常に多くて、フィクショナルなものが、幻想としての〈日本〉の事実、美しい〈日本〉〈日本人〉を創りあげることに加担するのだが、ここではこれ以上は踏み込まないでおこう。

『平家物語』と文学理論とは相性が悪いという人もいる。しかし、理論に相性があるだろうか。どのようなものでも分析できるのが理論であるはずだ。

※

また、テクストは好きに読めばいい、楽しく読めればいい、そして日常を少し豊かにする経験としての読書というものもあるだろうし、必要だと思う。だが本書は、楽しむための「読む方法」の提示というサービス精神だけでは出来上がってはいない。『平家物語』が出来事を〈語る〉こと、そして『平家物語』について〈語る〉こと(分析すること)、すなわちテクストを〈読む〉こと自体が持ってしまう暴力性が同時にあることを示したかった。テクストに向き合い、読解し、批評するということは、〈読む〉側にも試練を課す。「そのように〈読む〉お前は何者なのだ? どのような立場でそのように〈読む〉のだ?」という声は、みずからの内側からも、もちろん外部からもやってくる。それに誠実に答え(応え)ながら、〈読む〉という冒険は遂行される。この内なる闘いから逃亡せずに、〈読む〉ことに立ち向かわねばならないと思っている。

ある立場(理論)から、『平家物語』の新たな読解の可能性を追求したいとの思いから本書を編んだ。従来の入門書とは相貌を異にするゆえんでもある。

※

本書はどこからで読んでもいい作りになっている。興味のある理論、テーマから読んでもらってもいいし、こういうことをどう論じているんだろうというシニカルな感じで読み始めてもらってもいい。

なにはともあれ、〈文学〉を読むことの可能性が持つ力を、知って、そして信じてもらたいと思うのである。

高木　信

# 目次

## 第三部　『平家物語』の世界を案内する



【扉図版】　第一部　相模女子大学本『平家物語』巻第一「祇園精舎」（相模女子大学附属図書館蔵）
第二部　鵺（『怪物画本』国際日本文化研究センター蔵）
第三部　倶利伽羅合戦図（錦朝楼芳虎／画、部分掲載、富山県立図書館蔵）

平家物語 1

# 第一部 『平家物語』の世界へ侵入する

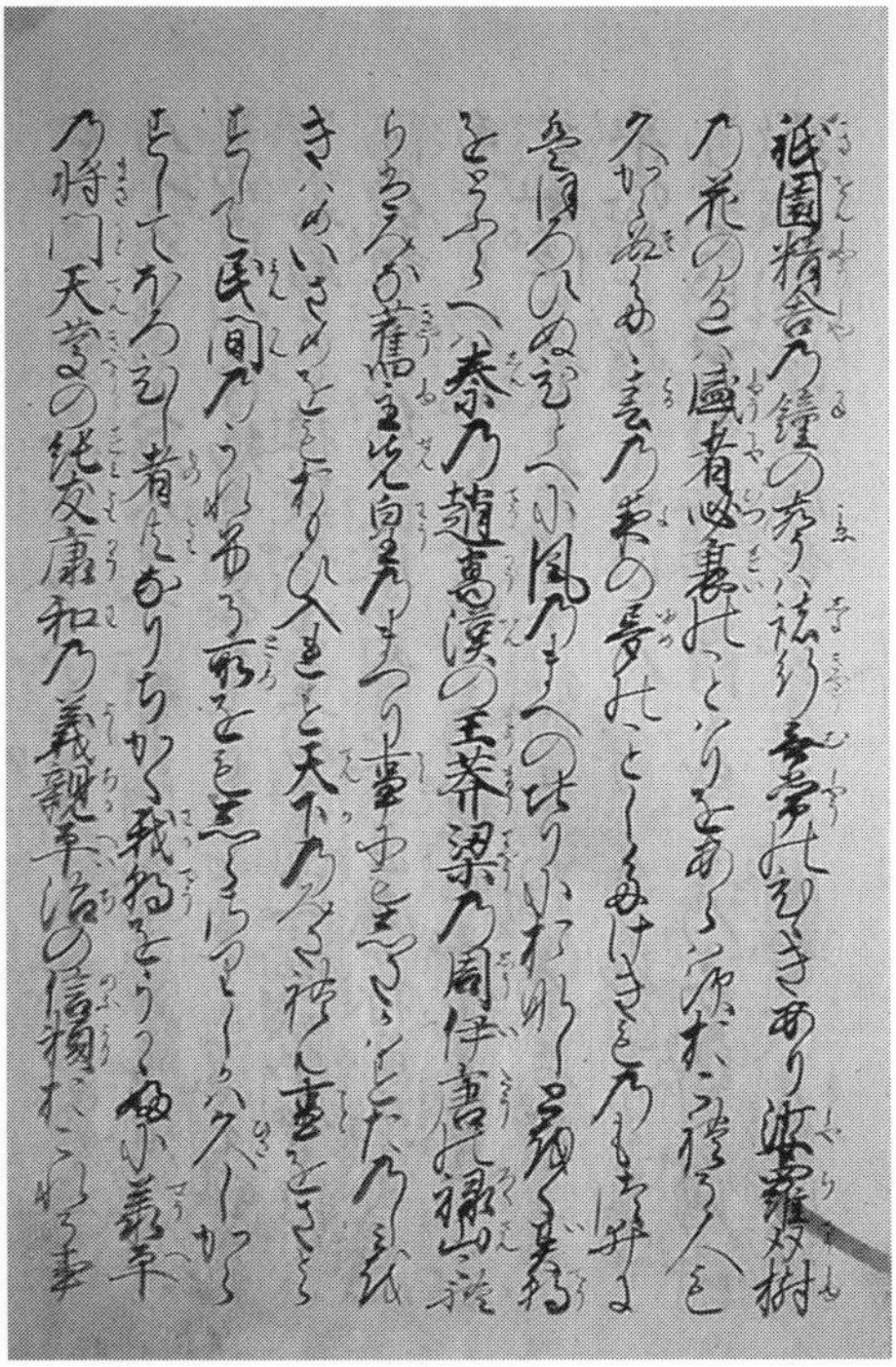

# 1　『平家物語』の権力——王法と仏法の視点から

大津雄一

## 一　はじめに

権力とは、非対称的な主体間関係において、ある主体が他の主体を強制し服従させる力である。したがって、フーコーが『性の歴史Ｉ　知への意思』で述べたように、社会全体のそれぞれの場所、男と女の間、家族の間、教師と生徒の間、知る者と知らざる者の間などに権力は存在する。

前近代においてもそれは同じである。権力はさまざまな場に発生していたに違いないが、共同体におけるそれについて考えようとするとき、まずは共同体の支配の総体的統一性を維持しようとする権力のありようを問題にしなければならない。それゆえ、『平家物語』の歴史叙述の構造を考える際には、天皇王権をどのように表象しているのかが、もっとも中心的な課題となるであろう。その実体がどうあろうと、あるいはどうマイナーチェンジをしようと、想像上は、この国は天皇王権を至高とする王土の共同体であり続けたのである。

## 二　〈王権の絶対性の物語〉

種々の物語で肉付けされていようとも、少なくとも『太平記』に至るまでの軍記物語の歴史叙述の骨格をなすのは、〈王権への反逆者の物語〉＝〈王権の絶対性の物語〉であると、すでに述べたことがある（『軍記と王権のイデオロギー』）。それは、

天皇王権の至高性を共通の規則とする共同体内部の秩序に、異者が混沌を一時的に現出させるが、天皇王権を護持する超越者の加護のもと、異者は忠臣により排除され、共同体は秩序を回復する。

という〈物語〉である。「異者」や「忠臣」などに固有名詞を当てはめれば、それぞれの軍記の要約が得られるはずだ。

たとえどれほど偉大な力を持ち、同情すべき点のある英雄的「異者」であろうとも、王権に背く者は必ず排除され、結局のところ王権の絶対性が証明されるのである。王国の歴史である以上、それは必然のことである。共同体の歴史とは、共同体の正当性を語るものである。共同体を否定するような歴史叙述は共同体内に流通せず、それでは共同体の歴史というに値しない。

もちろん天皇王権は、九世紀中頃には、神から授けられた特権的人格により支配を行う具体的・実体的存在から、その権威によって王朝型権力システムの起点として機能する抽象的・象徴的存在へと変質している。だから天皇は清和のごとく九歳の子どもで十分となったのである。かつての大王たちのように宣命によって自らの意思を直接表明することはなくなり、支配領域を巡視することもなくなり、宮中

の奥の不可視の領域にあって神秘性を高めることになる。王は記号化されたのである。そうであるからこそ、王権の聖性は損なわれることのないように厳重に管理されなければならないし、その聖性の不断の教育が必要になる。それが不可能になったとき、共同体は崩壊することになる。王権の絶対性こそが王土の共同体を成り立たせている根本ルールであり、それを教育して権力空間の維持に貢献するのが〈王権の絶対性の物語〉である。

## 三　王法仏法相依論

権力は、人々の内的服従を勝ち取るために権威を必要とする。天皇あるいは治天の君である院は、彼がこの世界を創った神の子孫であるという神話によって権威づけられて、絶対的存在として君臨する。そして、その王にさらなる宗教的な権威を付与して王権を飾り立て、さらには王権を護持する「超越者」の役目を担ったのが仏教であった。

中世ヨーロッパでは、王の権力がその領域内において最終的な決定権を持つが、その権力は「神」に与えられたものであるという王権神授説が流通した。王は、教会によって権威を付与され、それゆえ世俗的権力である国王と宗教的権力である教皇が並び立つことになる。

中世日本でも同じように主権者である世俗的権力の天皇王権と宗教的権力である寺院権力が並び立った。とはいっても、寺院勢力は王朝型権力システムの一部としてあるので、現実的には王権に従う存在であるが、彼らが理念上、王権と並び立てる根拠が「王法仏法相依論」であった。「王法」とは、国王の施す法令や政治さらには国王のもとでの秩序のこと、「仏法」とは仏の説いた教えあるいは人々を導く教法のことである。この両者が互いに支え合うことにより世界の秩序は維持されるのであり、ともに欠くことができないというのが「王法仏法相依論」である。仏法はその超越的力によって王と王土を守り、その宗教的権威によって王と王土を荘厳する。それに応えて王は仏法を庇護するのである。『平家物語』も、たとえば巻四「南都牒状」に、「仏法の殊勝なる事は、王法をまぼらんがため、王法また長久なる事は、すなはち仏法による」とあるように(引用は、大津雄一・平藤幸『平家物語 覚一本 全改訂版』武蔵野書院)、この論理に従う。

もちろん、仏たちだけではなく、同じく超越者である神々も、彼らの子孫である天皇と国土を守った。たとえば、巻五「福原院宣」の清盛追討の院宣の中に、

頃年《しきりのとし》より以来《このかた》、平氏王皇蔑如して、政道にはばかる事なし。仏法を破滅して朝威をほろぼさんとす。それ我朝は神国なり。宗廟あひならんで、神徳これあらたなり。故に朝廷開基の後、数千余歳のあひだ帝猷をかたぶけ、国家をあやぶめんとする者、みなもッて敗北せずといふ事なし。

とある。神国日本は神々が守る。実際、巻三「無文」には、清盛の首を春日大明神が取るという夢告が重盛にあり、巻五「物怪沙汰」には、八幡大菩薩や春日大明神たちが、清盛に預けておいた節刀を召し返すという夢告が源雅頼に仕える青侍にある。巻七「願書」では、八幡大菩薩は義仲の平家追討の祈願を納受し、巻一一「志度合戦」では、源義経が屋島へと向かった夜、住吉の神が鏑矢を西へ放ち、同「鶏合 壇浦合戦」では、熊野の神が別当湛増に源氏に味方することを命じ、同「遠矢」では、壇浦の義

経の前に八幡大菩薩が白幡の奇瑞を現わす。神明擁護もこの国の一つのルールであった。神仏習合の世界において、神と仏とを明確に区別することは難しい。しかし、『平家物語』の特に前半においては、王権守護の役割は、そのより多くを仏法が担っている。

ただし、仏法は王法と対立する時もある。古代仏教の鎮護国家思想に発する王法仏法相依論が明確な形になって表れるのは一一世紀後半からである。それは決して王権主導で生み出されたものではなかった。律令体制が崩れて、国家からの経済的な庇護を受けられなくなり、荘園経営を基盤とする封建領主、いわゆる「権門」と化した寺院勢力が、王権からの侵害、たとえば国衙を介しての領地への干渉を排除するために唱え出したのがこの理論である。建前上はその宗教的な力によって王権に奉仕する姿勢を標榜しながら、実は王朝型支配システムの中で自己の権益を確保するために編み出された思想である。したがって、自己の権益が侵害されそうなときには、王権に対しても抵抗してそれを守ろうとする。それは、中世ヨーロッパで国王と教皇がしばしば厳しく対立した構図と似ている。

## 四　白山事件と鹿谷事件

仏法の担い手として力を持ったのが比叡山延暦寺(山門)である。「賀茂河の水、双六の賽、山法師、これぞわが心にかなはぬもの」(巻一・願立)という白河院の言葉はあまりにも有名だが、いわゆる白山事件でも山法師は王である後白河院と厳しく対立する。

安元二年(一一七六)の夏、加賀守近藤師高の弟で、目代となった近藤師経は加賀国に入る。この兄弟の父は後白河院の寵臣西光法師である。師経は、前例を破って白山の末寺の鵜川寺に押し入って乱暴を働き衆徒と争いになる。一旦は退いた師経は在庁の武士たちを率いて押し寄せて火を放ち、寺を焼き払ってしまう。白山の衆徒は憤り、師経の舘に押し寄せるが、師経は都へ逃げ上ってしまう。そこで白山の衆徒は、白山中宮の神輿を比叡山へ振り上げて日吉社に入れ、本寺である延暦寺に訴える。

延暦寺は、師高・師経兄弟の処罰を朝廷に訴えるが、後白河院の裁断が下らない。業を煮やした山法師たちは翌三年四月、十禅師・客人・八王子の神輿を振りかざして内裏へ迫るものの、武士の放つ矢に防がれ、神輿を陣頭に放置して山へ帰り上り、山上を焼き払って退去すると僉議する。ここに至って、ようやく朝廷は、師高・師経兄弟と、神輿に矢を放った武士たちの処罰を決定する。

しかし、事はこれで終わらず、憤りの治まらない後白河は、治承元年(一一七七)五月になって天台座主明雲の流罪を命じる。延暦寺では大衆が僉議し、末代とはいえ、どうして護国の霊地である我が山を傷つけることができようかと憤り、流される途中の明雲を奪い返そうと山を下る。明雲は、勅勘を蒙り流罪となった以上はすみやかに流刑地に向かわなければならないと、王権への恭順の意を表するが、戒浄坊の阿闍梨祐慶という悪僧に一喝されて山上へ連れ戻される。しかし僉議の場で、勅勘の流人を貫首に戴いていいものかと議論になる。すると祐慶は、「それ当山は、日本無双の霊地、鎮護国家の道場、山王の御威光盛んにして、仏法王法牛角なり」と高言し、罪のない座主の処罰を受け入れたならば、興福寺や園城寺のあざけりを受けることになる、自分が張本人とされて処刑されてもそれはむしろ面目である、と昂然と言い放つ(巻二・一行阿闍梨之沙汰)。彼は、「仏法王法牛角なり」と王法仏法相依論を根拠として一歩も引かない。

梶原正昭が明らかにしたように、この紛争は、本来国領であるはずの加賀の土地の帰属をめぐっての国衙対衆徒の争いであり、それが中央に持ち込まれて院庁対山門の争いとなったものである。それは、権門支配の封建領主体制における不可避な衝突であった。一見、『平家物語』もそのような歴史的意味づけをしているかにみえるが、実はそうではない。王法と仏法とが対立した事件としてではなく、仏法が王法を守った事件として語られるのである。

物語によれば、そもそも白山事件は、卑しい成り上がり者で奢り高ぶった西光父子によって引き起こされたものであり、後白河による明雲流罪も、「加賀国に座主の御坊領あり、国司師高、これを停廃の間、その宿意によッて大衆をかたらひ、訴訟をいたさる。すでに朝家の御大事に及ぶよし」を(巻二・座主流)、西光父子が讒言したからであると説明される。また、明雲を奪還した山門を処罰するようにと促す西光法師を、

身のただいまほろびんずるをもかえへりみず、山王大師の神慮にもはばからず。かやうに申して宸襟をなやまし奉る。讒臣は国をみだるといへり。実なるかな、叢蘭茂からんとすれども、秋風これをやぶり、王者明らかならんとすれば、讒臣これをくらうすとも、かやうの事をや申すべき。

と、語り手は強く非難する(巻二・西光被斬)。そして、院庁の別当新大納言成親主導の平家打倒計画である鹿谷の陰謀が、多田行綱の密告によって露見し、西光と子どもたちが処刑されると、物語はこの顛末を、

これらはいふかひなき者の秀でて、いろふまじき事にいろひ、あやまたぬ天台座主、流罪に申しおこなひ、果報やつきにけん、山王大師の神罰冥罰を立ちどころにかうぶッて、かかる目にあへりけり。

と総括する(巻二・西光被斬)。つまり物語は、本来別のものである白山事件と鹿谷事件を一連のものとしてとらえ、王法を損なう讒臣西光法師を延暦寺の奉じる日吉山王権現が排除した出来事として語るのである。

王家と延暦寺という二つの権門の権力闘争とみえたのは表面的な事象にすぎず——物語は確かに両者の緊迫した対立を描いているにもかかわらず——、実は山門が王権を損なう西光という讒臣を排除した事件であったのであり、仏法が王法を守った事件であったのだ、と語り収めるのである。

歴史的事実がどうであろうと、物語はそう語らなければならなかった。なぜなら、現実がどうあろうと、理念上、仏法はあくまでも王法と一体であり、王法を守り、荘厳するために存在するからである。それが王土の共同体のルールである。

## 五　危機

讒臣西光がもたらした危機は山門の働きにより回避された。物語は、仏法の使命を果たした山門の威力を語る。しかしその一方で、物語は山門の横暴と衰退を語り、ひいては王法の衰退を語る。

白山事件の前に、物語はすでに巻一「額打論」、「清水寺炎上」で、山門の横暴を語っている。永万元年（一一六五）二条天皇が崩御し、その葬送の夜、山法師は大きな騒ぎを起こす。帝の葬送の際には奈良・京都の大衆が供奉をして墓所の四方に寺々の額を懸けるが、その順番は、まず東大寺、次いで興福寺、延暦寺、園城寺と続くのが恒例である。ところがこのとき延暦寺は、東大寺の次、興福寺の前に額を懸ける。怒り狂った興福寺の中から悪僧二人が躍り出て延暦寺の額を切り落として、額を割ってしまう。恨みを抱いた山門の悪僧たちは、その二日後に興福寺の末寺であった清水寺を襲い、焼き払ってしまう。彼らが守らねばならないはずの王の葬儀の場で騒動を起こし、他宗とはいえその末寺を破壊する。そこには仏法の頽廃したありさまが語られている。

巻二「山門滅亡 堂衆合戦」では、園城寺での伝法灌頂を願う後白河に対して、山門は、前例に従い延暦寺で行うべきであり、もし園城寺で行うようならば寺を焼き払うと脅す。仕方なく院は天王寺で灌頂を行う。ここにもおのれの体面にこだわる山門の姿が描かれる。

ところがその山門では、堂衆と学生とが対立し、官軍を巻き込んでの武力闘争が繰り返される。その結果山門は荒れ果て、語り手は、天竺・震旦の仏法はすでに衰退したが、日本でも「南都の七大寺、荒れはてて、八宗九宗も跡たえ、愛宕護、高雄も、昔は堂塔軒をならべたりしかども、一夜のうちに荒れにしかば、天狗の棲となりはてぬ。さればにや、さしもやゝごとなかりつる天台の仏法も、治承の今に及んで、亡びはてぬるにや」と嘆く（巻二・山門滅亡）。さらに善光寺も炎上し、「『王法つきんとては仏法まづ亡ず』といへり。さればにや、『さしもやごとなかりつる霊寺霊山のおほくほろびうせぬるは、王法の末になりぬる先表やらん』」（巻二・善光寺炎上）と、人々は嘆いたとする。

物語は、仏法の衰退を歎き、それが王法の衰退にも及ぶであろうと嘆くのだが、王法もすでに平清盛によって損なわれていた。永万元年の清水寺炎上の騒動の際に、後白河が延暦寺の大衆に平家追討を命じたという噂が広まるが、後白河が六波羅へ御幸してこの騒動は収まる。しかし清盛は、後白河への疑いを解こうとはせず、重盛に諫められる。一方西光は、「『天に口なし、人をもッていはせよ』と申す。平家以ての外に過分に候ふあひだ、天の御ぱからひにや」と語ったという(巻一・清水寺炎上)。さらに、平家悪行の始めとされるのが、清盛が関白基房の行列を襲わせたとする「殿下乗合」の事件だが、物語はこの頃すでに後白河は、「清盛がかく心のままにふるまふこそ、しかるべからね。これも世末になッて、王法のつきぬる故なり」と(巻一・殿下乗合)、王法が末になって清盛の専横を許していることを嘆いていたという。永万元年あるいは、乗合事件のあった嘉応二年(一一七〇)のこの時点での後白河と清盛との対立は事実ではなく、物語の虚構であるが(日下力『平家物語の誕生』)、物語は危機を語らなければならないのである。巻三「飈」でも、京の町を破壊した辻風に対して、「今百日のうちに、禄をおもんずる大臣の慎み、別しては天下の大事、並びに仏法王法共に傾いて、兵革相続すべし」と、平重盛の死とその後の内乱を予告する占いの結果が出たと危機感を煽る。

物語は、仏法と王法が危機の状態にあることを、その初めから頻りに訴えている。この背景には、末法思想や百王思想などにみられるような、この時代に蔓延していた末世感、末代感がある。もちろん、だから甘んじて共同体の破滅を受け入れよ、などと物語は諭しているわけではない。王土の共同体は決して崩壊することはない。深刻な王法の危機が訪れれば、仏法は、十全に機能して「異者」を排除するのだ。白山事件・鹿谷事件がその証明である。治承四年(一一八〇)の以仁王の挙兵の際には、園城寺との確執から延暦寺は同意しなかったが、園城寺とその誘いを得た興福寺の大衆は、「仏法の衰微、王法の牢籠」をもたらした清盛、「ほしいままに王法を失ひ、仏法をほろぼさん」とする清盛を除こうと決起する(巻四・山門牒状)。このときは叶わなかったものの、王法と仏法とをともに損ない、この世界を滅ぼそうとした大悪人清盛は、奈良の寺寺を焼滅ぼした仏罰によって、高熱にもだえ苦しんで排除されたのである。物語は、「仏法とはこのように大切なものだ、なるほど仏法の現実は見て来たように惨憺たる有様で、放置すれば王法も破綻する、危機はすぐそこにある、しかしそのような今であるからこそ、我々の共同体を成り立たせているものは何かを確認せよ」と、促しているのである。

危機を煽ることによって、内部の結束を強め、自らの延命をはかるのは共同体の権力の常套的な戦略である。権力は常に危機を必要とする。共同体の内部から生み出される危機、外部から訪れる危機、危機がなければ共同体は弛緩し、権力空間は崩壊してしまう。そのような延命のシステムを『平家物語』にも認めることができる。物語は危機を煽って視線を集め、同時に王土の共同体の不可侵性を教育するのである。

## 六　暴力

宗教的権威とその加護とともに、王土の共同体の維持に不可欠なのは暴力である。暴力は権力の重要な資源である。暴力をシンプルに「強制する力」と規定すれば、言葉や金品などによるそれもあるわけだが、政治的権力にとって最も直接的で即時的な力は、敵対者に物理的な打撃を与えるむき出しの暴力=武力であろう。

権力はしばしばむき出しの暴力によって成立する。天皇王権も、その後どのように平和主義者を気取ろうとも、あまたの暴力によって成立したことは自明である。ヴァルター・ベンヤミンは、この新たな秩序(国家・法)を形成する暴力を「法措定的暴力」と称した。そして、ひとたび権力空間が成立すると、権力は法の維持のためと称して暴力を占有する。ベンヤミンはこれを「法維持的暴力」と称した。寺院勢力が宗教的権威を用いてそうしたように、源氏と平氏は天皇王権の「法維持的暴力」として、権力空間に参入し利益を得ることになったのである。

『平家物語』巻一「二代后」に、

昔より今に至るまで、源平両氏朝家に召しつかはれて、王化にしたがはず、おのづから朝権をかろむずる者には、互ひにいましめをくはへしかば、代の乱れもなかりしに、保元に為義きられ、平治に義朝誅せられて後は、すゑずゑの源氏ども、あるいは流され、あるいはうしなはれ、今は平家の一類のみ繁昌して、頭をさし出す者なし。いかならん末の代までも何事かあらむとぞみえし。

とある。同様な考え方は、巻四「永僉議」、巻一〇「千手前」にもみられる。ここには、源平二氏が「法維持的暴力」として王権に奉仕したことが明確に語られているが、同時に彼らが共同体に危機をもたらす存在ともなりえることも示されている。

武力は制御不能な暴力となって王権を損なおうとすることもあるが、その時には他の武力が「法維持的暴力」として機能してこれを排除するというわけである。治承・寿永の内乱では、平家一門は、義仲そして頼朝・義経という源氏によって排除され、義仲は頼朝・義経たちに排除される。都に騒乱をもたらしかねなかった義経は、頼朝によって排除される。彼らは、物語において二つの点で王権に奉仕しているのだ。一つは、もちろん王権を守るという点において、一つは王権に危機をもたらし、そして排除されることによって王権の絶対性を立証する点においてである。

この国では結果的に起こらなかったが、制御不能の暴力が共同体を崩壊させることももちろんありえる。その時その暴力は、新たな共同体を誕生させた「法措定暴力」として新たな共同体によって語られることになるであろう。

暴力は共同体の延命に必要な危機をもたらし、同時にその危機を排除することによって共同体の存在の正当性を示すことができるのだ。物語はそれをシミュレートする。武士という暴力装置は、「異者」の役割も「忠臣」の役割も担える有益な存在なのだ。

## 七　「変革の物語」？

戦後、永積安明は、治承・寿永の内乱を武士という領主階級による革命的運動としてとらえ、平家の没落を同情的に描きながらも、「歴史の進歩、変革の必然性」を、全体として動かしがたいものとして語ったのが『平家物語』であると論じた。しかしそれは、明白な誤りである。マルクス主義的発展史観に従う永積のロマンティックな読みに過ぎない。永積のいうように、『平家物語』には東国の武士や悪僧たちの個性的で力強い言動が、確かに描かれている。しかし、彼らは誰一人として新たな時代の扉を押し開くのだ、などと発言してはいない。彼らはおのれの、あるいは彼らが属する組織や一族の名誉と利益のために戦っているだけである。清盛も頼朝も義仲も義経も新たな武士の世を拓くのだ、などと考えてはいない。確かに物語は変革期に取材してはいるが、この内乱を「歴史の進歩、変革の必然性」として語っているわけでは断じてない。変革期に取材していることと変革を描いていることとはイコールではない。

『平家物語』が望んでいるのは、王法が正しく行われたという過去の聖代に世が戻ることである。末代の今、それが叶わないならば、せめて今ある秩序や規範を乱してはならないのである。

だから、源三位頼政の挙兵も、大人しくしていればよいものを、「よしなき謀叛」を起こしたと非難される(巻四・鵼)。義仲は都の秩序を保てなかったことを非難され、義経は「京都にいささかのわづらひもなさず、浪風もたてず」に都落ちしたことを、よしとされる(巻一二・判官都落)。

さらに、物語は過分な振る舞いをする人間を嫌う。清盛は、捕縛した西光に向かって、「下﨟のはて」であるのに「父子共に過分のふるまひ」をしたと罵倒する(巻二・西光被斬)。これ以前に物語は、彼らが「熟根いやしき下﨟」であり、彼ら北面の者たちは身の程に合った振る舞いを知らず、この頃は「以ての外に過分」であったと批判している(巻一・俊寛沙汰 鵜川軍)。しかし、西光は清盛こそが最も過分な存在であると反論して清盛を黙らせる。物語は旧来の身分秩序を破って成り上がり、分際に過ぎた振る舞いをし、関わるべきでないことに関わる人間を嫌うのである。西光だけではない。家柄に過ぎた大将の官を望み鹿谷事件の首謀者となった新大納言成親も排除され、そしてもちろん清盛も排除される。義経も頼朝から「定めて過分にふるまひせんずらん」と疑われて排除され(巻一一・文之沙汰)、頼朝も惣追捕使の任命と一反ごとの兵粮米の徴収を願い出て「これは過分の申状なり」と後白河院から非難される(巻一二・吉田大納言沙汰)。身の程を知らない「過分」な振る舞いは嫌悪の対象である。

秩序の維持が何よりも大切なのである。そのような物語がどうして変革の物語を語れようか。『平家物語』は、とても保守的な物語である。それは、歴史が共同体の正当性を語るものである以上ごく自然なことなのだ。内乱は確かに起こってしまった。それは歓迎すべき現実ではない。しかし起こってしまった以上は、それを共同体の利益となるように消化＝物語化＝歴史化するまでのことなのである。

## 八　おわりに

『平家物語』から、権力のありようやその維持のシステムを学ぶことができる。その営為は私たちを物語の快楽から遠く引き離すことになるが、この国の歴史叙述の「伝統」についての考察へと誘う。『平家物語』が成立したのは、承久の乱後である。すでに王権は大きく傷ついていた。応安四年（一三七一）、覚一本が書き記される。もはや王権は南北に分裂していた。それでも歴史を物語ろうとするときには、現実はどうあろうと王権は絶対的存在であり、想像上の産物である王土の共同体は維持されなければならなかったのだ。では、この国のその後の歴史叙述の枠組みは現在に至るまでどのように変化したのか、あるいは変化しなかったのか、それを記述することが次の課題となるであろう。

■参考文献
ヴァルター・ベンヤミン、野村修訳『暴力批判論』一九九四、岩波書店

大津雄一『軍記と王権のイデオロギー』二〇〇五、翰林書房
大津雄一『『平家物語』の再誕―創られた国民叙事詩』二〇一三、ＮＨＫ出版
大津雄一『挑発する軍記』二〇二〇、勉誠出版
大津雄一・日下力・櫻井陽子・佐伯真一編『平家物語大事典』二〇一〇、東京書籍
梶原正昭『軍記文学の位相』一九九八、汲古書院
日下力『平家物語の誕生』二〇〇一、岩波書店
杉田敦『権力論』二〇一五、岩波書店
永積安明『中世文学の展望』一九五六、東京大学出版会
永積安明『平家物語』一九五七、誠信書房
ミシェル・フーコー、渡辺守章訳『性の歴史Ⅰ　知への意思』一九八六、新潮社

# 2 『平家物語』と歴史資料──虚構の視点から

塩山貴奈

## 一 はじめに

『平家物語』は、何を語っているだろうか。平家一門の栄枯盛衰だろうか、十二世紀後半という激動の一時代だろうか。そもそも、『平家物語』とはいったい何物なのだろうか。

『平家物語』の成立にかんしては詳らかでないことも多いが、平家一門が栄え、そして凋落していったその当時の記録など、さまざまな資料が参考にされたと考えられている。だが、『平家物語』が伝える内容は、かならずしも歴史的事実のとおりではない。『平家物語』には、多くの虚構も含まれている。

このように説明ができるのは、これまでの研究において、ある出来事、ある人物にかんする『平家物語』の叙述と、同事件、同人物について記す歴史資料とが丹念に照らしあわされ、そこにあまたの齟齬が見いだされてきたからだ。そこから、『平家物語』が甲について甲ではなく乙と語るのは何故かという追究がなされ、『平家物語』の叙述意図や成立背景などが論じられてきた。『平家物語』の虚構は、『平家物語』という存在についてより深く知り、考えてゆくための手がかりとなってきたのである。

『平家物語』について知ろうとするとき、『平家物語』そのものと向き合うことが重要なのは言うまでもない。しかし、『平家物語』と『平家物語』以外の資料を比べあわせることによってはじめてみえてくるものも多い。よって、本章では、『平家物語』の世界に踏み込むひとつの方法として、歴史資料から、そして『平家物語』の虚構から何がみえてくるのかということを考えてみたい。なお、特にことわらない限り『平家物語』の要約や巻数は覚一本『平家物語』による。

## 二　物語の創出

『平家物語』の虚構とは、具体的にどのようなものか。その一例として、源頼朝の挙兵をめぐる物語をみてみる。

源頼朝(一一四七～一一九九)が平家一門を討つべく挙兵をしたのは、治承四年(一一八〇)のことだ。頼朝の挙兵は、『平家物語』内にかぎらず、歴史上の重大事件のひとつといってよいだろう。そんな頼朝の挙兵について、『平家物語』は、神護寺の勧進聖文覚(一一三九～一二〇三)の説得によって成し遂げられたものであったと語る。話のおおまかな展開としてはこうだ。

治承三年(一一七九)三月、文覚は神護寺修造の勧進のため、管弦の催しのさなかであった後白河院の御所法住寺殿に入り込む。大音声で勧進帳を読み上げ、文覚をとめようとする人々と大乱闘となり、さんざんに悪口を放つ。文覚は捕らえられるも、ほどなく美福門院の死去による大赦で許される。しかし、その後も文覚は勧進活動をおこなうなかで、不吉なおそろしいことを言ってまわるので、伊豆へ流されることとなった。そこで文覚は、平治の乱で伊豆流罪となっていた頼朝のもとを訪れるようになり、挙兵を勧める。なかなか頷かない頼朝に、文覚はみずから都(福原)へ向かい、平家討伐の院宣を得て戻ってくる。院宣を受け取った頼朝は、挙兵を決意する（巻第五「勧進帳」「文覚被流」「福原院宣」）。

偶然が重なって生まれた邂逅は運命的で、なんともドラマチックに時代が動き出していくようにみえる。だが、ひとつひとつの事柄について歴史資料を確認してみると、この物語はあくまで『平家物語』によってつくりだされた歴史の一幕であるということがわかる。

文覚は、たしかに御所に乗り込み、伊豆に流されている。だが、文覚が御所に入って捕らえられたのは、承安三年（一一七三）四月二十九日のことであった。九条兼実の日記『玉葉』には、次のようにある。

高尾聖人文覚参院中、眼前所望千石庄、依無許容、吐種々悪口、殆放言朝家云々、仍北面輩承仰弱(搦)捕之凌礫、給検非違使云々、是又天魔所為也、

（『玉葉』承安三年四月二十九日条）

文覚が院中で悪口を言い散らしたというのは、『平家物語』の創作ではなく、実際の文覚の行動であったようだ。文覚はこのあと伊豆に流罪となるが、「文覚四十五箇条起請」（文覚によって定められた神護寺における規定）によれば、治承二年（一一七八）に勅勘を解かれていたという。

また、『平家物語』は美福門院死去の大赦で文覚が許されたとするが、美福門院死去は永暦元年（一一六〇）十一月のことである（中山忠親の日記『山槐記』永暦元年十一月二十三日条）。『平家物語』のなかでも、延慶本や四部合戦状本は、美福門院ではなく上西門院の死去の恩赦とするが、上西門院死去は文治五年（一一八九）七月のことなので（仲資王の日記『仲資王記』文治五年七月二十日条）、どちらにしろ

時系列がおかしい。

実際に文覚が頼朝の挙兵に関与していたかどうかはまた別の問題だが、少なくとも、『平家物語』はさまざまな出来事の時系列を操作し、文覚が引き起こした院中での事件とそれにともなう伊豆流罪を、直接的にはつながっていないはずの頼朝の挙兵と結びつけ、ひと続きに語っている(山田昭全・一九六五)。伊豆に流された文覚がその地で頼朝と相まみえ、挙兵を決意させるという展開は、『平家物語』によって用意された物語なのである。

頼朝の挙兵は、新しい時代のはじまりのその瞬間といっていいかもしれない。『平家物語』がその大事件をどのように認識し、歴史上どのような位置づけをしようとしたのか。『平家物語』にとって頼朝とは、文覚とは、何者であったのか。頼朝挙兵をめぐる虚構の物語は、こうしたわたしたちの問いに多くの示唆を与えるだろう。

## 三　何が虚構なのか

前節のとおり、『平家物語』の虚構は、大きく移り変わる時代を『平家物語』がどのようにとらえ、説明しようとしたのかを探るヒントとなっている。『平家物語』には、甲を乙であると語らざるをえない、ないしは、そう語りたい事情があったというのなら、それは一体なんなのか、ということだ。

虚構であるからこそ、『平家物語』の歴史認識や価値観が反映されており、成立時期やその環境に起因する表現、思想もにじみでている。表立って語られることのない、『平家物語』の内情を伺うことができる。ゆえに、『平家物語』はどのような虚構の物語をつくりあげているのかということが大きな問題となってくるわけだが、だからこそ、『平家物語』の虚構とは、わたしたちにとって決して自明のものではないということにも注意をしておきたい。

ある事件について、『平家物語』と別の歴史資料の記述を比べてみると、その事件の時期や場所が違う。当事者が違う。そんな例はごまんとある。だが、その違いは、『平家物語』が単純に事実誤認や誤記をしていただけで、特に深い意味がないとしたら、それは『平家物語』が意図的につくりだした虚構とはいえまい。はたまた、わたしたちの歴史資料の解釈が妥当ではなく、じつは『平家物語』と歴史資料のあいだに齟齬があるわけではないとしたら、それは、『平家物語』の虚構でもなんでもないことになる。

ここで、『平家物語』では平家一門の「悪行のはじめ」として語られる「殿下乗合事件」について考えてみたい。『平家物語』が語る事の顛末は以下のようなものだ。

平資盛(重盛息)と時の摂政藤原基房が偶然行きあった際、資盛がとるべき礼をとらなかったため、基房の従者が資盛に恥辱を与えた。それに激怒した清盛が一門の侍に命じて、参内する基房の車を襲わせ、報復をした。重盛は、資盛に非があったとして怒り狂う清盛を諫めていたが、清盛は重盛に相談することなく報復に及んだという(巻第一「殿下乗合」)。

さて、この事件の実際の顛末はどうだったのだろうか。基房が襲われるという事件はたしかに発生している。ただし、当時の貴族の日記などによると、じつは資盛が受けた仕打ちに怒り、侍たちに報復を命じたのは重盛であった、というのが従来の殿下乗合事件にたいする理解であった。すなわち、『平家物語』が実際の出来事を加工して、清盛が報復を企てたことにし、重盛はむしろ清盛を諫める側であったという物語をつくりだしていると解釈されてきたのである。『平家物語』において、清盛は専横きわめる驕った人物であり、対する重盛は、父とは対照的な冷静で温和な賢人として描かれる。そのため、『平家物語』では殿下乗合事件も重盛ではなく、清盛が引き起こした平家の悪行のひとつとした、というわけだ。

こうした解釈は、『玉葉』や九条兼実の弟である天台座主慈円(一一五五～一二二五)の著『愚管抄』にみえる殿下乗合事件にかんする記述を根拠としたもので、ながらく歴史学や『平家物語』研究における定説になっていた。しかし、近年、これらの歴史資料の再検討から、殿下乗合事件の首謀者が重盛であったと断定することはできないという見解が示されている(曽我良成・二〇一七)。重盛が首謀者でなかったとすれば、「『平家物語』は殿下乗合事件の首謀者を重盛から清盛にすり替えた」という解釈は、成り立たなくなる。ひとつの資料、ひとつの記述をどうとらえるかによって、何をどう論じられるのかも大きく変わってくるのである。

むろん、むやみやたらに先行研究を疑えということではない。しかし、真摯に歴史資料と向き合い、丁寧な検討をおこなうことによって、たえず従来の解釈の妥当性を問うことによって、新たに気づかされることはあるだろう。

また、近年、多くの歴史資料の活字化や電子化がすすみ、データベースなどもつぎつぎと整備されている。膨大な情報へ瞬時にアクセスすることが可能となった今、それらを活用することで、これまで見過ごされてきたような歴史資料に出会うことがあるかもしれない。その歴史資料によって、『平家物語』がもっともらしい顔をして語っている物語のなかに、虚構があることに気づくかもしれない。そうした可能性も大いに残っているはずだ。

『平家物語』には、膨大な先行研究があり、いまさら新しい発見などないように思うかもしれない。しかし、よく知られた歴史資料に改めて向き合ってみることで、また、今まで注目されてこなかった歴史資料にも目を向けてみることで、きっとわたしたちはまだまだ知らない『平家物語』の一面にふれることができる。『平家物語』と歴史資料をあわせよむ面白さと楽しみは、こうしたところにあるだろう。

## 四　歴史資料のなかの『平家物語』

ここまで、『平家物語』のなかの虚構について考えてきたが、ここからは、『平家物語』、歴史資料、虚構というキーワードはそのままに、少々視点を変えてみたい。

今、わたしたちがある出来事にかんする歴史的事実を知ろうとするとき、先にみた、『玉葉』などの信憑性の高い歴史資料を頼りにする。『平家物語』の内容を鵜呑みにすることはあるまい。現代のわたしたちには、『平家物語』に限らず「物語」と名の付くものは、少なからず虚構を含む創作物だという認識があろう。

だが、前近代の人々にとって、平家一門と同時代に生きた貴族の日記や寺社に残された記録などは、必ずしも容易に閲覧できるものではない。では、そうした社会において、『平家物語』はどのように受け入れられていただろうか。後世に成立した歴史資料から、断片的にではあるものの、『平家物語』に対する人々の意識を追ってみる。

正安二年（一三〇〇）に成立した『性空上人伝記遺続集』という資料がある。昌詮という僧が編纂したものて、同書には、平清盛の真筆とされる願文について言及する箇所がある。その願文は、仁安三年（一一六八）九月二十三日の日付を持ち、「沙弥清蓮」という署名があるというのだが、昌詮は次のように述べている。

> 但此願文大政入道真筆ト云事不審ナリ、平家ノ物語云ク、仁安三年十一月出家法名静海ト云々、願文者九月也、又法名清蓮ナリ、仍旁不審ナリ、追可詳之ヲ一、

『平家物語』によれば、清盛が出家をしたのは仁安三年十一月、法名は「静海」であり、願文と噛みあわない。よって、この願文が清盛真筆とされているのは不審である、という。

だが、関連する歴史資料を整理してみると、この清盛真筆とされる願文は、実はそれほどおかしなものではない。というのも、実際に清盛が出家をしたのは、仁安三年二月十一日のことで（『玉葉』、平信範の日記『兵範記』仁安三年二月十一日条）、法名にかんしては、公卿の官員録である『公卿補任』に、当初の法名が「清蓮」であり、改名して「浄海」としたとみえる。よって、仁安三年九月に、清蓮と署名をされた願文が実在していてもおかしくないのである。

つまり、昌詮がみた『平家物語』の仁安三年十一月出家という情報こそが歴史的事実には反しているのだが（これは現存する覚一本も同様の日付となっている）、昌詮は『平家物語』を是として、『平家物語』と齟齬のある願文を疑った。昌詮にとって、『平家物語』は願文よりも信頼できるものであったということになろう（落合博志・一九九一、日下力・二〇〇一）。十四世紀がはじまろうとする頃、『平家

物語』はそうした地位を築いていたらしい。

少し時代をくだる。今川了俊（一三二六～没年不詳）による『難太平記』では、『太平記』を批判するにあたって『平家物語』が引き合いに出されている。

平家は多分後徳記のたしかなるにて、書きたるなれども、それだにもかくちがひめありとかや。まして此記は十が八九はつくり事にや。大かたはちがふべからず。人々の高名などの偽りおほかるべし。

『平家物語』はたぶん『後徳記』というたしかな材料をもって書かれたものだが、それでも誤りがあるという。まして『太平記』は、と了俊の『太平記』批判が展開されてゆく。むろん、この叙述には了俊の『難太平記』執筆の意図が絡んでおり、どこまで文字通りに受け取ってよいかという問題もあろう。それを踏まえても興味深いのは、了俊が『平家物語』をそれなりに信頼度が高い、しかし誤謬もあるとしている点だ。この頃に、『平家物語』の「ちがひめ」とみなされたものは何だっただろうか。単純な誤記だと思われていたのだろうか、もしくは、今のわたしたちと同じように、『平家物語』と「たしかなる」資料との齟齬に何らかの意味を見出していたのだろうか。

こうした『平家物語』にたいする信頼、『平家物語』の威力とでもいうべきものは、さらに時代がくだった政治の世界においても、一定の効力を持ったようだ。九条稙通（一五〇七～一五九四）の『稙通公記別記』天正十三年（一五八五）七月十五日条には、摂関家の正統をめぐっての問答がみえるが、そこにこんなくだりがある。

自大織冠十七代法性寺殿〔注：藤原忠通〕息《第一》六条殿〔注：基実〕・松《ニ》殿〔注：基房〕・月《三》輪殿〔注：兼実〕三人之内、松殿者断絶、〈其子細在平家物語、〉第一息六条ハ殿ト称テ被成他家、而第三息月輪殿者、被譲家督云々、

藤原忠通の子息のひとり、基房の家が断絶したことについて、くわしくは『平家物語』にある、というのだ。『平家物語』は簡便な資料であったのかもしれないが、それにしても摂関家の来歴を述べるにあたって引き合いに出されるのが、古記録や古文書ではなく、『平家物語』というのは面白く感じられる。『平家物語』の多くの伝本のなかには、文禄本と称される本がある。同書の奥書には、『平家物語』を指して「我朝之史記」とみえる。この本が書写されたのは、文禄四年(一五九五)のことだ。まもなく家康の世が訪れようとしている時期だが、この時代におけるこうした表現は、前近代における『平家物語』のありようを象徴的にあらわしているといえようか。『平家物語』は、ときにその「ちがひめ」が意識されつつも、歴史を伝える書物として受け入れられてきたのである。

## 五　『平家物語』の虚構のゆくえ

『平家物語』が歴史を語るものとして世に広まると、今度は、『平家物語』に依拠した新たな歴史資料が生み出されてゆく。『平家物語』が歴史についてしたためるにあたっての材料とされるようになるわけである。そのとき、『平家物語』のなかに含まれる、わたしたちからすれば虚構でしかない物語は、どうなっていっただろうか。

わかりやすい例として、日付に注目しよう。清盛の長男重盛は、治承三年五月二十五日に病のため出家し(『玉葉』・『山槐記』治承三年五月二十五日条)、およそ二か月後の七月二十九日に没している(『玉葉』治承三年七月二十九日条)。『山槐記』によれば、重盛は病にかかってから亡くなるまで、およそ半年ほどの期間があったこともわかる。また、同年三月に熊野参詣した際には、一時的に体調が回復したこともあったようだ。

さて、これが『平家物語』ではこのように語られる。治承三年五月十二日、都に尋常ではない辻風が吹き荒れ、死者や家屋の損壊など大きな被害を出す。ただ事ではないと占いがおこなわれるが、その結果もきわめて不穏なものであった。重盛はこの出来事を機に熊野へ参詣し、清盛の悪心を和らげるか、重盛の寿命を縮め、来世の苦しみから救ってほしいと祈念するのだが、熊野から戻ってほどなく病にかかる。重盛は、清盛から宋の名医の治療を受けるよう勧められるも、国の恥になるといって受け入れない。重盛は七月二十八日に出家し、八月一日に没した(巻第三「飈」「医師問答」)。

『平家物語』の重盛死去をめぐる物語は、治承三年五月の辻風を発端として展開してゆく。だが、『平家物語』が語るような異常な辻風が都に吹き荒れたのは、治承四年四月二十九日のことであった(『玉葉』治承四年四月二十九日条・五月二日条、『明月記』治承四年四月二十九日条)。『平家物語』は、ほんらい時期も異なり、重盛の死とは関係のない天変地異を、治承三年五月の出来事としたのである。そしてそれがこの話の起点とされたために、重盛の熊野参詣の時期や出家日も後倒しとなり、全体として歴史的事実とは異なる時系列ができあがることとなった。

こうした時系列の編集のために、『平家物語』で語られる重盛の死去は、史実以上に短期間での急展開となっている。重盛の病や死に関連する事柄を短期間のうちに連続して発生させることで、重盛の死去をより衝撃的な事件として印象付ける意味合いもあったのかと思われるが、ここでは当初の目的に戻り、日付に目を向けたい。

重盛が出家をしたのは、治承三年五月二十五日のことであった。『平家物語』は、『平家物語』の都合から重盛の出家日を七月二十八日としたわけだが、『平家物語』が広く受け入れられてゆくことによって、こうした日付のひとつまで、ときに歴史的事実以上に「歴史」として定着していったようだ。その経過を追ってみよう。

『愚管抄』や、十三世紀に成立したとされる『一代要記』(後宇多天皇の時代に成立した年代記)、『皇帝紀抄』(高倉天皇から御堀河天皇の御代にいたるまでの年代記)といった歴史資料には重盛の出家にかんする記述があるが、出家の日付を七月二十八日とするものはない。重盛の出家について、『一代要記』では「正月二十五日」、『皇帝紀抄』には「五月五日」とあるが、いずれも五月二十五日という日付がもとの誤写や脱字であろう。この頃は、重盛の出家を七月二十八日とする『平家物語』が存在していたとしても、そこまで広まっていなかったのかもしれない。

それが、十四世紀となると、重盛が治承三年五月に熊野詣をし、七月二十八日に出家をしたとする『神皇正統録』(神代から後鳥羽天皇の時代までを記す歴史書)のような資料が登場する。また、『保暦間記』(保元から暦応にいたるまでの歴史書)も、日付こそ明記しないものの、重盛が治承三年の夏頃に熊野へ詣で、その後ほどなくして病にかかり八月一日に没したという、『平家物語』の内容によく似た記事がみえる。十四世紀には、先ほど確認した『平家物語』の概要とおおよそ一致するような重盛死去をめぐる物語が広まっていたと考えられ、それに付随するかたちで、七月二十八日という出家の日付も受け入れられていったらしい。

さらに、『平家物語』の影響の大きさを感じさせられるのは、洞院公定(一三四〇～一三九九)によって編纂された系図『尊卑分脈』、歴代の公卿の職員録である『公卿補任』にも、重盛の出家を七月二十八日とする記述がみえることである。

ただし、『尊卑分脈』も『公卿補任』も、後世の人の手が加えられている資料である。『公卿補任』の治承三年の条では重盛の出家を七月二十八日とし、同年散位の条では五月二十五日の出家としていることも、後世の部分的な編集の跡をうかがわせようか。七月二十八日という日付がいつ頃取り込まれたものなのかも興味深いが、ともかく、『平家物語』がつくりだした虚構の重盛死去の物語、そしてその物語のために用意された日付は、めぐりめぐってこの二つの資料に取り込まれるほどの認知度と信頼を獲得するに至ったのである(塩山貴奈・二〇一九)。

後世の人々が『平家物語』を享受し、そして『平家物語』から得た情報を用いることによって、『平家物語』の語る「歴史」はさらに広く社会に共有されてゆく。『平家物語』に影響を受けた歴史資料が生み出されるほどに、『平家物語』が語る虚構まじりの「歴史」は、いっそうの権威を得ることになったのだろう。

## 六　歴史資料としての『平家物語』

『平家物語』は、過去を伝える書物として享受され、利用されるようになっていった。しかし、当たり前のことをいうようだが、『平家物語』ばかりが人々の歴史認識をつくりだしていたのではないし、さまざまな歴史資料が後世に伝えられている。

たとえば、興福寺大乗院尋尊（一四三〇〜一五〇八）によって編まれた『大乗院日記目録』という資料がある。大乗院に伝わる日記を抄出したものというだけあって、重盛の出家なども歴史的事実に即した日付を伝えている。また、先ほどみた『公卿補任』も『平家物語』に影響を受けた記述だらけということではない。『尊卑分脈』にしてもそうだ。重盛の出家の日付にかんしては、歴史的事実とは異なる『平家物語』が伝える日付を採用していたが、清盛の出家の日付については、歴史的事実どおりの日付を載せている。『平家物語』のなかではともに実際とは異なる出家の日付が示されている二人だが、後人がそれをどう受け止めたかという点にかんしては、違いがあるようだ。その差が何に起因するものなのか、気になるところである。

また、『尊卑分脈』は現存の『平家物語』にも、他の歴史資料にもみえないような記述も持っている。平宗盛の子息の能宗といえば、宗盛が「副将」と呼んで可愛がった幼子で、『平家物語』によれば、平家一門が壇ノ浦で敗れたあととらえられ、斬首されたという（巻第十一「副将被斬」）。『平家物語』諸本によっては、柴漬《ふしづ》け（簀巻きなどして、水に沈めて殺すこと）にされたとも）。だが、『尊卑分脈』には、能宗について「号自害大夫」とあって、『平家物語』に描かれる副将とはどうも結びつかない（佐伯真一・一九九二）。詳細は不明だが、現代に伝わることなく消えていった、副将にかんする何らかの伝承や資料があったのだろう。この時代には、わたしたちが想像する以上に、『平家物語』とは異なるさまざまな物語が存在していたと思われる。

このように、『平家物語』の虚構をヒントとして、歴史資料のなかに『平家物語』の痕跡を探ってゆくと、『平家物語』とは何かという一見単純な問いは、思いのほかややこしく、一口には説明しがたいことが分かるだろう。

近代以降、『平家物語』は歴史学者の考証によって、脚色・潤色過多なものと評価され、従前からの歴史書という地位を失うこととなる（平田俊春・一九九〇）。しかし、いまなお『平家物語』がわたしたちの歴史認識に与える影響は大きい。『平家物語』は歴史的事実をそのまま伝えているわけではないと知りながら、それでも『平家物語』から与えられる「歴史」を素直に受け入れている節がある。

たとえば、『平家物語』は、清盛―重盛―維盛―六代という流れを平家嫡流とする。わたしたちには馴染み深い平家一門のイメージだろう。だが、平家一門における彼ら小松家の立場は盤石なものとは言いがたかったし、小松家の内部の問題としても、平家一門が都落ちをする頃には、重盛亡き小松家の中心にいたのは維盛ではなく資盛であったという（佐々木紀一・一九九八、高橋昌明・二〇〇九）。『平家物語』がくりかえし右の系譜を平家正嫡と主張する意味を、そしてわたしたちがそれをすんなり受け入れてきた理由を改めて考えてみる必要があるだろう。

## 七　おわりに

歴史資料から『平家物語』の内容をとらえなおし、虚構を探ること、歴史資料のなかに『平家物語』の断片を見出すことは、わたしたちがまだ知らない『平家物語』の姿について追究することにほかならない。

『平家物語』は中世に成立した物語のひとつでしかない。一方で、『平家物語』が人々の歴史認識にもたらした影響は小さくなく、現代においてなお、わたしたちは『平家物語』に縛られている面がある。『平家物語』とは何を語っているのか。いったい何物なのか、何物になっていったのか。歴史資料をたよりにしながら『平家物語』の世界に踏み込みこんでみることで、歴史資料と『平家物語』の交叉のなかから、きっと何かがみえてくるだろう。

■参考文献


落合博志「鎌倉末期における『平家物語』享受資料の二、三について――比叡山・書写山・興福寺その他」『軍記と語り物』二十七、一九九一・三
日下力『平家物語の誕生』二〇〇一、岩波書店
佐伯真一「副将の年齢とその母」水原一編『延慶本平家物語考証一』一九九二、新典社
佐々木紀一「小松の公達の最期」『国語国文』第六十七巻第一号、一九九八・一
塩山貴奈「平重盛の法名をめぐって」『国語国文』第八十八巻第十一号、二〇一九・十一
曽我良成『物語がつくった驕れる平家　貴族日記にみる平家の実像』二〇一七、臨川書店
高橋昌明『平家の群像　物語から史実へ』二〇〇九、岩波書店
平田俊春『平家物語の批判的研究』上巻、一九九〇、国書刊行会
山田昭全「平家物語における文覚像の造形」『仏教文学研究第三集』一九六五、法蔵館

# 3 『平家物語』の女性像——排除された女の視点から

本橋裕美

## 一　はじめに

『平家物語』の女性に対する着目は、さまざまなかたちでなされてきた。小督、祇王・祇女、巴、静、そして建礼門院。彼ら一人ひとりへの洞察は確かに試みられてきたが、実際のところ『平家物語』がどのように女性たちを捉え、描いてきたのかを、総体として論じようとする研究は驚くほど少ない。松尾（二〇〇八）は他の軍記物語と『平家物語』を比較しつつ、次のように述べる。

軍記物語を「男の文学」「もののふの文学」と考えている向きがあるとすれば、平家物語に関しては当たっていない。平家物語には少なからぬ女たちが、さまざまな立場でさまざまに生き方をつらぬいているのである。

そして、覚一本の女性像について「女性たちは、決して物語の彩りではない。我々は女性説話に男性のそれと同じく、物語の主張を読むべきである。」とまとめている。こうした主張がなされる時点で、

『平家物語』の女性像を問う研究が途上であることは明白だろう。本章では、諸本で区分けされた個別の人物論を越えて、『平家物語』の女性について考えてみたい。

## 二　出家・入水の物語

大津(二〇一五)は、戦記物語における女の描かれ方が「出家するか身を投げるか」に収斂するとする津田(一九六四)説を受けつつ、女たちの救済としての読みを次のように示す。

いつの時代も暴力の犠牲者は絶えない。暴力によって愛する男を失った女たちも犠牲者である。共同体はその犠牲者を、紋切り型の物語の主人公に仕立て上げて美しく悲しく語り、われわれを教育する。女は、このように生きる＝死ぬべきだと教える。その教育には抵抗しなければいけない。そのための方策を探るべきなのだ。

「はじめに」で述べたとおり、『平家物語』の女たちを分析する論考は多いが、その描かれ方に抵抗することこそ必要だという大津を引き継ぐ論文は多くない。建礼門院をめぐるいくつかの論考や、小宰相に関する高木(二〇〇九b)などの論考については後述するが、先掲の松尾(二〇〇八)が言う「男性のそれと同じく」読むことの危うさは大津の指摘が十分に明らかにする。

そもそも、『平家物語』はどのくらい、どのような女たちを描いてきたのだろうか。濱千代(二〇一五)は『平家物語』覚一本に登場する女性二十九例を挙げて分析している。[1] 濱千代が挙げる分析の観点のうち、本章で取り上げたいのは彼女たちの結末で、その分析によれば二十九人のうち、二例が死去、三例が入水、十例が出家する。[2] 実際、当時の貴族女性たちの結末が出家ののちの死去で終わることは珍しくなかっただろう。ただし、注視すべきは、夫などの身内の死や男の裏切りに端を発している例が多いことである。彼女たちの生をめぐる因果関係は単純化され、結末へと送り出されていく。

『平家物語』覚一本で死や出家が示唆される女性たちを改めてみてみたい。ただし、池禅尼や建春門院といった、死の場面が中心的に描かれていない女性たちは省略する。[3]

表1　『平家物語』覚一本における女性の出家と往生一覧

| | 呼称 | 結末 | |
|---|---|---|---|
| 1 | 祇王 | 出家 | 往生 |
| 2 | 祇女 | 出家 | 往生 |
| 3 | 仏御前 | 出家 | 往生 |
| 4 | とぢ | 出家 | 往生 |
| 5 | 成親北の方 | 出家 | |
| 6 | 俊寛娘 | 出家 | |
| 7 | 葵の前 | 死去 | |
| 8 | 小督 | (不本意な)出家 | |
| 9 | 維盛北の方 | 出家 | |
| 10 | 小宰相 | 入水 | |
| 11 | 内裏女房(重衡の妻) | 出家 | |
| 12 | 小宰相の乳母 | 出家 | |
| 13 | 千手の前 | 出家 | 往生 |
| 14 | 横笛 | 出家→死去 | |
| 15 | 平時子 | 入水 | |
| 16 | 副将の乳母 | 入水 | |
| 17 | 副将の介錯 | 入水 | |
| 18 | 建礼門院徳子 | 出家 | 往生 |
| 19 | 大納言佐(重衡北の方) | 出家 | 往生 |
| 20 | 阿波内侍 | 出家 | 往生 |

特筆すべきは、往生する女の多さだろう。『平家物語』の男たちの個別の往生が語られることはほとんどない。往生するならば、彼らの鎮魂は不要になってしまう。往生は「語り終わり」であり、往生した者たちは定位されて、もう揺れ動く存在ではいられない。だが、女たちは出家して菩提を弔い、あるいは往生していく。揺れ動く存在であることを『平家物語』は許しておらず、誰もが納得するわかりやすい規範―出家、往生という救済によってすべてが代弁されてしまうのである。

『平家物語』には、女人説話が確かに存在する。しかし、やはりそれは「男たちの説話」とは異なる位相で語られていると見るべきだろう。本章で十分に扱う紙幅はないが、男装の武人であった巴は、次のように退場する。

巴は色しろく髪ながく、容顔まことにすぐれたり。ありがたき強弓精兵、馬の上、かちだち、打物もッては鬼にも神にもあはうどいふ一人当千の兵者なり。究竟のあら馬乗り、悪所おとし、いくさといへば、さねよき鎧着せ、大太刀、強弓もたせて、まづ一方の大将にはむけられけり。度々の高名肩をならぶる者なし。(中略)五騎が内まで巴はうたれざれけり。木曾殿、「おのれは、とう〳〵、女なれば、いづちへもゆけ。我は打死せんと思ふなり。もし人手にかからば自害をせんずれば、木曾殿の最後のいくさに、女を具せられたりけりなンど、いはれん事もしかるべからず」(中略)其後物具ぬぎすて、東国の方へ落ちぞゆく。

(『平家物語』巻第九　木曾最期)

彼女は優れた武人であり、義仲とともに戦うことになんの問題もないはずである。にもかかわらず、義仲は「女なれば」巴を排除する。鎧を身につけようが、武人として優れていようが関係なく、その内側に「女」なるものがあり、男の論理はその「女」なるものを拒否できる。こうした思考は、けっして義仲だけのものではないだろう。「女なれば」出家して、男たちの菩提を弔い、やがて往生する。「女なれば」そこに至る物語はさまざまあっても、行き着くところは同じなのだ。『平家物語』のスタンスをまずはそう規定して、それぞれの女性たちを見ていきたい。

それにしても、覚一本の巴は末尾、鎧を脱ぎ捨てて去って行く。東国に落ちのびたとあるが、以後の消息は語られない。語られるべき「男装の武人」が、義仲の言葉に従ってそのあり方を捨てるところで、その語るべき物語は終わっているが、実のところ、男装していようがしていまいが、彼女は「女」としてあった。であるならば、鎧を脱ぎ去ったところで、彼女の何かが変わるわけではない。義仲の言葉によって姿を消した彼女は、男の論理に従う女であると同時に、それを語り終わらせた『平家物語』の向こう側に生き続けてしまう。義仲も『平家物語』も、彼女を規範に留めきれずに放出したに過ぎない。男装する頼もしい武人である「便女」は、男たちの論理の矛盾を明らかにしてしまうのだから。義仲の物語にわずかに顔を出した東国の女が、出家、往生の物語に回収されなかったのは当然の結末といえよう。

## 三　排除の構造——葵の前と小督の物語から

朴(二〇一八)によれば、『平家物語』延慶本における女人往生は「義王・義女・閉・仏御前・「三条サエキノ頭」の妻、小督、建礼門院、皇嘉門院、宇佐神官の娘」の九人であるという。覚一本の小督は、出家はするものの、往生する存在とは描かれていない。延慶本も覚一本も清盛によって尼にされるものの、延慶本は小督の選択肢に常に入水をおいてそれを選ばない彼女の往生を語る。覚一本は不本意な出家をさせられた女性像のまま、高倉院亡き後の物語を語っていく。もとより出家の意志がありながら、清盛の怒りによって髪を切られ宮中を追われる小督は、たとえば同じく清盛によって身の哀しさを突きつけられた祇王・祇女のように、往生によって語り収められてもよかったはずである。覚一本がそれを語らないのは、小督の物語が彼女を語るところにないからだろう。

小督の登場は巻六であるが、この巻六は高倉院の崩御から始まる。

治承五年正月一日、内裏には東国の兵革、南都の火災によッて、朝拝とどめられ、主上出御もなし。(中略)上皇はをととし法皇の鳥羽殿におしこめられさせ給ひし御事、去年高倉の宮のうたれさせ給ひし御有様、都うつりとてあさましかりし天下の乱、かやうの事ども御心苦しうおぼしめされけるより、御悩つかせ給ひて、常はわづらはしうきこえさせ給ひしが、東大寺、興福寺のほろびぬるよしきこしめされて、御悩いよ〱おもらせ給ふ。法皇なのめらず御歎ありし程に、同正月十四日、六波羅池殿にて上皇遂に崩御なりぬ。

(巻六　新院崩御)

続く「紅葉」で高倉天皇が賢王であったこと、その優美で温和な人柄を称揚し、更に高倉天皇と女性との関わりが「葵前」「小督」で語られる。高倉天皇の崩御は、世の乱れに要因があると右のように語りながら、一方で女たちの存在が落とした影をも語ってしまう。

小督殿出家はもとよりののぞみなりけれども、心ならず尼になされて、年廿三、こき墨染にやつれはてて、嵯峨のへんにぞ住まれける。うたてかりし事どもなり。かやうの事共に、御悩はつかせ給ひて、遂に御かくれありけるとぞきこえし。

（巻六　小督）

「かやうの事ども」というのは、小督の物語を導く契機である、葵前との交渉も含んでいる。引用が前後するが、前段の葵前との関係は、次のように終わる。

主上、「いさとよ。そこに申す事はさる事なれども、位を退いて後は、ままさるためしもあんなり。まさしう在位の時、さやうの事は、後代のそしりなるべし」とて、きこしめしもいれざりけり。関白殿力およばせ給はず、御涙をおさへて御退出あり。其後主上緑の薄様のことに匂ふかかりけるに、古き事なれども、おぼしめしいでてあそばされける。

しのぶれどいろに出でにけりわがこひはものや思ふと人のとふまで

此御手習を、冷泉少将隆房給はりついで、件の葵前に給はせたれば、かほうちあかめ、「例ならぬ心地いできたり」とて、里へ帰り、うちふす事五六日にして、つひにはかなくなりにけり。

（巻六　葵前）

高倉天皇が寵愛した女童・葵前に「葵女御」などと噂が立ったことで、天皇は葵前を召さなくなり、『拾遺和歌集』の古歌(4)が別れとして届けられると、葵前はたちまち体調を崩して死んでしまう。『長恨歌伝』が引用され、『源氏物語』桐壺巻の桐壺帝と桐壺更衣の悲恋も二重写しにしながら、しかし高倉天皇は王朝物語的な展開を拒否する。[5] そうして関係を終えたにもかかわらず高倉天皇の執心は小督に向かい、結局、悲恋に苦しんで崩御に至った高倉天皇（院）像が形成されるのである。

葵前の死も、小督の出家も、彼らの物語として語られようとしているわけではない。高倉院の崩御という重大事を、一度は乱れた世への苦悩として語りながら、一方で恋の苦悩が引き起こしたものである可能性を示して拡散していく語りに奉仕させられているのである。高倉院の死がどのようなものであれ、それは公に回収されるしかない。だが、『平家物語』はその狭間に、公にならない思いとしての恋物語を示す。それは一見、名もない（葵前も小督も呼び名でしかない）女たちに、天皇に愛され、その崩御の契機にさえなるという一瞬の栄誉を与えるかのようである。高倉院の人柄を語り、「あはれなりし御事」（巻六　葵前）として女たちとの交流を位置づける語りは、読み手をその栄誉と「あはれ」に共感させようとする。それが高倉院の物語に彼らを抱き込むものであって、寄り添って彼らの声を聞こうとするようなものでないことは明白だろう。葵前も小督も高倉院の執心の犠牲者で、それが「あはれ」で「身をあやまつ」（巻六　葵前）ものだったことを語りは認めている。それでも、その犠牲が高倉院の悩みとなり崩御を導き、歴史を大きく動かすものであったと語り、そうした大きな物語以外へ派生していく可能性を閉じるのである。延慶本のように小督の往生まで語ってしまうのであれば、彼女はより天皇との悲恋という栄誉の前にひれ伏すしかない。

『平家物語』が女たちを排除するとき、女たちは物語に奉仕させられている。語られ、「あはれ」と共感される栄誉の前に、女たちの声や生の一部は、時に全ては、失われるのである。それはもとより男たちにも起こりうることだが、彼女たちの死と出家が男たちに付随するものであることは論を俟たない。語られながら排除される、女性語りの構造を確認して、次に進んでいこう。

## 四　小宰相を取り巻く規範が照らし返すもの

『平家物語』の女性たちの多くは、出家し、夫や子の菩提を弔う。また西海へ同行した平家の女たちは入水という結末を迎えている。平家女性の入水は、二位尼が代表的だろう。

> 二位殿はこの有様を御覧じて、日ごろおぼしめしまうけたる事なれば、にぶ色の二衣うちかづき、練袴のそばたかくはさみ、神璽をわきにはさみ、宝剣を腰にさし、主上をいだき奉ッて、「わが身は女なりとも、かたきの手にはかかるまじ。君の御供に参るなり。御心ざし思ひ参らせ給はん人々は、いそぎつづき給へ」とて、ふなばたへあゆみ出でられけり。（中略）二位殿やがていだき奉り、「浪の下にも都のさぶらふぞ」となぐさめ奉ッて、千尋の底へぞ入り給ふ。
>
> （巻十一　先帝身投）

二位尼は、平家の女として「君（安徳天皇）」とともに入水することを呼びかける。実際、入水に失敗した女たちは生け捕られていくのであるから、「女なりとも、かたきの手にはかかるまじ」という発言は、自殺か殺されるかという狭い思考を女たちに植えつけるものであって、明らかな扇動である。[6]二位尼は、平家終焉の場を作り上げ、規範を示す人物として描かれている。

二位尼の問題について深入りする紙幅はないが、こうした平家の女の結末としての「入水」が二位尼によって作られたとして、実はこの場面より遡って、一谷の合戦の直後にも入水譚がある。一谷で討たれた通盛の妻・小宰相の身投げである。通盛の死を伝え聞いた小宰相は、通盛の子を宿しながら「ただ水の底へいらばや」と思い、同行する乳母の女房の説得も届かず、夜半、船から海へと身を投げる。

北の方やはらふなばたへおき出でて、漫々たる海上なれば、いづちを西とは知らねども、月の入るさの山の端を、そなたの空とや思はれけん、しづかに念仏し給へば、（中略）泣く〳〵はるかにかきくどき、「南無」ととなふる声共に、海にぞ沈み給ひける。（巻九　小宰相身投）

小宰相に関する論考は多く、彼女と乳母の女房の入水をめぐる話し合いや通盛との関係など、それがどのように語られたかという研究は比較的進んでいるといえよう。覚一本は彼女の入水譚を次のように位置づける。

昔より男におくるるたぐひおほしといへども、様をかふるは常のならひ、身を投ぐるまではありがたきためしなり。忠臣は二君につかへず、貞女は二夫にまみえずとも、かやうの事をや申すべき。（巻九　小宰相身投）

高木（二〇〇九b）は覚一本に一例のみの「貞女」という表現について「小宰相を〈貞女〉としてカテ

ゴライズするのは、〈不在〉の女性を名付けるのに「貞女」という言葉しかないからだ」と述べる。彼女の入水は、まったく〝常識〟的な行為でないにもかかわらず、語りはそれを「貞女」と名付け、理解できる身振りとして位置づける。二位尼の入水が生き残るという選択肢をないものとして、安徳天皇と共に行くためのものであったのに対し、小宰相の入水の理由は、彼女がいくら乳母の女房に説明しても賛同が得られないように、結局のところ「わからない」。わからないそれを語りの論理に回収するのが「貞女」というカテゴライズなのである。

小宰相の入水は、二位尼をはじめとする安徳天皇と共に沈んだ女性たちや、副将の女房たちの入水（巻十一　副将被斬）とは異なるものである。胎内の子ども以外に共に行く者はなく、通盛のあとを追う入水としては位置づけられない。覚一本はそれを「貞女」の枠組みに収斂するが、延慶本や長門本、南都異本では『狭衣物語』を手に取る小宰相を語り、また『源氏物語』の文脈が散りばめられている。四重田（二〇〇〇）は『源氏物語』の浮舟との重ね合わせを見、また冨倉（一九四一）以来『狭衣物語』の飛鳥井の女君との類似性も指摘される。特に飛鳥井の女君は、妊娠中の入水として親和性が高い。だが、これらの物語における入水譚が指し示すものは、生き残り、出家に向かうものとしての入水である。浮舟も飛鳥井の女君も、結局のところ死にきれない。むしろ、出家という道すら選択できない絶望的な状況から、死にすら拒否されて改めて出家へと導かれるのが物語における女たちの入水といえよう。

小宰相は入水ののち、一度引き上げられて再び水の底へ沈められる。

ややあッてとりあげたてまつたりけれども、はや此世になき人となり給ひぬ。練貫の二衣に白き袴を着給へり。かみも袴もしほたれて、とりあげたれどもかひぞなき。めのとの女房手に手をとりくみ、（中略）もだえこがれけれども、一言の返事にもおよばず。わづかにかよひつる息も、はやたえはてぬ。（中略）故三位殿の着背長の一両のこりたりけるにひきまとひ奉り、つひに海にぞ沈めける。

（巻九　小宰相身投）

先掲の高木（二〇〇九b）は、右の覚一本における、胎児を抱えて死を選んだ女の単なる死体としての小宰相描写を、「〈貞女の物語〉における〈死の美学化〉という〝常識〟が逆説的に一瞬破砕される」一瞬間として見つめている。ここに更に王朝物語の文脈を持ち込むならば、本来、彼女の「わづかにかよひつる息」は吹き返すものとしてあったはずなのだ。小宰相の入水の「わからなさ」は、この物語的規範からの逸脱にも要因があろう。もちろん浮舟も飛鳥井の女君も、生き残りたいと思って入水するわけではない。だが、彼女たちは結果的に入水の罪深さが問われないところへたどり着く。一方の小宰相の死体の生々しさは、『平家物語』がいかに「貞女」の枠組みに押し込もうとも、王朝物語を拠りどころとしようとも、彼女のすべてを定位することができないことを露呈するのである。そして彼女も、物語の女君たちのように入水に至った自己を見つめる契機を得ることがないまま、つまり彼女自身も「わからなさ」を抱えたまま、水の底へと退場していくのである。

## 五　建礼門院をめぐる饒舌

ここまで、『平家物語』における女性語りが、女たちを奉仕させ、排除するものであることを確認してきた。そうした女性を語る論理そのものに対する研究が途上であることも。最後に、建礼門院について述べておきたい。というのも、建礼門院についての研究状況はこれまで触れてきた女性たちとはかなり異なっている。諸本横断的な視点から研究が行われているだけでなく、そもそも建礼門院の存在を問うことが、『平家物語』を問うことと繋がっているのである。兵藤(二〇一一)は次のように述べる。

建礼門院の六道語りは、維盛、宗盛、重衡の懺悔語りを主題的に継承した物語になっている。同時にそれは、清盛の「悪」の物語さえうけとめている。灌頂巻の末尾で、あらためて清盛の悪行が言及され、「父祖の罪業は子孫にむくふ」といわれるのだ(「女院死去」)。
清盛の「悪」を代受苦的に担う建礼門院の語りが、後白河法皇の存在に象徴される国家的な作善回向(怨霊鎮魂)の論理に対置される。六道の懺悔語りの語り手である建礼門院の位相は、そのまま「平家」語りの語り手の位相でもあるだろう。

『平家物語』が琵琶法師によって語られ続けることの本質を、『平家物語』覚一本が持つ灌頂巻の建礼門院の語りに見出している。

平家の行く末を語る者として最後に残された建礼門院は、『平家物語』を平家鎮魂の物語と捉える限り、灌頂巻を持つ覚一本だけでなく諸本すべてにとって重要な存在である。よって建礼門院には、物語内部からも、語る者たちからも、また聴き手、読み手からもさまざまな視線が注がれてきた。佐伯(二〇〇九)は諸本の六道語りを論じた上で、建礼門院に注がれる好奇の視線を次のように語る。

「畜生道」を女院の神聖化につながる物語構造の中で読み取るというような論理を認めるとしても、その中に『平家物語』諸本のすべて包摂し得るのだろうか。そう問われるならば、筆者はいささか口ごもってしまう。盛衰記の問題があるからである。（中略）盛衰記という異本には、暴露趣味、露悪趣味とでも言うべき傾向がある。（中略）こうした視線、つまり単に卑俗な興味本位の視線が、建礼門院にも向けられているのではないだろうか。

建礼門院という落ちぶれた后に対する好奇の視線は、どの時代にも当然あったことだろう。こうした視線に標準を合わせることで、いまなお同じ視線を注ぐことすら起きている。建礼門院の語りは、さまざまな語りを誘発し、人々を饒舌にするのである。

しかし、建礼門院とはいったいいかなる存在なのだろう。六道を見、また極楽へもたどり着いた女性。男たちは彼女を聖女として平家の鎮魂を託し、その語りに耳を傾ける。聖女ゆえに彼女を取り巻くスキャンダルをのぞき見ようとし、往生という結末によって聖女であることを幾度でも確認される。先に、往生を語り終わりであると述べたが、建礼門院に限っては、往生することを前提に生を再確認される構造にあるのである。

語り終わらない往生を生きる建礼門院に、鎮魂と往生とは異なる論理があることを指摘するのは高木（二〇一五）である。

『平家物語』がいかに建礼門院の往生を描こうとしても、そして平家一門の鎮魂を望もうとも、『源氏物語』を生涯読み続け、その世界を掌中に収めた建礼門院の前では、〈鎮魂は不発〉のまま、永遠に訪れることなく、物語はけっして鎮められることのない怨霊たちが跋扈する世界を再生産し続けるほかないのである。

高木は建礼門院を「浮舟の正統なる後継者」として、『平家物語』の往生とは異なる往生を幻視する。建礼門院が浮舟と連帯するとき、彼らに拓ける新たな往生があるとすれば興味深い。

しかし、建礼門院の語りが、平家一門と同じ時間を生きた後白河院に届き、また『平家物語』を語る人々に、更に聞き手、読み手に広がっていくとき、やはり彼女は往生の世界から呼び戻されているように見える。呼び戻されている、あるいは自ら語りとして世に回帰しているとすれば、建礼門院はより高次の存在として物語全体に影響を与えていよう。覚一本の灌頂巻は建礼門院の往生で閉じられるが、『平家物語』の真の語り手に変じる彼女は次のように看取られている。

かぎりある御事なれば、建久二年きさらぎの中旬に、一期遂に終らせ給ひぬ。后宮の御位より、かた時もはなれ参らせずして候はれ給ひしかば、御臨終の御時、別路にまよひしも、やるかたなくぞおぼえける。此女房達は、昔の草のゆかりもかれはてて、寄るかたもなき身なれども、折々の御仏事、営み給ふぞあはれなる。遂に彼人々は、竜女が正覚の跡をおひ、韋提希夫人の如くに、みな往生の素懐をとげけるとぞきこえし。

（灌頂巻　女院死去）

建礼門院が往生を確約されながら死ぬ姿を看取り、それに引かれて往生していったのは、大納言佐と阿波内侍である。その往生は、傍線部のように「竜女」「韋提希夫人」に喩えられる。(7) 建礼門院がそうした女たちに充てられているのではない。建礼門院自身が彼らを往生の世界に導くとすれば、彼女の往生はすでに仏に比されていよう。仏となった彼女の語りに支えられて、『平家物語』もまた導きの書になるのである。「仏になること」自体は男たちの論理だろう。しかし、苦悩の生前と往生者としての死後を往還する建礼門院は、けっして変成男子としての仏イメージを形成することはない。女房たちをその語りで浄土に導く仏としての建礼門院は、聖女を覗き見て饒舌に語る男たちとは異なる論理にあるとみてみたい。少なくとも、彼女の言葉を遮って語る男たちの想像と、どこまでも建礼門院のまま、あるいは生前の繋がりのままに往生する女たちの論理が同じ所にあるとは思われないのだ。

## 六　おわりに——語る排除、語らない排除

『平家物語』の女性たちをめぐる諸相を、「排除」という視点で取り上げてきた。『平家物語』が女性を女性として語るとき、そこには常に排除があると断じてよい。男の論理から不要なものとして排除するだけでなく、男たちの内側に取り込むこと、祭り上げること、それらはすべて女性に対する『平家物語』の排除の方法である。『平家物語』そのものが女性を扱う身ぶりを断罪したいのではない。その身ぶりに気づかないこと、見て見ぬふりをすることの危うさを問うのである。その危うさは『平家物語』自体に書き込まれていて、我々はそれにアプローチすることが可能なのだ。

本章で十分に扱うことはできなかったが、こうした「語られる排除」とともに、『平家物語』には語

らないという排除もある。一例としては源義経の妾・静御前がいる。『吾妻鏡』では詳細に語られる彼女だが、『平家物語』はほとんど興味を示さない。

判官は磯禅師といふ白拍子の娘静といふ女を最愛せられけり。静もかたはらを立ちさる事なし。静申しけるは、「大路は皆武者でさぶらふなる。是より催しのなからんに、大番衆の者ども、これほどさわぐべき様やさぶらふ。あはれ是はひるの起請法師のしわざとおぼえ候。人をつかはして見せさぶらはばや」とて、六波羅の故入道相国の召しつかはれけるかぶろを三四人つかはれけるを、二人つかはしたりけるが、程ふるまで帰らず。（以下略）

（巻十二　土佐房被斬）

覚一本では、静に対する記述は右の一節のみで、義経とともにあり、清盛に仕えていた「かぶろ」を差配するなど、行動力も窺える。だが、これ以降、静の登場場面はない。関連するのは次の記述だろうか。

大物の浦より船に乗ッて下られけるが、折節西の風はげしくふき、住吉の浦にうちあげられて、吉野の奥にぞこもりける。吉野法師にせめられて、奈良へおつ。奈良法師に攻められて、又都へ帰り入り、北国にかかッて、終に奥へぞ下られける。都より相具したりける女房達十余人、住吉の浦に捨て置きたりければ、松ノ下、まさごの上に、袴ふみしだき、袖をかたしいて、泣きふしたりけるを、住吉の神官共憐れんで、みな京へぞ送りける。

（巻十二　判官都落）

『吾妻鏡』によれば、義経と静は吉野で別れたことになっている。だが、そうした情報なしに読めば、静もまた住吉でうち捨てられた女たちの一人となろう。戦乱に翻弄された女たちは無数にいた。そして誰もが出家や入水といった選択のなかにあったわけではない。ただ「捨て置かれ」てあてもない女たちもいたのである。

排除に目を向けるとき、過剰な語りの中で都合のよい存在に祭り上げられていく女たちの、隠蔽されようとしているかすかな声に応じることは重要である。一方で、存在することすら忘れられた女たちもまた多くいる。彼らの声を聞くことは難しい。だが、『吾妻鏡』や『義経記』のような静をクローズアップするテクストを手がかりに『平家物語』の静が再発見されるように、さまざまなテクストが媒介して、彼らの声が響く瞬間はあるだろう。彼らの声もまた、『平家物語』の中に存在しているはずなのだ。排除されたものたちの存在を探し続けることを改めて研究の責務として確認して、本章を閉じる。

※『平家物語』の引用は市古貞次編『新編日本古典文学全集　平家物語①②』、『源氏物語』の引用は阿部秋生・今井源衛・秋山虔・鈴木日出男編『新編日本古典文学全集　源氏物語①』によった。

■注

（1）濱千代(二〇一五)が挙げる二十九例は、次のとおりである。忠盛妻、祇王・祇女、仏御前、皇后多子、建春門院、成親北の方、成経北の方、六条、俊寛の娘、紀伊二位、備中の内侍、忠度妻、葵の前、小督、厳島内侍腹の娘、維盛北の方、七条院殖子、巴、小宰相、重衡妻、千手の前、横笛、扇の的の女房、平時子、義経の妻、副将の乳母・介錯、大納言佐、静、建礼門院。「・」で繋いだものは複数で一例と数えている。

（2）濱千代（二〇一五）では、死去の例が葵の前、横笛、出家の例が祇王・祇女、仏御前、成親北の方、俊寛の娘、小督、維盛北の方、忠度妻、千手の前、大納言佐、建礼門院、離脱の例が巴、入水の例が小宰相、平時子、副将の乳母・介錯としている。

（3）表1は濱千代（二〇一五）の分析をもとに出家、往生に至る道筋がわかりやすいように再構成したものである。濱千代の分析では、巴を特異な例として挙げるが、出家を挟まない死去に至った葵の前、出家したと語られながらもその死が単なる死去としてしか扱われない横笛などの特異さも表れている。白拍子のような職能の女性と身分ある女性たちとの間に位置する「貴族として身分の低い女性たち」はやはり彼らの物語として語られていないとみてよいだろう。

（4）「しのぶれど…」（『拾遺和歌集』巻十一　恋一　六二二　天暦の御時の歌合　平兼盛）歌は天徳四年内裏歌合の最終番の詠として名高い。著名な古歌ではあるが、それを高倉天皇が引くとき、それが葵の前を慰めるものであったとは考えにくい。少なくとも、寵愛を与えた葵の前に対する個人的な思いを『平家物語』から読み取るのは難しい。葵の前のにわかな死は、この歌が彼女を傷つけるものとして機能したと読むべきだろう。

（5）『源氏物語』桐壺巻では桐壺更衣に対する帝の過ぎた寵愛を世間が「あいなく目を側めつつ」「かかる事の起こりにこそ、世も乱れあしかりけれ」（『源氏物語』桐壺巻①一七）と非難する。高倉天皇は、そうした批判を受ける前に自らを律して、玄宗皇帝や桐壺帝のような「世を乱す帝の恋」の系譜を拒否する。小督との悲恋も世を乱すことには向かわず、高倉天皇は一貫して、恋に身を投じることのない存在として語られているといえよう。なお四重田（二〇〇五）は同様に『源氏物語』桐壺巻の影響を重視しつつ、延慶本の青井（葵）説話が統治者として優れた高倉天皇のあり方を強調するものと論じている。

（6）入水の扇動という点では、高木（二〇〇九ａ）が、二位尼に先立って知盛が「めづらしきあづま男をこそ御覧ぜられ候はんずらめ」（巻十　先帝身投）と笑いながら告げ、性的陵辱を受ける可能性を女たちに連想させることでパニックに陥れたことを指摘している。

（7）変成男子として知られる「竜女」も、阿闍世王の母である「韋提希夫人」も、どちらかといえば建礼門院と関わりが深い。もちろん「彼人々」に建礼門院を加えて解する可能性もあろうが、彼女の往生が紫雲たなびく死の場面で語られているとすれば、やはり建礼門院に引かれて女たちが成仏していったことを見るべきではないか。「竜女」であり「韋提希夫人」である女房たちを往生に導く建礼門院は、現世に舞い戻った語り手として、彼らによそえられる自分自身をも往生に向かわせるのである。

■参考文献


大津雄一「残された女の物語」『いくさと物語の中世』二〇一五、汲古書院
栗本圭子「安徳天皇の乳母」『平家物語を読む』二〇〇九、吉川弘文館
佐伯真一『建礼門院という悲劇』二〇〇九、角川学芸出版
佐伯真一「『平家物語』と鎮魂」『いくさと物語の中世』二〇一五、汲古書院
高木信「知盛〈神話〉解体――教室で『平家物語』を読むことの（不）可能性」『「死の美学化に抗する　『平家物語』の語り方』二〇〇九ａ、青弓社
高木信「〈貞女〉の檻――〈知〉にダブルバインドされた小宰相」『「死の美学化に抗する　『平家物語』の語り方』二〇〇九ｂ、青弓社
高木信「建礼門院の庭――『源氏物語』を読む〈女〉」『「死の美学化に抗する　『平家物語』の語り方』二〇〇九ｃ、青弓社
高木信「鎮魂されない平家一門の〈物語〉――〈主体〉化する建礼門院」『平家物語　装置としての古典』二〇一五、春風社

田中貴子「女性史の視点から見た『平家物語』」『平家物語　批評と文化史』一九九八、汲古書院
津田左右吉『津田左右吉全集五』一九六四、岩波書店
冨倉徳次郎「平家物語の表現美」『国文学解釈と鑑賞』一九四一・五
朴知恵「延慶本『平家物語』に於ける女人往生」『文学研究論集』二〇一八・二
濱千代いずみ「『平家物語』の女性描写のしかた」『岐阜聖徳学園大学紀要　教育学部編』二〇一五・二
兵藤裕己『平家物語の読み方』二〇一一、ちくま学芸文庫
松尾葦江「女性像を通して見る軍記物語」『軍記物語原論』二〇〇八、笠間書院
四重田陽美「『平家物語』小宰相身投への一視点」『同志社国文学』二〇〇〇・三
四重田陽美「『延慶本平家物語』における葵前・小督・小宰相物語への一考」『同志社国文学』二〇〇五・三

# 4 『平家物語』とナラトロジー

水野雄太

## 一　はじめに

『平家物語』の言葉にはさまざまな主体が想定される。琵琶法師、唱道者、下級階層民といった実体的な語り手＝語り部はもちろん、現代の読書行為を行う読者、読書行為のなかで理論上想定されるテクスト内部の〈語り手〉〈聞き手（読者）〉、あるいは物語のなかで躍動する作中人物など、さまざまな主体に彩られる言葉の集積として『平家物語』はある。

そうした『平家物語』において、ナラトロジー（語り論・物語論）という視角はいかなる可能性を持ちうるか。その点について考えるのが本章の課題である。ただし、具体的に考える前に二つの問題について整理しておく必要がある。

一つ目の問題は、ナラトロジー自体をいかなる方法論としてとらえるかというものである。ナラトロジーと一口に言っても、その視角や手法はそれぞれの論者によって異なるため、一概にどのような方法論であるかを定義することは難しい。物語を展開させるできごとの機能性に注目し、内容の類型を分析することに重きを置いたプロップ（一九二八↓一九八七）、ブレモン（一九六六↓一九七五）、バルト（一九六六→一九七九)の流れと、物語の表現や語り方に注目し、物語の時間はいかなるものか、いかなる存在がどのような様式でできごとを知覚するか、いかなる機能ができごとを語っているのかを詳細に分類して体系化したジュネット(一九七二→一九八五)に連なる流れとは、等しくナラトロジーと呼ばれていても、内実には大きな懸隔がある。そうしたことを了解したうえで、本章では語られた言葉の主体に注意を払うという、どちらかと言えばジュネットの流れに近い方法で分析を行う。

ただし、ジュネットがもたらした体系をそのまま『平家物語』に当てはめることには無理がある。これが二つ目の問題である。まず、西洋のナラトロジーはテクストの外側と内側を峻別し、テクストの内部に構造化された〈語り(手)〉と〈聞き手/読者〉のコミュニケーションに分析の光を当てる[1]。ここで言う〈語り(手)〉が、ハンブルガー(一九五七→一九八六)では「言語自体」=「物語の機能」と呼ばれ、バルト(一九六六→一九七九)でも「言語自体」に相当するものとして位置づけられることからもあきらかなように、西洋のナラトロジーでは〈語り(手)〉に実体的な語り手や音声を想定していない(橋本(二〇一四)がこの点について丁寧な整理を行っている)。しかし最初に触れたように、『平家物語』の〈語り〉には琵琶法師や唱道者などの実体的な語り手(=語り部)の音声が貼りついており、語り手と聞き手が実際の享受の場面で想定されてしまう。この時点で、西洋のナラトロジーを『平家物語』にそのまま当てはめることはできないということになる。

また、兵藤(二〇二〇)が論じるように、日本の物語文学における語りは、いわゆる近代的自我を保証する礎となった主観(主体)/客観(客体)という固定的な主客関係を容易に越境してしまう。語る主体=語り手と語られる客体=作中人物はときに重なり合い、そこには重層的な〈声〉(三谷(二〇〇二)におけるる自由直接／間接言説）や人称（藤井（二〇一二）における四人称）が発見されることになる。日本の物語文学に見いだされるこうした語りの構造を、主体／客体の峻別を前提とした西洋のナラトロジーで説明することは不可能だ。

『平家物語』をナラトロジーによって説明する、あるいは『平家物語』を素材としてナラトロジーを説明するのではなく、『平家物語』とナラトロジーが出会う地点に生じる可能性について記述することが必要だ。もとより、本章のテーマは「『平家物語』とナラトロジー」である。『平家物語』とナラトロジーが交錯することで、『平家物語』とナラトロジーの両者にどのような可能性がひらかれるのかを考えよう。

以下、『平家物語』に登場する平重衡の発話を糸口として、具体的な考察を試みる。

## 二　重衡が背負うもの

平重衡は、『平家物語』に語られる平家の公達のなかでも特に重要な役割を演じている。治承四年（一一八〇）五月、平家に背く南都鎮圧のため、平清盛は重衡を大将軍として向かわせた。その結果、東大寺や興福寺が炎上し、以降平家は仏敵として位置づけられてしまうこととなる（巻第四「三井寺炎上」）。源氏に追い落とされ、生け捕られたのち、重衡は南都炎上について「不慮に伽藍の滅亡に及び候ひし事、力及ばぬ次第にて候へども、時の大将軍にて候ひし上は、責一人に帰すとかや申し候なれば、重衡一人が罪業にこそなり候ひぬらめ」（巻第十「戒文」）と述べている。重衡はこうした言葉を内裏女房に対しても語っていたようで、内裏女房の口からはかつて重衡から聞いた「末のつゆ本のしづくとなるなれば、われ一人が罪にこそならんずらめ」(巻第十「内裏女房」)という言葉が語られている。こうした記述から読みとれるのは、平家一門が犯したはずの仏罰を、重衡一人が背負うことになっているということだ。『平家物語』における重衡の役割は、平家一門の悪行・罪業を一人で背負いながら生きる／死ぬことなのである。

右に見た発話は、すべて重衡本人が語った言葉である。その意味で、重衡は自律的に、自分自身の意志で一門の罪業を一身に背負おうとしているということになる。しかし、重衡の歩んだ運命と、『平家物語』というテクスト全体との関連を視野に入れると、事情はそう単純ではないことがわかってくる。

## 三　重衡／維盛の対比構造

重衡の物語を読み解くうえで注目すべきは、生け捕られたあとの重衡の動向を語る巻第十の構成である。最初の章段である「首渡」では、一の谷で討たれた平家の首が都入りしたことで、平家と縁が深い者たちの憂慮するさまが語られたのち、「小松三位中将」＝平維盛に焦点が当てられる。維盛の北の方は、一の谷で「三位中将」という公卿が生け捕りにされたと耳にして泣き伏すが、生け捕られた「三位中将」とは実は「本三位中将」こと重衡であった。維盛の北の方をとり巻く情報から、重衡が生け捕られた事実をあらためて印象づけつつ、「首渡」は維盛やその家族の動静を語って閉じられる。

しかしそののち、巻第十の物語はしばらく重衡を中心に据えて展開されることとなる。重衡の六条渡しや内裏女房との交渉を描く「内裏女房」、生け捕られた重衡と平家が持ち去った三種の神器の交換をめぐる駆け引きが描かれた「八島院宣」「請文」と続き、南都炎上の罪から逃れんとする重衡に法然が十戒を授ける「戒文」が置かれる。そこからさらに、重衡が鎌倉へと移動する「海道下」、重衡と頼朝の対面および重衡と千手前の交流が語られる「千手前」へと続くというように、重衡をめぐる物語が連ねられるのだ。

ただし、そのまま巻第十が閉じられるわけではない。維盛→重衡と続いた巻第十は、再び維盛に焦点を当て直す。「横笛」、「高野巻」、「維盛出家」、「熊野参詣」、「維盛入水」と、維盛が八島の陣営から脱出し、滝口入道という善知識を得て出家、果てには入水に至るまでの道筋が語られてゆく。

こうした章段の流れからあきらかなように、巻第十の物語は、重衡と維盛の二人を交錯させるかのように語ってゆく。そして、この二人の男は単に交錯させられるのみならず、対照的な人物としても語られている。維盛は巻第五「富士川」において大将軍に任じられ、頼朝との第一戦という大役を任せられるが、水鳥の羽音に驚いて敗走という大失態を演じてしまう。かたや重衡は南都を攻めるにあたって大将軍となり、圧倒的な力で勝利を収めた。また、維盛は出家に際して家族への妄執にとらわれ、特に子どもたちが愛執の原因となっていたのに対し、重衡は北の方とのあいだに子を成していない。巻第十「海道下」では、かねてから重衡の北の方と母二位殿が重衡の子を望んで神に祈禱していたことが語られたうえで、重衡自身が生け捕りにされて憂き目を見ている以上、子がいないことがせめてもの救いだったと思っているとされる。重衡と維盛は、子やそれに起因する妄執の有無までもが対照的に語られているのだ。

このように、重衡／維盛に関する対照的な記述は随所に指摘できるのだが、そのなかで最も注目すべきは、二人が歩んだ死への道筋の対照性である。重衡は、南都炎上の報いとして六条を渡されて恥をさらしたのみならず、頼朝と対面するために鎌倉にまで連れ回された。重衡が法然に対して「かれこれ恥をさらし候」（巻第十「戒文」）と語り、頼朝に対して「運つきて都を出でし後は、かばねを山野にさらし、名を西海の浪にながすべしとこそ存ぜしか」（巻第十「千手前」）と述べていた通り、重衡は各地で衆目にさらされ、憂き名を流す恥の人生を歩んだのである。そのうえ、最後は奈良にまで連れてこられたあげく、「数千人の大衆見る人、いくらといふかずを知らず」（巻第十一「重衡被斬」）というように衆目にさらされながら斬られ、その首は般若寺の大鳥居の前に釘づけにされる。それに対して維盛は、「本三位中将の生取にせられて大路をわたされ、京鎌倉、恥をさらすだに口惜しきに、此身さへとらはれて、父のかばねに血をあやさん事も心憂し」（巻第十「横笛」）、「恋しき者共を今一度もし見えばやと思へども、本三位中将の事口惜しければ、それも叶はず」（巻第十「高野巻」）と、恥をさらしながら生きざるをえない重衡の境遇を参照することで、妻子を気にかけつつも都へおもむこうとはせず、入水して命を絶つ道を選んだ。

流離することで恥をさらし続け、最後まで衆目にさらされながら斬られた重衡と、そんな重衡のように恥をさらすことを厭って自ら入水した維盛。この二人の生き方／死に方の対照性は、二人が平家一門とどのようにかかわっていたかを浮き彫りにする。仏敵となった平家一門の業を背負った重衡は、頼朝を前にして「とく〳〵かうべをはねらるべし」（巻第十「千手前」）と死を望むも、南都の僧徒が引きわたしを要求するであろうことが予想されるために許されない。それに対して維盛は、都に残してきた妻子のことを思う気持ちが漏れ伝わったのか、八島の平家一門から「二心あり」（巻第十「高野巻」）と疑われ、結果的に一門から離脱して数少ない従者たちと死を選んだ。最後まで一門と運命をともにするか否か、ひいては一門の運命を背負うか否かという違いが、生き方／死に方の違いによって描かれているのだ。

物語は重衡と維盛を交錯させながら語ることで、平家一門とのかかわり方によって異なるものとなった生／死の対照性を際立たせる。重衡は維盛と対比されることによって、平家一門の業を背負う存在として印象づけられたと見ることができよう。

前節で見たように、重衡は自らの言葉によって自身を〝平家の罪業を背負う存在〟として位置づけようとしていた。しかしそうした重衡像は、重衡が直接関与していないはずの維盛の運命と対比されるなかで形づくられてゆく。重衡が自律的に自身の運命を規定しようとしている背後には、テクストの対比構造が隠れているのだ。

とある主体が発したはずの言葉が、主体の意志をこえてテクスト全体の構造と響き合う様相は、次のような和歌にも見いだすことができる。

君ゆゑにわれもうき名をながすとともそこのみくづとともになりなむ　（巻第十「内裏女房」）

右は重衡と恋仲にあった内裏女房が詠んだもので、重衡から贈られた「涙河うき名をながす身なりともいま一たびのあふせともがな」に対する返歌である。「そこのみくづとともになりなむ」とは、重衡とともに水のなかで死ぬことを望む表現であるが、なぜここで死ぬことを示す表現として「そこのみくづ」が選択されたのか。考えられるのは、重衡の「涙河」歌への返歌であるために、河と縁が深い「うき」「ながす」という表現によって一首が仕立てられており、その一環として「そこのみくづ」という表現が選択されたという説明である。その場合、小学館新編全集が「底の水屑となるとは、身投げして死ぬ場合にいうが、ここは、前の歌（引用者注・重衡の「涙河」歌）の河の縁でいったもので、死ぬ意」と注するように、「そこのみくづ」はレトリックにすぎず、身投げや入水という行為を想定して詠まれたものではないということになる。

しかしこの「そこのみくづ」というレトリックは、歌を詠んだ内裏女房の意図をこえて、『平家物語』というテクスト全体を視野に入れて読む読者とのあいだでのみ了解可能な意味を持つことになる。ここまで述べてきたように、重衡の物語はつねに維盛と対比される形で語られてきた。各地を連れ回され、恥をさらし続けた重衡と、重衡のような境遇に陥ることを避けるために入水した維盛。物語のこうした対比構造を念頭に置くと、内裏女房が用いた「そこのみくづ」というレトリックは、重衡とは対照的に入水を選んだ維盛を想起させるものだということに気づく。もちろん、内裏女房が維盛の末路を知っていて歌を詠んだわけではないから、「そこのみくづ」というレトリックに隠された意味はテクストを通して読者が見いだすものである。『平家物語』はレトリックを通じて、重衡とは対照的な生を歩む維盛を読者に想起させ、平家一門の罪業を背負うゆえに維盛のようには入水できない重衡のありようを照らしだしているのだ。

## 四　「行為体」論としてのナラトロジー

内裏女房の和歌と同じく、作中人物の言葉が本人の意図をこえて作用しているありようを、巻第十

「千手前」における重衡の発話から見てみよう。

①昔は源平左右にあらそひて、朝家の御かためなりしかども、近比は源氏の運かたぶきたりし事は、事あたらしう初めて申すべきにあらず。②当家は保元平治より以来、度々の朝敵たひらげ、勧賞身にあまり、かたじけなく一天の君の御外戚として、一族の昇進六十余人、廿余年の以来は、たのしみさかえ申すはかりなし。今又運つきぬれば、重衡とらはれて是まで下り候ひぬ。それについて、③帝王の御かたきをうッたる者は、七代まで朝恩うせずと申す事は、きはめたるひが事にて候ひけり。まのあたり故入道は④君の御ためにすでに命をうしなはんとすること度々に及ぶ。されども纔かに其身一代の幸にて、子孫かやうにまかりなるべしや。されば運つきて都を出でし後は、かばねを山野にさらし、名を西海の浪にながすべしとこそ存ぜしか。これまでくだるべしとは、⑤かけても思はざりき。唯先世の宿業こそ口惜しう候へ。但し、「殷湯は夏台にとらはれ、文王は羑里にとらはる」と云ふ文あり。⑥上古なほかくのごとし。況や末代においてをや。弓矢をとるならひ、敵の手にかかッて命を失ふ事、まッたく恥にて恥ならず。只芳恩には、とく〳〵かうべをはねらるべし。

（巻第十「千手前」）

右の発話は重衡から頼朝に向けて発されたものである。平家一門や故清盛は朝敵を討伐して天皇家に尽くしてきたにもかかわらず、運が尽きたゆえに朝廷から見放され、子孫である自らが恥をさらす苛酷な運命を歩まされていることを嘆く。しかしそれでも、武士としての自らの運命を甘受し、せめてもの報いとして早く首をはねるよう求める。この言葉を受けた頼朝が「平家を別して私のかたきと思ひ奉る事、ゆめ〳〵候はず」と返答していることからも察されるように、ここにおいて重衡は、重衡個人というよりも平家一門を代表する者として頼朝に対峙している。

ここで注目すべきは、右の発話における多くの文言は、『平家物語』の他章段と同文・類似文の関係にあるということである。傍線部①は、巻第四「永僉議」において三井寺による平家討伐の評議が行われた際、平家の祈禱師である真海阿闍梨が時間稼ぎのために発言した言葉と類似する。また、傍線部②は巻第三「無文」における重盛の心内語とほぼ同文であり、巻第六「入道死去」における清盛の遺言にも類似文が見える。続いて傍線部④は巻第二「教訓状」における清盛の言葉に類似しており、直前の傍線部③も「教訓状」や巻第三「法印問答」の清盛の言葉を踏まえたような内容となっている。傍線部⑤は巻第七「忠度都落」で忠度が俊成に歌を託して都を落ちる際に述べた言葉と類似する。さらに、傍線部⑥は巻第二「小教訓」において清盛をいさめた重盛の言葉と同文関係にある。

こうして見ると、右の重衡の発話は、その大部分が『平家物語』の他章段から引用したものであるかのような文言となっており、他者の発話をつなぎ合わせることで成り立っている。もちろん、傍線部⑤や⑥は特定の箇所からの引用というよりも、一般的な慣用句を用いているものと思しいため、一概に〝引用〟という言葉で表すことはできまい。が、いずれにせよ重衡の発話が他者によって用いられた言葉の集積であるという点は動かない。重衡の意志を伴って語られているように見える発話は、実はオリジナルのものではない。重衡の意志は、他者の言葉の引用によってつくりあげられたものでしかない。

前節で論じたような、背後に隠れたテクストの構造によって位置づけられながら、一見自律的に自らの運命を規定しようとしているかのように見える重衡。あるいは、引用された他者の言葉を自身の言葉であるかのように語る重衡。こうした重衡のありように、バトラー(一九九七→二〇〇四)が述べる「行為体《エージェンシー》」としての性質を見ることができる。重衡の語った言葉は重衡自身の言葉でありながら、実は背後にある構造やそこに流通する言葉の引用にすぎず、かつ重衡という主体そのものが、テクストの構造や他者の言葉の引用によって構築されたものであるという視座が、ここにひらかれることになる。

バトラーの提唱する「行為体」という概念の特徴は、主体と見なされているものが、実はその背後にある規範や言説によって構築されたものであるということをあきらかにするとともに、いったん自律的な主体が成立したと見なされた途端に、その背後にある規範や権力作用が隠蔽されてしまうという現象を析出する点にある。事実、注意を怠って重衡の発話を読んでゆくと、重衡本人が自身を〝一門の罪業を背負う者〟として自律的に位置づけようとしているように見える。しかし、その背後にはテクストの構造、他者の言葉が隠されている。こうした、ある主体の背後に隠れた権力作用を析出するためには、テクストにあらわれる人物を主体ではなく「行為体」として見る視点が必要だ。「行為体」論としてのナラトロジー。ここに『平家物語』のひらくナラトロジーの可能性がある。

もう一つ、バトラーが「行為体」という概念に託したのは、既存の規範や言葉を引用して構築される主体が、引用の反復によってその規範をずらし、変革をもたらすという可能性を示唆することだった。『平家物語』における作中人物はたしかにテクストの構造や言葉を引用することによって構築される存在だが、同時に引用が作中人物を既存の構造や規範から逸脱させる可能性を生むことになる。たとえば高木信(二〇二〇)は、先に見た重衡の発話における「殷湯は夏台にとらはれ、文王は羑里にとらはる」

（波線部）という言葉の出典と思しき『史記』を参照することで、〝悪王（＝頼朝）に捕らえられた将（＝重衡）が悪王を打倒する〟という隠れた可能性を読みとっている。波線部の言葉は一見捕らえられた重衡の状況をたとえたものにすぎないが、そうしたなにげない引用が、重衡本人も意図しないような意味を生成し、背後にある規範や構造（この場合は重衡を〝平家一門の罪業を背負って死ぬ存在〟として位置づけるテクストの構造）を裏切ることになる。

言葉を発した者を単に主体として見るのではなく、「行為体」として見る視座は、〈語り〉のなかに隠された権力作用を析出する方途となるのみならず、作中人物が言葉を発することによって既存の権力作用を書きかえてゆく瞬間をとらえる助けとなるものである。さまざまな主体による言葉が交錯する『平家物語』というテクストは、「行為体」という視座によって、既存の規範とその規範をずらす存在のせめぎ合う場としての風貌を見せ始めるのである。

## 五　代理・表象システムとしての〈語り〉

ところで、先に引いた重衡の発話において興味深いのは、重衡の発話と同文・類似文の関係にある文言のうち多くが、平家の元頭首である清盛や、その嫡子である重盛の言葉だという点である。重衡の言葉は、平家の頭首やその嫡流が述べた言葉と重ねられている。この事実は、重衡が平家一門を代表する者として、あるいはその罪業を一身に背負う者としてテクストのなかに位置づけられていることを意味しよう。もちろん、重衡が先に指摘した清盛・重盛の言葉をすべて聞いていたとは考えられない。とすれば、重衡の発話における清盛・重盛の発話との同文・類似文は、重衡の意志によって清盛・重盛の言葉と重ねられたのではないということになる。

重衡本人の言葉でありながら、その言葉はテクストにあふれる他者の言葉と共鳴するように形づくられている。言ってみれば、重衡の言葉は重衡によるその場・その時の言葉でありながら、同時にテクストの構造や他者の言葉のなかでこそ意味を持つように形づくられているということになる。

ここで、『平家物語』全体を統括する存在／機能としての〈語る主体〉という視座を導入しよう。[2]〈語る主体〉は重衡の言葉を重衡本人の言葉として語ると同時に、その言葉をテクスト全体の構造のなかに位置づける。重衡が自身を〝一門の罪業を背負う者〟として位置づけようとした言葉が、巻の構成や、重衡が聞くはずのなかった言葉のなかで意味を持つという事態は、作中人物個人の視点をこえて『平家物語』全体を統括する〈語る主体〉の機能があるからこそ実現しうるものである。

したがって、次のように言うことができるだろう。重衡の言葉は重衡自身の言葉でありながら、テクスト全体を統括し構造化する〈語る主体〉の言葉でもある、と。「はじめに」で述べたように、『平家物語』の〈語り〉は主客未分だと言われる。重衡と〈語る主体〉の言葉に関しても、たしかにそれはその通りなのだろう。だからこそ、その主客未分な〈語り〉が重衡の意志をこえて、〈語る主体〉の志向にもとづいて言葉を意味づけている可能性に注意しなければならない。このような視座に立つと、主客未分な語りはスピヴァク(一九八八→一九九八)が警鐘を鳴らすような代理・表象のメカニズムを隠し持っているということが見えてくる。作中人物の言葉は、実は〈語る主体〉の志向を織り交ぜた言葉でもあるのだ。そしてこの主客未分な〈語り〉は、作中人物の言葉に〈語る主体〉の志向を織り交ぜながらも、その言葉があくまでも作中人物本人のものとして語られるという点で、きわめて巧妙な代理・表象システムである。言葉が作中人物の発したものだと見なされた途端、その言葉は作中人物の自律的な意志にもとづいたものとされ、〈語る主体〉の権力作用は背後に隠されてしまう。作中人物の言葉に〈語る主体〉の志向を宿らせながら、それがあたかも作中人物自身の意志によってなされた発言であるかのように見せるのだ。

こうした〈語り〉の仕掛けがあるからこそ、『平家物語』は重衡という自律的な主体があるように見せかけ、その背後に〈語る主体〉の志向を忍ばせることができた。主客未分な〈語り〉という代理・表象システムが、「行為体」の背後にあるはずの規範や権力作用を隠蔽し、「行為体」をあたかも自律的な主体として見せかけるのに一役買っていたというわけだ。「行為体」論としてのナラトロジーは、作中人物をテクスト全体の志向性に沿って主体として定位させてしまう、イデオロギー装置としての〈語り〉のありようを浮き彫りにするのである。

## 六　『平家物語』＝イデオロギーの力学場

最後に、テクスト全体の構造を以て重衡を〝平家一門の罪業を背負う者〟として位置づけた、〈語る主体〉の何たるかについて述べておこう。

「はじめに」で述べたように、『平家物語』は実体的な語り手＝語り部によって社会のなかで語られ、享受された。ここに、〈語る主体〉というテクスト内部の機能的存在と、テクスト外部を結ぶ回路を見いだすことができる。

ここで、『平家物語』に語られた平家一門と共同体の関係という視座を導入しておこう。兵藤（二〇一〇)・(二〇一一)によると、罪を背負った平家一門は王朝末期社会の災厄の依り代として、共同体に巣食う罪全般の浄化を担わされていたという。また、大津(二〇〇五)は、平家一門のような王権への反逆者およびその怨霊は、排除されることによって共同体の不安やストレスを減圧する装置としての役割を持っていたことを論じている。要するに、平家一門は共同体の秩序を補完すべく、奉仕せしめられていたということになる。

とすれば、〈語る主体〉によって〝平家一門の罪業を一身に背負う存在〟として位置づけられた重衡は、まさに共同体の秩序を保つための供犠であったということになる。このように見ると、テクスト内部における〈語る主体〉の志向は、テクスト外部にある共同体の志向に沿うものであったことに気づかされる。〈語る主体〉はテクスト内部の機能的存在であり、かつテクスト外部のイデオロギーを内面化した存在でもあるのだ。

したがって〈語る主体〉もまた、共同体にある規範を引用することで構築され、語ることでその規範を再生産・強化してゆく存在であるという意味で、「行為体」であるということができる。重衡しかり、〈語る主体〉しかり、『平家物語』のなかで主体と目されるものの背後には、イデオロギーや権力作用がつねに隠されている。

冒頭で、『平家物語』がさまざまな主体によって彩られる言葉の集積であることに触れたが、その主体、その言葉の一つ一つにイデオロギーは織りこまれている。言葉を介してイデオロギーが交錯する、あるいは引用の反復を通じてイデオロギーが書きかえられる、そうした現象が発生する力学場としてテクストを読むこと。それがナラトロジーと『平家物語』の出会いによってもたらされた可能性である。

■注

（1）本章ではテクスト内部に構造化された語りを〈語り〉と表記し、実体的／音声的な語りと区別する。

（2）本章での〈語る主体〉はブース（一九六六↓一九九一）における「内包された作者」と重なるものである。あえて「作者」ではなく〈語る主体〉という名称を使用するのは、『平家物語』が理論上の〈語り〉と実体的／音声的な語りを重層化しているという事情による。理論上の〈語り〉と実体的／音声的な語りを結ぶ回路を確保しておく必要性があるため、あえて「作者」ではなく〈語る主体〉というタームを用いるということである。

■参考文献


ウェイン・ブース、米本弘一・服部典之・渡辺克昭訳『フィクションの修辞学』一九六六↓一九九一、書肆風の薔薇

ウラジミール・プロップ、北岡誠司・福田美智代訳『昔話の形態学』一九二八↓一九八七、白馬書房

大津雄一『軍記と王権のイデオロギー』二〇〇五、翰林書房

ガヤトリ・チャクラヴォルティ・スピヴァク、上村忠男訳『サバルタンは語ることができるか』一九八八↓一九九八、みすず書房

クロード・ブレモン、阪上脩訳『物語のメッセージ』一九六六↓一九七五、審美文庫

ケーテ・ハンブルガー、植和田光晴訳『文学の論理』一九五七↓一九八六、松籟社

ジェラール・ジュネット、花輪光・和泉涼一訳『物語のディスクール――方法論の試み』一九七二↓一九八五、水声社

ジュディス・バトラー、竹村和子訳『触発する言葉』一九九七↓二〇〇四、岩波書店

高木信「混線する〈重衡物語〉のことば、あるいはインターテクスチュアリティが〈亡霊〉を産出する」『亡霊たちの中世』二〇二〇、水声社

橋本陽介『ナラトロジー入門　プロップからジュネットまでの物語論』二〇一四、水声社

兵藤裕己『王権と物語』二〇一〇、岩波現代文庫

兵藤裕己『平家物語の読み方』二〇一一、ちくま学芸文庫
兵藤裕己『物語の近代――王朝から帝国へ』二〇二〇、岩波書店
藤井貞和『物語論』二〇二二、講談社学術文庫
三谷邦明『源氏物語の言説』二〇〇二、翰林書房
ロラン・バルト、花輪光訳『物語の構造分析』一九六六→一九七九、みすず書房

# 第二部　『平家物語』を理論で拓く

# 5 『平家物語』とディコンストラクション
## ――敗者の〈雅び〉と勝者の〈野卑〉とを超えて

鈴木泰恵

### 一 パルマコンとしての武家

『平家物語』が標榜するイデオロギーとは、すでに言われているごとく（兵藤 二〇一一a）、武家は朝家のかためとして、「朝家に召しつかわれ」るべきものだというところに、まずは求められるだろう。

昔より今に至るまで、源平両氏、朝家に召しつかはれて、王家にしたがはず、おのづから朝権をかろむずる者には、互にいましめをくはへしかば、世の乱れなかりしに、

（『平家物語』巻一「二代后」①五〇頁）[1]

源氏・平家は「朝家に召しつかはれ」、互いに制し合っていたから、うまくいっていたのだが、と語られている。しかし、この後に語られていくとおり、保元・平治の乱で源氏がなりを潜めると、平家の専横が露わになり、武家は「朝家に召しつかはれ」るべきものだというイデオロギーが機能不全あるいは機能失調に陥る。現に、その分限を越えて振る舞う武家のありようが、清盛（法皇幽閉、福原遷都等）

や木曾義仲（院の御所焼討、法皇幽閉等）の所行を通じて、存分に語られている。標榜するイデオロギーに添わない現実のなかで、たとえば「清盛がかく心のままにふるまふこそ、しかるべからね。これも世末になッて、王法のつきぬる故なり」（巻第一「殿下乗合」①六二頁）と口にする後白河の言説が語られたりもするのだった。

けれども、朝家がしたたかに王権を延命・維持せんとする様子も語られている。後白河は清盛や義仲に自身の王権が踏みにじられるような事態に陥るたびに、別の武家を頼むのだが、そのたびに院宣を出したと語られる。頼朝の挙兵は、実のところ後白河の院宣ではなく、以仁王の令旨を受けたものだが（兵藤　二〇一一b）、『平家物語』では後白河の院宣が下されたと語られている（巻五「福原院宣」）。つまり、後白河はあくまで源平を「朝家に召しつかわれ」る武家として扱い、王権を延命・維持しようとしている。『平家物語』には、そのような姿が語られているのであった。

テーマがテーマだけに、デリダの言説にアナロジーを求めるなら、「父（大いなる王権）の顔の退隠は朝家を治療不可能な仕方でその『下位のもの』どもに、すなわち武家に溶接する[2]」さまが、『平家物語』には語られていると言いうるだろう。朝家にとって武家は「パルマコン」（二〇一三）、すなわち薬でも毒でもありつつ摂取されずにはいられないものとして語られていると換言してもよい。

さて、そんなテクスト状況において、『伊勢物語』『源氏物語』等の、まさしく武家が「朝家に召しつかはれて」いた頃の王朝文学の引用は、いかにとらえうるのだろうか。本章では、上記王朝文学引用を起点に、『平家物語』におけるディコンストラクション（デリダ　二〇一三）について考えたいと思う。

## 二　敗者の〈雅び〉

『平家物語』に散見される王朝文学からの、いわば雅びな文学からの引用にはひとつの傾向が見られる。「平家の公達」（たとえば巻第二「徳大寺厳島詣」①一六一頁）と呼ばれるくらいだから、あたりまえと言えばあたりまえなのだが、平家の側に、とりわけ敗者に回った平家の側に立ち現れてくる。それは、単なる文飾などではむろんないにして、また失われた〈雅び〉を称揚する懐古的なあり方を示しているばかりなのでもないようだ。では、いかなるものとしてとらえうるのか、一例を挙げつつ考えていきたい。

あけぬれば、福原の内裏に火をかけて、主上をはじめ奉りて、人々みな御舟に召す。都を立ちし程こそなけれども、是も名残は惜しかりけり。…〈中略〉…日かずふれば、都は既に山川程を隔てて、雲居のよそにぞなりにける。[a]はるぐ〵きぬと思ふにも、ただつきせぬ物は涙なり。[b]浪の上に白き鳥のむれゐるを見給ひては、「かれならん、在原のなにがしの、隅田川にてこと問ひけん、名もむつましき都鳥にや」と哀れなり。

寿永二年七月廿五日に、平家都を落ちはてぬ。（『平家物語』巻第七「福原落」②九三〜九四頁）

義仲の入京を前に、平家は安徳帝とともに都落ちすることを決意し、かつて遷都した福原に一夜宿った後、さらに西へと落ちていく。右引用部には、そのときの様子が語られている。そして、傍線部は、新全集頭注なども指摘するごとく、明らかに『伊勢物語』九段、いわゆる「東下り」章段からの引用だ。

傍線部a「はる〴〵きぬと思ふにも、……」は以下の部分をたぐり寄せる。

その沢にかきつばたいとおもしろく咲きたり。それを見て、ある人のいはく、「かきつばた、といふ五文字を句のかみにすゑて、旅の心をよめ」といひければ、よめる。

から衣きつつなれにしつましあればはるばるきぬるたびをしぞ思ふ

とよめりければ、みな人、かれいひの上に涙おとしてほとびにけり。

（『伊勢物語』九段　一二〇～一二一頁）(3)

西と東とで方向は逆であるが、都を遠く離れ、それを思って涙する様子は、まさしく『伊勢物語』九段「三河の国八橋」の「かきつばた」の折句で有名な場面と重なり合う。次に、傍線部b「浪の上に白き鳥のむれゐるを見給ひては、……」も同九段「すみだ河」の「ほとり」の場面の引用だ。

白き鳥の、はしとあしと赤き、鴫の大きさなる、水の上に遊びつつ魚《いを》を食ふ。京には見えぬ鳥なれば、みな人見しらず。渡守に問ひければ、「これなむ都鳥」といふを聞きて、

名にしおはばいざ言問はむみやこどりわが思ふ人はありやなしやと

とよめりければ、船こぞりて泣きにけり。

（『伊勢物語』九段　一二二～一二三頁）

海路西国へと都落ちする平家の人々のまなざしは、浪に浮かぶひと群れの白い鳥を媒介に、右「すみだ河」の「ほとり」の場面を幻視し、自身の都落ちを、『伊勢物語』の業平とおぼしい「男」の「東下り」に重ね合わせていく。そうして「哀れ＝あはれ」という王朝的な感慨に接触する思いさえ抱く。そんな様子が語られている。

ところで、『平家物語』「福原落」末尾に引かれる『伊勢物語』九段は、いわゆる「東下り」章段である。『伊勢物語』「東下り」は、あたかも二条后章段郡（二段以降六段まで）で語られた内容を原因として、すなわち業平・二条后とおぼしい男女の道ならぬ恋、王権にも抵触する恋を原因として、「男」が東国に流離するかのように語られている章段だ。九段の始まりには、もはや朝家には身の置き所を失ったとばかりに、「むかし、男ありけり。その男、身をえうなきものに思ひなして、京にはあらじ、あづまの方にすむべき国もとめにとてゆきけり」（一二〇頁）とある。

特に「東下り」章段である点に着目するなら、右のごとき引用は、朝家からすでに「えうなきもの」とされ、源氏に逐われて西国に下る平家の都落ちという流離を、『伊勢物語』「東下り」における「男」の流離のアナロジーに仕立て上げていく体のものだ。そしてそれは、法王幽閉・南都焼討・福原遷都等、平家の「悪行」とされるものと、業平・二条后とおぼしい男女の恋の「罪」とに、アナロジーを見出させる引用でもある。

このような引用は、『伊勢物語』に語られた業平・二条后とおぼしい男女の恋が、王権に対していかほど罪深いかを逆照射する。しかしまた、敗者に回った平家が語られるにおいて、その「悪行」なるものや、その都落ちの位相がずらされてしまうのも、また事実だろう。「平家の悪行」なるものが、王権に抵触する恋も辞さない「男」の〈雅び〉と触れ合い、都落ちという流離は、恋の「罪」ゆえに流離し、遠ざかる都を思っては歌を詠む「男」の〈雅び〉に重ね合わされる。

『平家物語』における王朝文学引用は、敗者の側にこそ〈雅び〉があることを語る、この物語のスタンスを読み取らせる。紙幅の関係上、具体的分析はこの一例をもってするしかないが、他にもたとえば、すでに衰亡の影差す福原遷都中の巻第五「月見」には、『源氏物語』須磨・明石両巻を想起する人々の様子が語られ（①三五六頁）、鵯越で義経軍に大敗を喫する前夜には、「遠火」を焚き、それを「星」「蛍」に見立てて、『伊勢物語』八七段を想起する平家の人々が語られている（巻第九「老馬」②二〇二頁）。さらに、菖蒲谷の坊に潜む六代（維盛長男）を見出す源氏方の者の目を通して、六代は、『源氏物語』若紫巻で光源氏に見出される幼女時代の紫上に重なるべく語られているのであった（巻第十二「六代」②四六一頁）。忠度関連の章段にも、王朝文学引用が見られるのだが、総じて敗者に回った平家の側にそれらが見られ、敗者の側にこそ〈雅び〉はあるというスタンスを読み取らせるのである。

引用ではないが、頼朝との関係が悪化し、敗者の側に回る義経が「判官なさけあるひとにて」（巻第十一「腰越」②四一五頁）、「判官なさけぶかき人なれば」（巻第十一「大臣殿被斬」②四二三頁）と語られるスタンスと通底しているように思う。『平家物語』において、〈雅び〉や〈情け〉は、敗者の側にあるものとして語られている（高木　二〇〇一は壇ノ浦以降の義経の「なさけ」を別の角度から指摘している）。この状況とディコンストラクションとの関係をとらえるにあたり、次節では勝者の側の語られ方に目を向けたい。

## 三　勝者の〈野卑〉

さかんに「平家の悪行」が語られるなか、中央（頼政・以仁王）、東国（頼朝）、北国（義仲）において、反平家の挙兵が断続的になされていく様子も語られる。その際、義仲の軍勢にせよ、頼朝の代官義経や関東武者の軍勢にせよ、平家を追討する源氏の武者たちは功名を挙げるべく、したたかに、かつ狡猾に、そして野卑に振る舞う。そんな様子が語られる場面も枚挙に暇がない。本節では、敗者平家の〈雅び〉とは対照的な、勝者源氏の〈野卑〉に焦点を当てて、『平家物語』におけるディコンストラクションについての考察に繋げていきたい。

あまりにも有名な章段で、いささか恐縮なのだが、敗者の〈雅び〉と勝者の〈野卑〉とを対照的に映し出すので、「那須与一」から「弓流」にかけて語られる一連の話に注目したい。源氏方那須与一が、平家方女房の差し出す扇の的を、見事に射落とした後の情景から引用する。

> 夕日のかかやいたるに、みな紅《ぐれなゐ》の扇の日いだしたるが、白浪のうへにただよひ、うきぬ沈みぬゆられければ、[a]興《おき》には、平家ふなばたをたたいて感じたり。[b]陸《くが》には、源氏箙《えびら》をたたいてどよめきけり。
> （巻第十一「那須与一」②三六〇頁）

> あまりの面白さに、感にたへざるにやとおぼしくて、舟のうちよりとし五十ばかりなる男の、黒《くろ》革威《かはをどし》の鎧着て白柄《しらえ》の長刀《なぎなた》もッたるが、扇たてたりける処にたッて舞ひしめたり。伊勢三郎義盛、与一がうしろへあゆませ寄って、「御定《ごじやう》ぞ、仕れ」といひければ、今度は中差《なかざし》とッてうちくはせ、よッぴいてしゃくびの骨をひやうふつと射て、舟底へさかさまに射倒す。[c]平家のかたには音もせ

ず。源氏のかたには又箙をたたいてどよめきけり。「あ、射たり」といふ人もあり、又、「なさけなし」といふ者もあり。

（巻第十一「弓流」②三六〇～三六一頁）

前段「那須与一」の末尾には、源平両軍が感動を共有する場面が語られている。与一は見事に、平家の差し出した扇の的を射落とす。すると、金色の日の丸を描いた紅の扇が、夕日の輝くなか、浮きつ沈みつ白浪に映えている。その光景に、両軍が感動を共有した様子は、沖でふなばたを叩いて感動する平家（傍線部a）と、陸で箙を叩いて喚声を上げる源氏（傍線部b）が鮮明にしているだろう。

しかし、後段「弓流」の冒頭では、その共感が破られ、源氏の〈野卑〉が語られる。すなわち、扇を立ててあった所に、年の程五十くらいの平家の武者が現れ、舞い始めたところ、源氏方は命令だと告げ、与一にその武者を射倒させたのである。ここで、平家方には音もないというのに（破線部c）、源氏方では、扇の的を射落としたときと同じように、またしても「箙をたたいて」喚声が上がるのだった（傍線部d）。源氏方にも、よく射たと賞賛する人もあれば（傍線部e）、さすがに情けがないと批判する者もあった（破線部f）ようだが、源平両軍の共感は破れ一転してしまう場面が語られているのに相違ない。

源氏には、扇の的を射落とす〈雅び〉と、感に堪えず舞い出た武者を射殺す〈野卑〉との区別がない。扇であれ、人であれ、的となるものを射止めることが誉れとなる武者あるいは武力というものの〈野卑〉が表出している。平家とて武力を源泉とする〈野卑〉は持ち合わせているし、源氏とて歌のひとつも詠む〈雅び〉はあるわけだが、『平家物語』では、敗者に回った平家には〈雅び〉を、勝者となる源氏には〈野卑〉をと、語り分けがなされているようだ。他にもたとえば、巻第七「篠原合戦」では、勝ちにかかる源氏義仲軍の入善が、助命してくれた高橋をだまし討ちにする(②四一頁)、その他先陣争いのだましだまされ等、勝者源氏方の功名ほしさの〈野卑〉が少なからず語られている。

なお、敗者に転落していく義経には、前節で付言したごとく、〈情け〉が生じている。しかし、勝者へと駆け上がるさなかの義経には、右引用波線部にあるように、武者を射倒させる「御定」を下すなど、〈情け〉がない。

このように、『平家物語』では、敗者の〈雅び〉〈情け〉は、対比的に勝者の〈野卑〉〈情け無し〉をあぶり出すように語られている。そして、その〈雅び〉〈情け〉は、勝者を、より端的に言えば勝者の〈力〉〈武力〉を、その〈野卑〉〈情け無し〉において、ディコンストラクションするエレメントとなる。さらに、王権の側で培われた〈雅び〉〈情け〉[4]が、逆臣にして敗者の平家に、あるいは敗者に回った義経にあることを確認したい。それは、勝者となる側の〈力〉〈武力〉を、その〈野卑〉や〈情け無し〉ともども、パルマコンとして飲み込む王権の変質を照らし返し(兵藤　一九八九)、ディコンストラクションするエレメントにもなっている。しかし一方、この敗者の〈雅び〉〈情け〉とは対照的な、勝者の〈野卑〉〈情け無し〉が、勝者という位相において、敗者のものでしかない〈雅び〉〈情け〉を、ディコンストラクションしてしまうエレメントでもある点は見逃せない。

互いにディコンストラクションし合う敗者と勝者。必ず勝者を「朝家に召しつかわれ」る武家に見立て、もたれ合って延命を図るがゆえに、〈野卑〉〈情け無し〉に与し、ディコンストラクションされてしまう王権。これが『平家物語』におけるディコンストラクションの一面だ。しかし、『平家物語』には、勝・敗、力・無力の二項対立による相互解体的なディコンストラクションが語られているばかりではない。二項対立を超えた価値についても語っている。次節ではその点について考えていきたい。

## 四　〈雅び〉と〈野卑〉とを超える〈知〉

前節では、敗者の〈雅び〉、勝者の〈野卑〉、勝者ともたれ合う王権の〈野卑〉な側面、それらが互いにディコンストラクションし合う様子をとらえた。むろん、それもディコンストラクションの一面ではあるが、そもそもこの語には、解体と生成との両面性が含意されているはずで、『平家物語』においても、〈雅び〉と〈野卑〉との二項対立を超えて生成されている価値がある。本節では、その価値を探り当て、『平家物語』とディコンストラクションとの関係をとらえたい。そこには、『平家物語』が遠い未来のわたくしたちに示した、今日ますます重要性を増す価値が浮かび上がっているように思うからだ。

さて、〈雅び〉と〈野卑〉との二項対立の向こうに生成されている価値とは何か。それを掬い取るには、巻第二「徳大寺厳島詣」が注目される。この章段には、概ね以下の内容が語られている。すなわち、欠員の近衛大将が、平家の宗盛に回り、徳大寺実定は落胆し、思い詰め、出家まで考えていた。そこに、藤蔵人重兼がやって来て知恵を授ける。すると、実定は念願の近衛大将に着任した。といった次第が語られている。着目したいのは、重兼が授けた知恵あるいは一計であり、語り手がそれに添えた評言である。

「……（重兼）[a]重兼めづらしい事をこそ案じ出して候へ。喩へば安芸の厳島をば、平家なのめならずあが

> め敬はれ候に、何かは苦しう候べき、彼社《かのやしろ》へ御参《おんまゐり》あッて、御祈誓候へかし。七日ばかり御参籠候はば、彼社には内侍とて、優なる舞姫共おほく候、めづらしう思ひ参らせて、もてなし参らせ候はんずらん。『何事の御祈誓に、御参籠候やらん』と申し候はば、ありのままに仰せ候へ。…〈中略〉…都（実定と共に内侍たちが）へのぼり候ひなば、西八条へぞ参り候はんずらん。『徳大寺殿は何事の御祈誓に、厳島へは参らせ給ひたりけるやらん』と、尋ねられ候はば、内侍共ありのままにぞ申し候はんずらん。[b]入道相国はことに物めでし給ふ人にて、わが崇め給ふ御神へ参ッて、祈り申されけるこそうれしけれとて、よきやうなるはからひもあんぬと覚え候」と申しければ、徳大寺殿…〈中略〉…厳島へぞ参られける。…〈中略〉…徳大寺を[c]左大将にぞなされける。[d]あはれめでたかりけるはかりことかな。[e]新大納言もか様に賢きはからひをばし給はで、よしなき謀反おこいて、我身も亡び、子息所従に至るまで、かかるうき目を見せ給ふこそうたてけれ。
>
> （巻第二「徳大寺厳島詣」①一六〇～一六三頁）

重兼は、落ち込む実定に、一計を案じ（傍線部ａ）、厳島詣を勧める。その謂はといえば、以下のとおりだ。厳島には内侍と言われる舞姫がいる。参詣すれば、その内侍たちは実定をもてなし、何の祈誓があるのかと尋ねるだろう。そうしたらありのままに近衛大将を所望しての参詣である旨を伝えればよい。それは結局、清盛の耳に入る。清盛はとても感動しやすい性質だから、自身の崇める神に参詣し、祈誓したのはうれしいことだとなり、良いように、要するに大将などに着任できるように計らってくれるだろう（傍線部ｂ）。重兼は実定にこのような思惑を伝え、厳島詣を勧めたのである。

そして、重兼の見通したとおりの経過をたどり、実定は近衛大将に、しかも左大将（傍線部ｃ）に着任したことが語られる。そのうえで、語り手は重兼の賢明なる計略を賞賛する(傍線部d)。加えて、傍線部eにおいて、対照的に新大納言(成親)が鹿谷の陰謀に加担し、主導さえして、我が身を滅ぼすばかりか「子息所従」にまで累を及ぼした次第を、「うたてけれ」と嫌悪感をも表出することばで批判するのであった。

相手の気性を読んだ〈知略〉は賞賛され、その〈力〉もないのに〈武力〉を頼んだ謀反は批判される。『平家物語』においては、〈力〉対〈力〉の争いが否認され、〈力〉に対する〈知〉という処方箋が提示されている。巻二「徳大寺厳島詣」からは、そんな側面が垣間見られるのである。むろん、席巻する〈野卑〉な〈力〉が、大いに語られているのではあるが、その隙間から、〈力〉に対する処方箋としての〈知〉が語られている様子を掬い取るべきではあるまいか。その点については次節で述べる。

### 五 〈知略〉その現在性

〈武力〉という〈力〉を、その〈野卑〉な性質においてディコンストラクションするのが、むしろその〈力〉の劣位において発現する〈雅び〉であるとしても、劣位にある敗者という位相で、それは〈野卑〉な〈力〉によりディコンストラクションされてしまう。しかし、〈野卑〉と〈雅び〉との相互ディコンストラクションにより、新旧の価値がともに解体されていくなか、〈知〉という価値を提示・構築しようとしたのが『平家物語』なのではないか。むろん、〈雅び〉の源泉でありながら、〈武力〉という〈野卑〉な〈力〉ともたれ合う王権を、それこそ錦の御旗として席巻する〈野卑〉な〈力〉がものを言う状況は見据えられているし、それへの絶望と否認が語られているのには相違ない。

しかし、巻二「徳大寺厳島詣」には、〈力〉というパルマコンの毒性を解毒する処方箋として、〈知〉あるいは〈知略〉というものが提示されているのを読み取りうる。新編古典文学全集が底本とする覚一本を読む限り、『平家物語』は頼朝の幕府を視野に、〈力〉を賞賛しているのでもないし、対する〈雅び〉を王朝懐古のセンチメンタリズムで賞賛しているのでもない。[5] 興隆する〈野卑〉な〈力〉と、無力な〈雅び〉とを尻目に、〈知〉もしくは〈知略〉による〈力〉の統制という可能性を生成するテクスト。それが『平家物語』だったのではないか。そして、そこに『平家物語』におけるディコンストラクションの可能性の中心があるのではないか。

ところで、第一節でも見たように、武家は朝家に「召しつかはれ」るべきものだというのが、『平家物語』の標榜するイデオロギーであった。しかし、武家の持つ〈武力〉という〈野卑〉な〈力〉は、そのようなイデオロギーのくびきから容易に離れてしまう（兵藤　一九八九、高木　二〇〇一）。

とはいえ、右のイデオロギーについて、もう少し考えてみたい。時代的に民主主義の不在という大きな、そして決定的な差異はあるものの、武を職能とする武家に対し、そうではない存在を朝家に見立てるなら、そこには今日にも細い糸で繋がる、萌芽としての文民統制を読み取りえないだろうか。それがうまく機能しないのは、〈武力〉という〈力〉を統制する難しさがあるからで、少なくとも〈雅び〉でディコンストラクションしたところで、観念的な域を出ず、実質は敗者の論理でしかない。それは、『平家物語』に語られているところであった。が、一方、〈知〉あるいは〈知略〉により、〈野卑〉な〈力〉を撓めうる可能性も語られていたことは見逃せないのではないか。今日でも重要でありつつ、世界に目を向ければその危うさを露呈する文民統制が、〈知〉もしくは〈知略〉による〈野卑〉な〈力〉

のディコンストラクションを通して、生成される可能性を示したところに、『平家物語』におけるディコンストラクションの真骨頂をとらえておきたいと思う。

■注

（1）『平家物語』の本文は小学館新編日本古典文学全集に拠り、丸括弧内に、巻数、章段名を示すとともに、新全集の巻数を丸付アラビア数字、頁数を漢数字で示した。

（2）ジャック・デリダ「プラトンのパルマケイアー」（『散種』法政大学出版局　二〇一三年　二六九頁）「顔（父―善・太陽・資本―の顔…鈴木注）の退隠は問答法の実践を開くと同時に限界づける。顔の退隠は問答法を治療不可能な仕方でその「下位のもの」どもに、すなわち戯れ、文法、エクリチュールといったミメーシス術に溶接する」

（3）『伊勢物語』の本文は小学館新編日本古典文学全集に拠り、丸括弧内に章段数、頁数を示した。

（4）「情け」は、すでに王朝文学において、思いやり、恋心、風情、風流心など、多義的な相貌を示しつつ頻出している。その点で、〈情け〉は王権の側で培われた側面を免れないと判断した。

（5）門外漢で諸本の性質について何か言える立場にはないが、性質を異にする本文群のなかから覚一本を底本とする本文を選んだ理由もそこにある。

■参考文献


ジャック・デリダ（二〇一三）：「プラトンのパルマケイアー」（『散種』法政大学出版局）
高木信（二〇〇一）：「感性の〈教育〉――〈日本〉を想像する平家物語」（『平家物語・想像する語り』森話社）

兵藤裕己（一九八九→二〇一〇）：「王権的時空と反世界――平家物語論」（『王権と物語』青弓社→岩波現代文庫）
兵藤裕己（二〇一一ａ）：「歴史の構想」（『平家物語の読み方』ちくま学芸文庫）
兵藤裕己（二〇一一ｂ）：「源平交替史」（『平家物語の読み方』ちくま学芸文庫）

■ディコンストラクションに関する参考文献

ジャック・デリダ（一九七〇→二〇〇五）：『声と現象』理想社→ちくま学芸文庫
ジャック・デリダ（二〇〇四）：『デリダとの対話――脱構築入門』（叢書・ウニベルシタス　法政大学出版局）
ジャック・デリダ（二〇〇五）：『デリダ、脱構築を語る　シドニー・セミナーの記録』（岩波書店）

［付記］　本章の執筆者である鈴木泰恵氏は二〇一九年九月に逝去された。編者である高木は、鈴木氏が初稿を書き上げた直後に相談を受け、東京都町田市の居酒屋で話し合いの席をもった。「もう少し手直ししましょうかね」ということで合意した。が、鈴木氏はご自身が納得するような改稿をする前に、逝ってしまわれた。町田で話し合ったときに高木が書き込んだメモなどは失われているし、鈴木氏がどのように直したかったのかはもはや誰にもわからない。「保田与重郎の木曾義仲論などを参照しましょうか」という話しをどのように盛り込もうとされていたのか……。

居酒屋での会話の最後のほうは、現在の日本文学研究において「理論」（文学理論や現代思想）が失われていることへの不満と、これからの研究情況への不安を語りあうこととなった。そして、その夜はお開きとなった。それから半年も経たないうちに、鈴木泰恵さんの訃報に接することになろうとは思いもしなかった。

最後までご自身で手を入れられなかったことを残念に思っておられたと思う。また、鈴木氏の生前に刊行できなかったことを後悔している。

引用文などの校正や少しの加筆、明らかな誤植については、編集の高木と編集補佐の本橋で行った。

# 6　精神分析理論から亡霊論的転回に向けて
## ――鵺・美福門院・王制

荻本　快

### 一　はじめに

私は米国にある精神分析の訓練機関に所属して精神分析の訓練を受けている。私は精神分析的心理療法と集団療法を実践する臨床心理学者でもある。琵琶法師の営みというのは、通常の心理療法の営みにかなり近い。兵藤裕己は『平家物語の読み方』の中で、琵琶法師が元来シャーマンとして共同体の除災、除霊、巫儀の担い手であったことを指摘している。レヴィ＝ストロースによれば、シャーマンは精神分析に先駆するものである（『構造人類学』）。琵琶法師を含む呪術宗教者・遊行芸能民といったシャーマン性の高いものたちが、日本語で行われる心理療法家の先達だと捉えることができよう。

本章では、高木信が論文「語る亡霊のスキャンダル、あるいは亡霊論的転回のための序曲――謡曲《鵺》と『平家物語』巻第四「鵺」の〈カタリ〉」の中で示した『平家物語』を語る〈カタル〉主体を検討する。その方法としてフロイトの精神分析の方法にのっとり、物語の微細な部分に着目する。多くのフロイトの著作の邦訳に携わった金関猛はフロイトの方法について次のように述べている。

フロイトは、夢を解釈するにあたって、あるいは、また、様々な症状を考察する際、全体的な大まかな印象は無視し、個々の微細な部分を注視する。それらの部分は、単に全体を構成する部分としてではなく、過去の心的な印象の残余、痕跡として捉えられる。それぞれの細部は、心のなかに秘められ、その当人ももはや想起しえないような過去の出来事の印象と連想によって結びつく。フロイトは、それらの痕跡を読み解くことによって、抑圧された諸印象を再構成するのである。
（金関猛『能と精神分析』一〇頁）

本章でも、「テクストの表層に残留する、記号化されなかった残余、記号化される前の前記号的な部分」（高木、二〇一六）を分析することに取り組みたい。『平家物語』の語りの多声性・複数性に焦点をあて、巻第四「鵼」の分析から鵼が伝えようとしている平家をカタル主体を分析する。

## 二　『平家物語』の語り――複数性・多声性

兵藤は「ツレ平家」を紹介している。ツレ平家とは、琵琶法師が二人で語る形式のことで、「一句（「平家」カタリの一章段）の語りだし部分は、導師がうけもち、脇（助音）は歌謡的部分のかけあいに参加し、また内容的・曲節的に高揚した部分は導師と脇のツレ語りで語られる。」（『平家物語の読み方』兵藤裕己　一七四頁）というものである。中世の琵琶法師は二人づれで遊行しており、そもそも『平家物語』の語りが対話的・複声的であったことを指摘している。

二〇〇七年の「声と知の往還――音声中心主義は形而上学か?」の中でも、巻二「小教訓」の一節をその主語を括弧内で補いながら分析している。

「…賓客座につらなってあそびたはぶれ、舞ひおどり(賓客、成親)、世を世とも思ひ給はず(成親)、近きあたりの人は、物をだにいわず、おぢおそれてこそ昨日までもありしに(近きあたりの人)、夜の間にかはる有様、盛者必衰の理は、目の前にこそ顕れけれ(盛者必衰の理)。「楽しみつきて悲しみ来る」と書かれたる江相公の筆の後、今こそ思ひ知られけれ(成親、近きあたりの人、語り手…)」(三五頁)

兵藤は末尾の傍線を引いた箇所の主語は、「成親の没落をまのあたりに見た『近きあたりの人』であり、成親本人でもあり、それらを含みこんだ複数的・集合的な主体の語り」であると指摘している。主語が一義的に同定されないことで、この段落全体が集合的な主体の語りになる。

こういった『平家物語』のテクストの多声性・複数性をさらに主張しているのが二〇一六年の高木信である。そこでは『平家物語』巻第四「鵼」のある部分が着目されている。

頼政きッとみあげたれば、雲のなかにあやしき物の姿あり。これを射そんずる物ならば、世にあるべしとは思わざりけり。さりながら矢とッてつがひ、「南八幡大菩薩」と心のうちに祈念して、よッつぴいてひやうど射る。手ごだへしてはたとあたる。「えたり、をう」と矢さけびをこそしたりければ、井の早太つッと寄り、おつるところをとッておさへて、つづけさまに九かたなぞさいたりける。其時上下手手に火をともいて、これをご覧じみ給ふに、頭は猿、むくろは狸、尾は蛇、手足は虎の姿なり。なく声鵼にぞ似たりける。おそろしなンどもおろかなり。

高木は謡曲《鵺》の中でこれに対応する箇所と比較し、分析している。頼政の行為や内面を地謡とシテが語り、語り手的（および頼政的）視点をシテとその言葉を引き継いだ地謡が語っていることを指摘し、「ひとつの主体が分割されて表象される」（二五四頁）と述べ、多声によって曲が成り立っていること、シテの所作も過去に自らを刺した頼政、猪の早太、怨霊自身へと複数人物の動作によって成り立つことを指摘した。そして、語りと所作の両方が多声的・集合的だと結論している。高木は、このようなシテとワキや地謡との間の生成変化、シテと他の死者とのあいだの生成変化の動態を〈亡霊機械〉と名付けている。そして、覚一本の『平家物語』の鵼も多声的・集合的であることを示唆し、多声法的語りはすべての『平家物語』のテクストに内在しており、それをデフォルメしたのが謡曲だと主張した。

兵藤と高木はどちらも『平家物語』の多声性・集合性に着目しているのだが、その方向性は真逆である。兵藤は「超越」を志向して多声を一つにまとめていこうとするのに対して、高木はあくまでもシステムによって一つにまとめられたものを解いていくことへと向かっている。

兵藤は二〇〇七年の著作の中で、先に述べた『平家物語』が継承してきた集合的な記憶の主体について、「伝承された物語を語る主体は、ある公共的で超越的な主体である」（二五頁）、「超越的な主体、それは社会を律している法とも、神仏あるいは「運命」（『平家物語』）とも言い換えられようが、そのような自分を超えるなにものかに同調する感受性が、現代の私たちには失われているのだ」（三四頁）と、彼の言う超越的な主体を理想化しているきらいがある。このような兵藤の態度がナショナリスティックなのではないかという批判に対し、彼は次のように述べている。「集合的な記憶の主体を、ただちにネーション（国民・民族）としての「われわれ」日本人と考えてしまうのは、もう一つの近代主義である。」（三八頁）とその批判こそが時代遅れだと反論しようとしている。しかし、集合性が常にナショナリズムやファシズムへと導かれる危険は常にあり、無視できるものではない。たとえばラカン精神分析理論に準拠するエルネスト・ラクラウを論じてきた山本圭も、集合的なアイデンティティがファシズムに陥る危険性に注意を喚起している。物語の集合性を論じるわたしたちには、「防波堤」（山本圭『不審者のデモクラシー――ラクラウの政治思想』二四六頁）が必要なのだ。

## 三　同一化の不完全さについて

エルネスト・ラクラウは、『現代革命の新たな考察』の中で、自己規定あるいはスローガンによる「アイデンティティ」という合一過程を批判し、民主主義の過程では同一化（identification）の過程こそふさわしいと述べている。これを受けて山本は、わたしたちは集団アイデンティティが不完全である認識が必要だと言う。なぜかというと、集団アイデンティティを形成する象徴的同一化がそもそも構成的な欠如を伴うものだからだ。そして彼は、「実践的には、社会的なものの還元不可能な複数性を肯定し、その結果として同一化の形態が不断の変容のプロセスに開かれていること」（山本圭『不審者のデモクラシー――ラクラウの政治思想』二四六頁）として、徹底した還元不可能な複製性・多声性の肯定、そして同一化とその失敗による変容の過程を主張している。

ラクラウは、構造をもったシステムの一部への同一化が自由の源になることを示唆した。このような同一化が構造の全体ではなく、部分に向かうことによって「主体の場」(三一三頁)が生じる。部分的同一化によって子どもの人格内には、「同一化によって形成されたもの」がはっきりと組み上げられるが、この一つ一つが明瞭であるからこそ、それらの間隙＝非同一化の場において、個人の人格における、より固有かつ主体的なものが立ち上がるとラクラウは主張した。

同一化を分析することは、統一されたものから、部分を分析し、要素の集合とし、要素同士の関係性と非関係性を明らかにすることである。これが集合性によってファシズムに陥らないための防波堤となるのではないか。

『平家物語』の成立じたい、複数の伝承がまとめられるという過程で成立したとみられている。兵藤は筑土鈴寛の研究にもとづき、一三世紀ごろ延暦寺の大懺法院に、平家滅亡にまつわる複数の語りと資料が遁世者や下級の唱導者によってはこびこまれ、年代記的形式や因果論の構想が付与されて『平家物語』テクストが成立したと説明している(『平家物語の読み方』兵藤裕己、傍線は引用者)。『平家物語』の成立過程において複数の同一化によって形成された同一化物の集合と、高木が見出した『平家物語』のテクストの部分に潜む多声性には、同型性が見いだされる。

「防波堤」となるのは、一つの物語を統一的・直線的に聴くのではなく、多声が集合して生じたときに生じる間隙をそのままに、空虚なまま物語を聴くことにあると考える。間隙を覗くとそこには奈落があるかもしれないが、その不安を打ち消すべく超越性や統一可能性に回避するのではなく、私たちは空虚なものに触れる不安、奈落を感じたときの不安に耐えなければならない。

## 四　亡霊論的転回を基点とした物語の主体の分析

先に述べた高木信の「亡霊論的転回」の過程は『平家物語』のテクストにおいてあたかも一つに見える霊魂を、複数の同一化群＝集合、からなる主体へと解きほぐす企てとして画期的である。亡霊論的転回はテクストから離れず、しかも語られていないものを迎え入れ、ひとたびは鎮魂され統治されたと信じられていたモノたちの声を呼び戻した。

あらためて、亡霊論的転回をまとめよう。高木は、二〇一六年の論文の中で、〈亡霊〉を「テクストに明確には登場しないものの、生者と親密圏を構築した(しえたかもしれない)可能性と不可能性のはざまに揺蕩う、〈中有〉の時空からこの世に語りかけている(かもしれない)、生者がその声を聴いた(かもしれない)、けっして確定的な存在ではないモノ」(二六〇頁)と定義している。亡霊の記号化されなかった残余、記号化される前の前記号的な部分がテクストの表層に残留する。亡霊は、現世の時間と空間に束縛されることはなく、時空を混線させるものだ。『平家物語』の覚一本巻第四「鵼」の段と、それに基づく能〈鵺〉を比較し、覚一本の文章中で主語と目的語が消えている部分が、能でいかに劇化されているかを分析したところ、能においてシテ(鵺)が語り手となり、聞き手であるワキと応答することを通して劇のボルテージがあがった末、時の権力者に命ぜられた源頼政が鵺を射抜き家来の猪早太がとどめを刺した場面を、シテ(鵺)が劇中劇で示す。この中で、シテの台詞の主語は鵺、源頼政、猪早太、観衆へと移っていく。台詞だけでなく所作の主体も鵺、頼政、早太へと跛行し、ずれていく。その結果、舞台の上に複数の「われ」＝主体群が発生する。この過程を高木はデリダに基づき「亡霊論的転回」と呼び、勝者のシステムには統制され得ない主体が〈亡霊〉として破れ出てくることを示した。その上で高木は次のように述べている。

複数性を一元化して語ろうとする『平家物語』の語る主体の欲動を生成するのは、亡霊としての鵺なのである。極論すれば、『平家物語』のカタル主体は鵺の亡霊であると言ってもよいのではないか。（二五一頁）

『平家物語』をカタル主体は、鵺の亡霊だというのである。ここから、精神分析の方法論に基づき、カタル主体の分析を試みる。手がかりは「鵺」そして複数性である。鵺の亡霊は何を伝えようとしているのか？　そして、そのカタル主体はなぜ鵺のようにキメラ化しており、多面的なのだろうか？

精神分析臨床の中でも、「鵺」のようなキメラの象徴の精神内的な機能が論じられている。精神分析家の北山修は二〇一九年の講義の中で、日本人の自己が多面的であることを指摘し、それを「鵺」と形容した。日本語世界に生きる存在・者は、視点によって異なる面を見せるような、様々な主体がバラバラのまま合体している多面体だと言うのだ。また北山は、日本語話者の言説においては、主語が明確でないことを指摘し、それは抵抗だと述べている。日本語話者の〈私〉に出会うには、抵抗を解し、行間や隙間といった〈間〉を通して私的な領域に立ち入らねばならない（『劇的な精神分析入門』北山修）。

東洋で鵺と呼ばれているものが、エジプト・ギリシア等の神話においてはスフィンクスと呼ばれて登場する。いわずもがな、オイディプスに謎をかける怪物だ。獅子の身体、ヒトの女性の顔と乳房があり、鷲の翼をもつ。オイディプスはスフィンクスを自死させることで一度はテーバイの王となり、実母と交わる。米国の精神分析家であるGrotsteinは、キメラの象徴について次のように論じている。

（キメラとは）神話化された他者たちが離散している状態から投影性同一化群が回帰することである。この回帰が、意識のレベルを拡大して自分自身を再構築し、他人を誤認する中で自分自身を失う可能性を弱める。

（Grotstein, 1997, p. 57）

ここでいう投影性同一化とは、2歳から3歳の幼児がさかんに使用する自我機能で、投影と投影同一化という過程によって解される。投影とは自己内にある意識化できないほどの強い欲望や衝動を他者に投げ込み、自分のものでなく他者のものとすることである。それによって幼児はその他者を恐れたり不安を感じたりする。投影同一化はこれに加えて、その他者に対して関わろうとする際に生じる。投影されたものは元来その幼児の中にある欲望や衝動であるので、幼児は投影したものも無視できず、その他者のことも無視できない。その結果、幼児の自我は自分が投影してしまった罪悪感や恥を処理しようと試み、その他者をコントロールしようとする。例えば言うことを聞かせようとしたり、目の前から立ち去らせようとする。これが投影同一化の過程である。この機制は実社会でも見られる排除と包摂の過程や、スケープゴートの力学と深く関わっている。

キメラは、他者が極度に理想化され神話化され、互いに関係を失っているか反目しあっている状態から、その他者と自己との関係の中で、他者から影響を受けている部分あるいはその他者に対して排除しているものを再び自己のものとして認めようとする試みにおいて表象されるのである。この企てによって、他者を誤って認識する危険性の中で、自己を意識できる領域が広がり、他者の表象が再構築されていく。

Grotstein は同時に、母親が子どもにとって、巨大で自分を脅かす人を超えた存在、つまり「巨大な母親」として経験され、自己を小さな存在として体験されるときに、スフィンクスのような怪物が表象されると述べている(Grotstein, 1997)。

『平家物語』巻第四「鵺」の段で、鵺は次のように描かれている。

近衛天皇のころ、天皇が毎夜おびえ驚き絶え入られることがあった。午前二時頃に黒雲が一むら立ってきて、御殿の上におおいかぶさると、必ず天皇がおびえるのである。そこで武士である源頼政が呼ばれ参内する。午前二時頃になると、黒雲がたなびいてきて、その中に怪しい物の姿がある。頼政が射抜き、家来がとどめを刺して見てみると、頭は猿、胴体は狸、尾は蛇、手足は虎の姿であるキメラの怪物であった。

ここで関心を持つのは、なぜ御所に、そして近衛天皇のもとに鵺というキメラが現れたのか、精神分析的にどのように考えられるのか、ということである。

鵺がキメラであり、それは Grotstein の言うように近衛天皇が意識下に抱える巨大な母親であると仮定したときにすぐに連想されるのが、近衛天皇の生母の藤原得子(美福門院)である。藤原得子は鳥羽上皇の寵妃で、実子の近衛天皇の即位後、異例中の異例ながら皇后となり、その基に藤原家成、村上源氏、中御門流の貴族が集結して平安時代末期の朝廷と貴族社会に大きな勢力を形成した。得子は藤原忠通と連携して自らの息のかかった子女を近衛天皇に入内させ自らの地位を拡大し維持させようとした。

平安末期の女傑である。

十代であった近衛天皇にとっては、生母である得子は巨大な存在として体験されたであろう。近衛天皇には二人の妃がいた。一人は得子と藤原忠通の養女である呈子であり、もう一人が得子の政敵である頼長の娘である多子である。子どもの居なかった近衛天皇は得子から繰り返し子どもを作るように、しかも実母である得子の養女である呈子を妊娠させるように迫られていたことは容易に想像される。このような強いプレッシャーの中で近衛天皇が神経症となってもおかしくはない。また、既に成人していた近衛天皇であれば自らが上皇・法皇となり院政をしくことを夢見ることは自然な欲望であっただろう。しかし、近衛天皇の周囲には得子をはじめ、得子と結託して弟の藤原頼長と争う関白藤原忠通がいた。近衛天皇自身の権力を望む欲望は、周囲の縁者たちに投影されていたはずだ。しかも忠通と頼長は兄弟関係にあると同時に、忠通は頼長を一度は養子にした仲である。近衛天皇にとっては、周囲の者たちが縁者でありながら自分の性交渉をめぐって互いに激しく敵意を向け合っており、しかも頼長、忠通、得子らは自らの婚姻関係において義父であり義母でもある。縁者が自分の世継ぎのための子作りをめぐって激しく反目し合っていたという状況である。同時に、自らが求める院政と彼らが志向する摂関政治との間の権力闘争という面では競争相手でもある。この全てに母親である得子が深く関わっていると「近衛天皇」が経験する。

互いに反目しあっている縁者ひとりひとりに対して、近衛天皇のもつ権力欲が投影される、そして縁者と自己が抱える権力欲は自らの性交渉＝性欲動と深くつながっている。そして、近衛天皇の母である得子は、実母であると同時に、妻の義母であり、妻との性交渉を強要し政治的に利用しようとする人であり、周囲の男たちと欲望を通ずる女であり、権力を掌握しようとする自らの競争相手でもある。これらの近衛天皇から得子への多面的な投影同一化群が、近衛天皇の得子に対する原始的な思慕の念と愛着において分裂しながら結合する。得子は近衛天皇にとっては巨大な母である。かくして近衛天皇は不能となりキメラの鵼が飛来した。近衛天皇にとって鵼は母親の得子なのだ。

高木信は、『平家物語』が鵺であり、『平家物語』のカタル主体が鵺の亡霊ではないかと提案している。『平家物語』のカタル主体は亡霊であり、鵺のように複数性をもつと言うのだ。加えて、本章で構成してきたように、鵺が近衛天皇によって経験された藤原得子であるとするなら、『平家物語』のカタル主体をどのように理解できるだろうか。

近衛天皇が病死した後、近衛天皇の即位の前に得子の夫である鳥羽上皇から譲位を強要されて得子に反感をもっていた崇徳上皇と、得子と忠通によって失脚させられた藤原頼長らと父親の忠実が謀り、保元の乱が起きる。このとき後白河法皇側は平清盛を呼びよせて保元の乱に勝利する。しかし、その後に平治の乱を経て平清盛は政権を握っていくこととなり、権力は天皇・貴族から武士へと移っていく。しかしながら、ここで武士である平清盛に政権を奪われた責任を得子に押し付け、『平家物語』をカタル主体は得子であると言ってしまったら、亡霊論的転回の意味がない。私たちは複数性に留まらなければならない。鵺は近衛天皇が体験した得子をキメラ化したものであると同時に、通説上の得子でさえも何者かによってキメラ化されたものであるかもしれないのだ。先に述べたように、得子の実子や養子が天皇や上皇になったことで得子の地位は安定したが、得子を利用した集団のダイナミクスもあった。例えば藤原忠通、藤原家成、村上源氏、中御門流の貴族の集団である。これらの勢力が得子を自分たちの欲望を統合する象徴として用いながら権力闘争に生き残ろうとしていた。同時に、得子と争っていた崇徳院派にとっては、強い権勢を保った得子は「化け物」として表象されただろう。このようなダイナミクスについて野中哲照は、得子が崇徳院派閥によってスケープゴートにされたと分析している(『保元物語』における〈鳥羽院聖代〉の演出――美福門院の機能をめぐって」)。平治の乱が院近親同士の争いに端を発したことを考えると、『平家物語』をカタル主体というのは、天皇制を維持しようとする力動、諸勢力による葛藤、インサイダーとアウトサイダーを作り出そうとするこれらの集団的な主体と言ってもよいかもしれない。

天皇家が継承している集団のダイナミクスを概観したとき、彼等はアウトサイダーを時に包摂して新たなインサイダーを作りながら天皇制を維持させ、システムの危機を感じると今度はインサイダーの中からアウトサイダーを作り出し、アウトサイダー同士を分裂させ、どちらかを排除しながら天皇家自体を遺す戦略をとってきているように思える。

兵藤裕己はこの点について次のように説明している。『平家物語』というのは、武家に政権を奪われた王朝国家システムが、源平の交替史の原因は王朝の秩序(王法と仏法)への反逆にあると物語を用いて帰属する(理由づける)ことによって、武家政権を王朝国家システムに呑み込む統制機能をもっている。日本において政治権力をめぐって激しく対立する勢力はあっても、即座に源平合戦のように表象されたり、『平家物語』の構造に吸収されるのである。このような大きな物語・神話に反逆現象が吸収されることで、現代にいたるまで「日本」の王制が維持される状況が続いている。

赤坂憲雄も、民俗学の視点から王制を比較検討し、王制の国家システムを次のように整理している。

ある時まで、乱世の責をとって王は殺されたり追放されたりしていたが、アウトサイダーから仮の王〈偽王〉を立てて、その偽王に王としての権力と生活を一時期負わせた後に、その偽王を殺す、排除するカーニバル構造がある。王が負うべき乱世の責＝穢れは祓い清められたとし、天皇家自体は存続してきている。赤坂は、『平家物語』について次のように述べている。

> 物語は供犠である。たとえば『平家物語』――。その語り手である琵琶法師は、いうまでもなく盲目の、共同体のそとに祀り棄てられた〈異人《いけにえ》〉であり、同様に、入水する平家一門もまた、共同体ないし国家のもよおす供犠の庭にささげられるスケープゴートである。おそらく、平家一門の西海流離・壇之浦における入水滅亡の物語は、王朝末期という過渡の時代そのものが引き寄せる法＝国家レヴェルの贖罪儀礼にかさなっている。
>
> （『異人論序説』赤坂憲雄 一三二頁）

鵼が最初に頼政に退治された時には丸木舟に乗せられて淀川から海へと流されたことで、贖罪は果たされたはずである。しかし謡曲「鵺」では、鵺は河口に留まっているので贖罪は完結していない。穢れが海まで到達する必要があるからだ。王制の浄化システムでは、罪＝穢れは海から穢れのみつる国である根の国に送られ、天つ神・国つ神によって祓い清められるのである。鵺が河口に留まっているのは、王がもつ何らかの後ろめたさ、贖罪の不可能性を顕しているように思える。あるいは河口に留まっていること自体が、海から根の国に穢れを流す王制の浄化システムに抗しているようにも思えるのである。

そもそも、キメラは排除された欲望が回帰することで生じる。一度は自らには無いものとして否認した欲望を取り戻そうとする近衛天皇の無意識的な企てとして鵼が飛来したとすれば、鵼は近衛天皇自身あるいは自己の何かと言ってもよいだろう。宮中・殿中において、天皇・上皇・法皇がもつ権力欲は不可知化され否認されるものである。その結果、宮廷内で権力を欲する欲動は浮遊し、スケープゴート化され、投射される。そうして生まれるのが「鵼」なのだ。

日本の王制は、天皇・上皇・法皇がもつ欲望が否認され、その欲望は偽王に投影され、偽王が罪を背負って死ぬことによって維持されてきた。そうすると、謡曲で描かれる「鵺」は贖罪のために海に消える憑坐＝王、しかも偽王であったと考えることができる。表の王＝天皇・上皇・法皇に対する裏の王が鵺だとすると、鵺は規範としての鎮魂システムに抗う「反―鎮魂システム」の要素をもつ。同時に、鵺というキメラは分散した自分自身を再構築しようとする企てによって生じる。

これまで言われてきたように、謡曲は「鎮魂システム」の要素を持つ。この「反―システム」と「システム」のあいだに間隙がある。亡霊が破れ出るためには、同一化物のあいだを吹きすさぶ風、それを呼び込む空間あるいは空隙が必要なのだ。この間隙・裂け目・穴から無意識のモノが染み出ている。それは「システム」でも「反―システム」でもない「非―システム」と言ってよいだろう。「システム」と「反システム」と「非システム」が自己の表面＝皮膚の上に現れ、モザイクを成す。これは主体なのだろうか。

ラクラウは、ポストモダンの人文知の任務は「偶発的なもののなかに普遍的なるものを探求することとして構築された文化的諸形式から、まったく反対の方向に移行することが必要なのです。すなわち、あらゆる普遍性の本質的な偶発性を示すという試みであり、それは特異的なものの、反復不可能なものの、規範を越境するものの美を構築することなのです。」(二八三頁)と述べている。

システムと反システムがモザイク構造を成しているからこそ、システムと反システムという必然なるものの領域がはっきりする。すると必然でないもの、すなわち偶然性に触れるスペース、間隙の在りかが明瞭になってくる。無意識の主体は、必然性と偶然性とが転換する地点にこそ位置している(「因果的決定論から悲劇的行為へ——精神分析的主体をめぐって」栁瀬宏平)。これこそが『平家物語』をカタル主体なのではないか。

近衛天皇は、周囲の激しい権力闘争の中で子をなすことができなかったが、この王制を理解するための鍵である「鵺」を遺した。私たちは、『平家物語』をカタル主体は鵺である、という高木(二〇一六)からの謎かけを、こう説くことができる。すなわち、カタル主体とは日本語世界における「システム」と「反システム」の領域とそのあいだにある間隙から無意識なるものを呼び込む構造とはたらきである。

## 五　亡霊論的転回の臨床適用可能性

亡霊論的転回の考え方と営みは、日本語による心理療法でも有用である。心理療法には死者との関係に悩む人、死者を否認・抑圧したことから症状を呈している人が訪れる。私たち臨床家は念仏を唱えないが、やっていることは能の「ワキ」と似ている。来訪者がなぜここに居るのかを問い、経緯を問い、あなたは誰なのかと問う。一九一七年のフロイトの「喪の作業」(『喪とメランコリー』)を私たちは実践している。喪の作業が文学の領域で評判が悪いのは、喪の作業がシステム化、勝者による抑圧の過程であるとイメージされているからであろう。デリダによるフロイトの「喪の作業」の批判もそれを助長した。しかしながら、喪の作業というのは、デリダや高木に受け取られているように共同体のためのものではない。むしろ高木が肯定的に捉えている近親者のための喪の作業こそが、フロイトが論じたものだ。ここに、生きている人間の生のために働く心理療法家と、向き合うべき他者に死者をも入れようとする文学者との間の無視できない差異がある。フロイトの理論において死者は「恐るべき」ものではない、死は人間が無機物に帰したということだとフロイトは言う(一九二〇年)。愛する人はもはや無機物となった、そこからフロイトは現在の生に還ってこようとしている。

さらに、喪の作業の実際は、よく想像されているような鎮魂・鎮静過程ではなく、むしろ反抗、すかし、沈黙といった抵抗を取り扱うことが主である。患者の自我は鎮むことを拒否する。患者の中に怒りや恥と共に内在化されている死者が、安全な記憶になってたまるかと荒れ狂い、患者たちの夢に出てくる。治療の場で、患者は死者を演じ、治療者も死者の役割をとる。亡霊論的転回の発想は喪の作業という困難な営みを補うものである(「哀しむことができない――社会と深層のダイナミクス」荻本快)。その有用性は次のように考えられる。

一つ目に、心理療法の空間において、そこに確かに到来し、体験(experiencing)されているが、見えないもの語りえないものを、「亡霊」として前記号化することで、心理療法の過程において治療者と患者がそれを扱いやすくなる。

二つ目に、高木がおこなっているように、亡霊に生まれ出てもらうためには、患者の語りを止め、その述語の主語と目的語になり得るものを広げ、患者の所作の中に傷んだ患者の動作だけでなく加害者その他の人物が含まれることを分析することが求められる。主語や目的語を省くことの多い日本語の語りに、現世の時間と空間に束縛されることなく時空を混線させていく入口が見出されるのだ。

じっさい、心理療法の実践では、患者が語った言葉に着目し、止まり、治療者と患者が詳細に分析と連想をしていく中で、動詞の主語と目的語が転倒して錯誤が生じ、強いエネルギーが噴出すると共に、患者の意識にはなかった情景が立ち現れる。まさに亡霊論的転回は臨床において起きるのだ。心理療法は患者が語る自己に治療者が参与する中で、面接空間に患者と治療者が結合したキメラが作り出される営みである(Grotstein, 1997)。心理療法で体験される主体というのは、『平家物語』をカタル主体に近いと考えている。すなわち、「システム」と「反システム」の領域とそのあいだにある間隙から無意識なるものを呼び込む構造とはたらき、である。

今や私たちは心理療法においても鵺の主体に出会おうとしている。「規範システム」と「反―規範システム」そしてその間に「非―システム」が口を開けている光景がひろがっている。非―システムの中に入ると、そこは上もなく下もなく一方向的な時間もない。この空間の中で、亡霊が自らの生まれ出る瞬間を待っている。どこから生まれようとするのか。その空間に開く裂け目からである。まさに「月」だ。

月日も見えず暗きより、暗きにぞ入りにける、遥かに照らせ山の端の、遥かに照らせ、山の端の月とともに、海月も入りにけり、海月とともに入りにけり。（四五八頁）

謡曲「鵺」の最後の場面で地謡がうたう「月」というのは、非システム＝無意識の中から見えている月ではないか。このときに鵺は亡霊になっており、それが見る月は天に浮かぶ月ではない。無意識＝非システムの中で空間にあく裂け目＝「月」を見ている。

今やその裂け目から亡霊がこちらの世界に生まれ出ようとしている。それを迎え入れる私たちにも「システム」＝モダニズムの部分と「反システム」＝ポストモダニズムの部分がある。しかし、その間には「非システム」からなる間隙が開いていた。裂け目＝月から生まれてくる亡霊を迎えた時には、私たちも新しい主体となっているのだ。

■参考文献
赤坂憲雄『異人論序説』一九九二、ちくま学芸文庫
N・アブラハム　M・トローク、港道隆・前田悠希・森茂起・宮川貴美子訳『狼男の言語標本――埋葬語法の精神分析』（ジャック・デリダによる序文を含む）二〇〇六、法政大学出版局
荻本快『哀しむことができない――社会と深層のダイナミクス』二〇二二、木立の文庫
金関猛『能と精神分析』一九九九、平凡社
北山修『劇的な精神分析入門』二〇〇九、みすず書房
北山修「精神分析とは何か」『対象関係勉強会　精神分析基礎講座』二〇一九年四月二一日
Grotstein, S, James.(1997)'Internal object' or 'chimerical monsters'?: The demonic 'third forms' of the internal world. *Journal of Analytical Psychology*, 42, p. 47–80.

高木信「亡霊の時間／亡霊の和歌、あるいは未来からの〈記憶〉――インターテクスチュアリティのなかの『義経記』」高木信他編『日本文学からの批評理論　亡霊・想起・記憶』二〇一四、笠間書院
高木信「語る亡霊のスキャンダル、あるいは亡霊論的転回のための序曲――謡曲《鵺》と『平家物語』巻第四「鵼」の〈カタリ〉」『物語研究』二〇一六、一六、物語研究会
柵瀬宏平「因果的決定論から悲劇的行為へ――精神分析的主体をめぐって」『表象11』二〇一七、表象文化論学会
野中哲照「『保元物語』における〈鳥羽院聖代〉の演出――美福門院の機能をめぐって」『国文学研究』一九九四、一一三、早稲田大学国文学会
兵藤裕己「声と知の往還――音声中心主義は形而上学か？」兵藤裕己編著『シリーズ思想の身体――声の巻』二〇〇七、春秋社
兵藤裕己『平家物語の読み方』二〇一一、ちくま学芸文庫
S・フロイト、中山元訳「喪とメランコリー」『人はなぜ戦争をするのか　エロスとタナトス』、二〇〇八、光文社
S・フロイト、中山元訳「快感原則の彼岸」舘田青嗣編『自我論集』、一九九六、ちくま学芸文庫
山本圭『不審者のデモクラシー――ラクラウの政治思想』二〇一六、岩波書店
E・ラクラウ　山本圭訳『現代革命の新たな考察』二〇一四、法政大学出版局
C・レヴィ＝ストロース　荒川幾男・生松敬三・川田順造・佐々木明・田島節夫訳『構造人類学』一九七二、みすず書房

■引用・参照本文

謡曲《鵺》は小学館新編日本古典文学全集『謡曲集①②』によった。

# 7 『平家物語』とポストコロニアル批評

樋口大祐

## 一　はじめに

ポストコロニアル批評は、パレスチナ出身の米国の批評家エドワード・サイードの一九七八年の著作『オリエンタリズム』[1]に端を発した思想潮流である。サイードは本書で、近代西洋がオリエント(中東)を「没落に瀕した過去の文明」として表象し、その軍事的政治的植民地支配を正当化してきた歴史について論じた。その後、ガヤトリ・スピヴァク[2]など、旧植民地出身の先進国の知識人によって、ジェンダーをめぐる問題系とも交差しつつ様々な議論が行われている。その出発点には、知の権力を握る側とそれに従属させられている側の関係性を問い直し、その公正な形をめざす倫理的姿勢がある。旧植民地の大半が政治的独立を果たした二〇世紀後半以降も、旧宗主国による知の覇権による言説支配の構造は続いており、現在の地球規模の南北格差や移民・難民の排除をめぐる諸問題と直結している。それ故、ポストコロニアル批評は、すでに解決済みの過去を対象としているのではなく、二一世紀初頭の現実に根差した、アクチュアルな問題を提示し続けていると言える。

日本でもポストコロニアル批評は一九九〇年代以降、人文学の分野で重要なキー概念の一つとして受け入れられた[3]。たとえば柄谷行人は一九八〇年代半ばのごく早い時点[4]で、近代初頭において生じた、日本の中国に対する眼差しの変化を、近代西洋の中東に対する眼差しの変化に擬え、「日本こそオリエンタリズムを再生産している、という視点」の必要性を強調している。また、柄谷は近年、『世界史の構造』『帝国の構造』[5]等で、世界の各文明圏に中心・周縁・亜周縁の三層構造を見出しているが、彼の図式を援用するなら、オリエンタリズムは知の権力の中心である文明が、周縁・亜周縁に対して抱く表象的傾向と言い換えることができよう。前近代日本の場合、注意すべきことは、日本が中国に対しては周縁でありながら、同時に中華帝国を模して小帝国を形成し、その周縁とみなす地域を表象的に領有化していたことである[6]。そのような心象地理の延長上で、一九世紀後半以降、近代日本は近代西洋が形成した世界秩序に追随する優等生を自認すると同時に、(かつて模倣対象であった中国を含む)更なる周縁とみなした地域にオリエンタリズム的視線を向けることになる[7]。最近の韓国ヘイトは、長期にわたって再生産されてきたオリエンタリズム的無意識が、二一世紀の新しい現実を否認しようとして過激化している側面を否定できないように思われる[8]。

ポストコロニアル批評は、知の権力における支配者側と被支配者側がそれぞれに抱え込んでいる負の精神的遺産を問題化する。『オリエンタリズム』が問題化したのは前者(それは後者の苦しみを分有するサイードであればこそ可能であった)だが、旧植民地地域においては、むしろ後者——被支配者側が支配者側の言説的枠組みに適応せざるを得なかったことがもたらした負の遺産との対峙——の方が重視されやすいかもしれない。しかし近代日本においては、この両者が相乗効果となって堅牢な無意識を構成するまでになっている点こそが問題であるように思われる[9]。この無意識のレヴェルにまで内面化された二重にコロニアルな状況を分析し、オルタナティヴなあり方を掘り起こすことが、日本においてポストコロニアル批評が果たすべき役割であろう。そしてその際の重要な論点の一つが、この二重構造は前近代における、東アジア漢文文化圏周縁の小帝国というあり方を受け継いだものであるという認識なのである。

『平家物語』は一二世紀末に成立し、一九世紀半ばまで継続された、天皇／将軍、朝廷／幕府の公武二重体制の起源神話として、単なる物語以上に重要な歴史的政治的役割を果たしてきた。そこには、以上の二重のコロニアルな状態を考え直すための豊富な論点がちりばめられている。本章では覚一本『平家物語』[10]におけるポストコロニアルな論点を示す記述群の中から、それぞれに異なる意義を持つ四つの記述を選択し、具体的な分析を加えることにしたい。

## 二　周縁国のナショナリズムとその挫折(巻三「医師問答」)

第一の論点は、文化的宗主国である中国(宋朝)に対する、小国・日本のナショナリズムである。治承三年(一一七九)、平重盛は熊野に参詣し、父清盛の行状がひどく、このままでは一代の栄華すら保ちがたいことを嘆く。そして、出家して来世の菩提を求めることが望ましいと思うが、凡夫故にそれが出来ないことを告白し、「願はくは子孫繁栄たえずして、仕へて朝廷にまじはるべくは、入道の悪心を和げて、天下の安全を得しめ給へ。栄耀又一期をかぎッて、後昆恥に及ぶべくは、重盛が運命をつづめて、来世の苦輪を助け給へ」(巻三「医師問答」)と訴える。その帰路、岩田川を渡るときに、彼の身から「灯籠の火のやうなる物」が出て点滅したのを多くの人が目撃する。また、水に映った嫡子維盛以下の服が喪服のように見えたことを知った重盛は「わが所願既に成就しにけり」と呟く。帰京後、重盛は病の床に臥すようになる。治療も祈祷もしない重盛を心配して、清盛は来日中の宋朝の名医に見てもらうことを勧めるのだが、重盛は拒絶するのである。その理由について、重盛が清盛の使者に語った内容を以下に引用する。

延喜御門は、さばかンの賢王にてましましけれども、異国の相人を、都のうちへ入れさせ給ひたりけるをば、末代までも、賢王の御誤、本朝の恥とこそみえけれ。況や重盛ほどの凡人が、異国の医師を王城へいれん事、国の辱にあらずや。漢高祖は三尺の剣を提げて、天下を治めしかども、淮南の黥布を討ちし時、流矢にあたッて疵を蒙る。后呂太后、良医をむかへて見せしむるに、医のいはく、『此疵治しつべし。但し五十斤の金をあたへば治せん』といふ。高祖宣はく、『われまもりのつよかッし程は、多くのたたかひにあひて、疵を蒙りしかども、そのいたみなし。運すでに尽きぬ。命はすなはち天にあり。縦ひ扁鵲といふとも、なんの益かあらん。しかれば、又かねを惜しむに似たり』とて、五十斤の金を、医師にあたへながら、つひに治せざりき。先言耳にあり。今もッて甘心す。重盛いやしくも九卿に列して、三台にのぼる。其運命をはかるに、もッて天心にあり。なんぞ天心を察せずして、おろかに医療をいたはしうせむや。所労もし定業たらば、医療をくはふとも益なからんか。又非業たらば、療治をくはへずとも、たすかる事をうべし。(中略)もしかの医術によッて存命せば、本朝の医道なきに似たり。医術効験なくんば、面謁所詮なし。就中本朝鼎臣の外相をもッて、異朝富有の来客にまみえん事、且は国の恥、且は道の陵遅なり。たとひ重盛、命は亡ずといふとも、いかでか国の恥を思ふ心を存ぜざらん。

使者からこの由を伝えられた清盛は「是程国の恥を思ふ大臣、上古にもいまだきかず。まして末代にあるべしとも覚えず。日本に相応せぬ大臣なれば、いかさまにも今度うせなんず」と言い、なくなく上京した、とされている。

上述のように、重盛は熊野権現に対して、自分の命を縮めて来世の苦しみから救われるよう祈願しており、彼が病の治療を拒否する真の理由はそこにあると読める。しかし彼は清盛とその使者に対しては、それとは異なる二つの相矛盾する理由を挙げている。第一は「所労もし定業たらば、医療をくはふとも益なからんか。又非業たらば、療治をくはへず共、たすかる事をうべし」というものである。しかし彼は第二の理由として、「かの医術によって存命せば、本朝の医道なきに似たり」と「本朝の医道」の名誉を重視し、「国の恥」を避けることを理由にあげている。また、清盛もこの「国の恥」を思う心に感動し「日本国に相応せぬ大臣」という判断のもと、重盛の死を予感するのである。

このように重盛の言動には矛盾が存在する。物語の枠組を重視するなら、彼は父親に自身の希死念慮を悟られることなく自らの願望を遂げるために、宋朝の医師を拒否する口実として「国の恥」という言葉を口にしたことになろう。しかし清盛が反応するのはまさにこの「国の恥」言説の部分であり、読み手もそれに拘らざるを得ない。清盛は重盛の言明が、日本のように大国の先進技術を輸入しなければならない小国の大臣に相応しくないものと判断している。しかし、にもかかわらず彼は重盛の非現実的な言説を受け入れる。そして物語は、清盛さえもその国粋主義的な思想を受け入れるさまを示すことで、読者にも同様の価値観の受け入れを迫っているのだ。

しかし他方、引用文に明らかなように、重盛は第一の理由を述べるにあたり、漢高祖の例を引いている。「国の恥」に拘る重盛自身、その行動規範を中国の先例に求めているのである。重盛は巻三「金渡」では、宋の育王山に金を献上してその後世を祈らせている(「又おとど、「我朝にはいかなる大善根をしおいたりとも、子孫あひついでとぶらはむ事有りがたし。他国にいかなる善根をもして、後世を訪はればや」とて、安元の比ほひ、鎮西より妙典といふ船頭を召しのぼせ、人を遥かにのけて、御対面あり」)。

重盛の「国の恥」言説は、以上のような幾重にもコロニアルな状況の中で発せられたものであった。嘉応二年(一一七〇)、清盛は後白河院を福原に誘い出し、宋の商人に面会させた。これは平安京在住の貴族たちにとってはスキャンダルそのものであり、九条兼実は「天魔之所為」と非難している[11]。重盛の延喜御門(醍醐天皇)批判の背後で、そのような現実が進行していたのである。「国の恥」言説は日宋貿易を推進する父清盛の国家構想に対する婉曲な批判であると同時に、当時の保守的な貴族層一般の、自らの周縁性に対する否認的心理とパラレルなものであったと考えることができるのではないか。

## 三　平安京中心主義(巻五「月見」)と二重化された中華思想(巻七「忠度都落」)

『平家物語』の語りが強固な「平安京中心史観」に規定されていることは、巻三の俊寛説話における差別的な鬼界が島の表象に典型的に表れている。たとえば、師の俊寛を訪ねて鬼界が島にやってきた有王は、人々の言葉がききとれず、餓鬼のような姿をしている師に遭遇し、それが俊寛であることを認識できず、自分が餓鬼道に堕ちたのではないかと錯覚する。[12]鬼界が島とそこで暮らす俊寛の境遇を悲惨なものとして描き出すことが、物語の構想上必要な事柄として要請されたのであり、そこに物語作者の差別意識が横たわっていることは否定できない。

問題はそのような記述を現代の我々がどのように読むかということである。文学研究の対象である言葉(言説)の意味作用はその背景をなす社会的文脈と相関関係にある。言説はそれが成立した文化圏内部においては、その内的ルールに基づいて一義的に受け取られる傾向があるが、その外側においてはそうではない。『平家物語』は日本列島や隣接するアジアの諸地域について、主に平安京(王朝)の視点から記述しており、そこには「差別」が存在する。また、王朝文化は中世以降、貴族以外の諸階層に対し、自文化に対する同化・服従を促してきた。そして近代「国文学」においてはそれが帝国臣民の供えるべき教養とされたのである。「国文学」に期待された役割は、文学研究ではなく、臣民教育の装置として機能することだったものと思われる。

戦後、国文学研究にも民衆的視点が導入される。[13]しかし、言葉と意味の基本的一致を前提とする近代的な文学観の下では、上述の同化主義的な傾向を抑止することはできない。それが可能になるためには、一つのテクストから多様な意味を引き出しうること、その中で意味の抗争の諸相を追求することが、文学研究の意義の一つであるという学問観の転換が必要である。そうしてはじめて前近代の文学研究は「古典」に対する従順で権威主義的な姿勢から脱却し、「古典」解釈が孕む政治性について認識を深めることができるであろう。我々は『平家物語』が孕んでいた差別的視線を再生産してきた歴史の果てに生きている。たとえば現在の沖縄米軍基地問題にみられる本土の沖縄に対するコロニアリズム[14]は、

『平家物語』のこの平安京中心主義と決して無縁ではない。我々は物語の枠組が求める、都びとへの感情移入の要請に逆らってテクストを読む必要があるのである[15]。

『平家物語』の平安京中心主義は至る所に露呈している。たとえば巻五には、清盛の強引な福原遷都の記述(「都遷」)に続いて「月見」「物怪之沙汰」という二つの章段が配置されている。「月見」は、遷都後の中秋の名月の日に、平氏政権下で不遇をかこつ貴族の徳大寺実定が、かつて二代の帝王に入内した経験を持つ姉の多子を近衛河原の御所に訪ねる挿話である。二人の再会の場面は「源氏の宇治の巻には、うばそくの宮の御娘、秋のなごりを惜しみ、琵琶をしらべて夜もすがら、心をすまし給ひしに、在明の月いでけるを、猶たへずやおぼしけん、撥にてまねき給ひけんも、いまこそ思ひ知られけれ」と、『源氏物語』宇治十帖における、薫と宇治の姫君の出会いの場面[16]が引き合いに出されている。この場面は、平安京が政治の中心から外され、廃墟となってしまった様子を描いているのだが、『源氏物語』の引用により、そのような情趣が王朝世界になじみの情趣であり、既知の美学であることを暗示している。この章段は実定に仕える「物かはの蔵人」と大宮に仕える「待宵の侍従」の機知にとんだ和歌のやり取りで結ばれる。その意味で基本的に王朝文化の枠内の挿話なのである[17]。

他方「物怪之沙汰」は、「福原へ都をうつされて後、平家の人々は夢見もあしう、常は心さはぎのみして、変化の物どもおほかりけり」と、福原に移った人々の落ち着かない様子から始まり、清盛の前に怪異が連続して生じるさまが描かれ、情趣深い「月見」とはまさに対照的な配置になっている。『平家物語』は平安京に対しては「旧都はあはれめでたかりつる都ぞかし。王城守護の鎮守は、四方に光をやはらげ、霊験殊勝の寺々は、上下に甍をならべ給ひ、百姓万民わづらひなく、五畿七道もたよりあり」

と絶賛する（「都遷」）。対して、福原については「新都は北は山にそひてたかく、南は海ちかくしてくだれり。浪の音常はかまびすしく、塩風はげしき所なり。されば新院いつとなく御悩のみしげかりければ」（「都帰」）と、高倉院の病の原因を福原の気候に帰す書き方や、「誰か心うかりつる新都に片ときものこるべき」（同上）と、語り手の心情をそのまま読み手に強いる書き方を反復する。読者はテクストの平安京中心主義の感情教育に巻き込まれるような仕組みになっているのである。

また、巻七「忠度都落」は、寿永二年（一一八三）七月、一旦都落を決意した薩摩守忠度（清盛の弟）が、自分が書き溜めていた和歌のアンソロジーを藤原俊成に預け、いつか世の中が平和になって勅撰和歌集編纂が行われるときが来たら、自分の和歌について配慮してくれるよう、懇願する話である。俊成が「かかる忘れがたみを給はりおき候ひぬる上は、ゆめ〳〵疎略を存ずまじう候。御疑あるべからず。さても唯今の御わたりこそ、情もすぐれてふかう、哀れもことに思ひ知られて、感涙おさへがたう候へ」と述べると、忠度は以下のような行動に出る。

薩摩守悦ンで、「今は西海の浪の底に沈まば沈め、山野にかばねをさらさばさらせ。浮世に思ひおく事候はず。さらば暇申て」とて、馬にうち乗り、甲の緒をしめ、西をさいてぞあゆませ給ふ。三位うしろを遥かに見おくッてたたれたれば、忠度の声とおぼしくて、「前途程遠し、思を雁山の夕の雲に馳す」とたからかに口ずさみ給へば、俊成卿いとど名残惜しうおぼえて、涙をおさへてぞ入り給ふ。

忠度は翌寿永三年（一一八四）二月に一の谷合戦で戦死し、平家一門は翌々元暦二年（一一八五）三月の壇の浦合戦で滅亡する。しかし、実際にこの都落ち時点で、彼等のそのような運命が明らかであったわけではない。現にこの寿永二年は年末まで東国の頼朝、都の義仲、西国の平家の三つ巴状態が続いており、平家は段階的に失地回復を遂げていっている。[18]しかしこの説話の忠度は再び生きて京に戻る可能性を一切考えていないように見える。この説話は同時代の過渡的な状況ではなく、忠度も平家一門も最終的に滅亡したという結果から遡って作られているのである。

この説話は、苛酷な運命によって生き別れを強いられる師弟が、立場を越えて心を通い合わせる「美談」の体裁を具えている。しかし注意すべきは、その「美談」の構成要素として、忠度が都から遠く離れた地で死ぬこと、王朝文化を志向する忠度にとってそれが耐えがたいことであること、しかし彼は自分の和歌が勅撰集に入集することで満足しようと努めること、等の諸要素が存在することである。そしてそのような諸要素を配置する文化的枠組みとして、東アジア漢文文化圏通有の中華思想が横たわっている。忠度は俊成の「御疑あるべからず」の一言をきき、「今は西海の浪の底に沈まば沈め、山野にかばねをさらさばさらせ。浮世に思ひおく事候はず。」と、都に対する未練を断ち切って席を立つ。肉体は滅びても、勅撰和歌集の中に自分の名前が残れば、それで生の目的は達せられるとでもいうように。そこには、王朝文化に対する絶対に近い尊崇がある。仮に『保元物語』[19]の源為朝であれば、京で戦に敗れても、東国で新しい王権を築き上げればよいと嘯くであろう。清盛も平安京にとらわれていないことでは為朝と同様である。しかし、忠度は完全に王朝文化に呪縛されている。彼には都以外の場所で生きていくことは考えられない。この説話の「感動」がそのような平安京中心主義と表裏一体のものであることはいくら強調しても強調しすぎることはない。

また、忠度が最後に俊成に背を向けたまま朗誦した漢詩は、『本朝文粋』や『和漢朗詠集』に収録されている、大江朝綱（江相公）の「夏夜於鴻臚館餞北客」と題する漢詩の一節「前途程遠、馳思於雁山之暮雲、後会期遥、霑纓於鴻臚之暁涙」に基づいている。[20] 雁山は唐の都長安の北方にある、万里の長城を越えて朔北に帰る使節が越える山である。大江朝綱の漢詩は、渤海国に帰る使節に餞する漢詩の中で、自らの立場を長安の詩人に、渤海国の使節を唐から故国に帰る使節に擬えて、惜別の想いを詠んだわけである。そして『平家物語』の忠度はさらに、永遠の別れを告げて故国に帰る使節達に自らを擬えたのである。ここにも、『和漢朗詠集』等を通して摂取された、漢詩の形をとった中華思想が息づいている。この漢詩の一節に触れた読者が俊成と共に感動するためには、中華思想に裏打ちされた漢詩の伝統的心象地理を内面化している必要がある。その意味でこの説話は東アジア漢文文化圏の中に存在するコロニアリズムを読者に学ばせるうえで、何重にも教育的な効果を持ったテクストなのである。[21]

## 四　知盛のつまづき／下剋上と戦場のリアル（巻九「知章最期」）

『平家物語』とコロニアリズムに関する第三の論点として、平氏の没落の描かれ方に関する問題系がある。治承寿永の内乱を経て、源頼朝の下で秩序が回復された。しかし、都落ちした平家一門は後白河院以下に見放され、[22] 運命の転変を身をもって経験しなければならなかった。東国の武士団は、内乱以前は平家に臣従する立場であり、畿内の源氏に比べても劣位の存在であった。しかし戦争はその関係性を逆転させる。『平家物語』巻九「越中前司最期」に、以下のような記述がある。

新中納言は、東にむかッてたたかひ給ふところに、山の岨より寄せける児玉党、使者を奉ッて、「君は一年武蔵の国司でましまし候ひしあひだ、これは児玉の者どもが申し候。御うしろをば御覧候はぬやらん」と申す。新中納言以下の人々、うしろをかへりみ給へば、黒煙おしかけたり。「あはや、西の手はやぶれにけるは」といふ程こそありけれ、とる物もとりあへず、我さきにとぞ落ち行きける。

生田合戦で源氏方として平知盛に対峙した武蔵児玉党の武士団は、かつて武蔵守であった平知盛とは主従関係にあり、[23]（知盛の側では知らなくても）児玉党の側では知盛のことはよく知っていた。ここでは、その児玉党が、かつての主筋にあたる知盛に、その敗北を知らしめる役割を演じている。この使者の口上は微妙である。かつての主人である知盛に対する憐憫か、それとも彼我の優劣の逆転を優越意識をもって知らしめようとしているのか。

知盛と児玉党の関わりは、この後「知章最期」で再び叙述される。ここで知盛にとって痛恨の出来事が起きる。

新中納言知盛卿は、生田森の大将軍にておはしけるが、其勢みな落ちうせて、今は御子武蔵守知章、侍に監物太郎頼方、ただ主従三騎になッて、たすけ舟に乗らんと汀のかたへ落ち給ふ。ここに児玉党とおぼしくて、うちはの旗さいたる者ども十騎計をめいておッかけ奉る。監物太郎は究竟の弓の上手ではあり、まッさきにすすんだる旗さしがしや頸の骨をひやうふつと射て、馬よりさかさまに射おとす。そのなかの大将とおぼしき者、新中納言にくみ奉らんと馳せならべけるを、御子武蔵守知章なかにへだたり、おしならべてむずとくんでどうどおち、とッておさへて頸をかき、たちあがらんとし給ふところに、敵が童おちあうて、武蔵守の頸をうつ。監物太郎おちかさなッて、武蔵守うち奉ッたる敵が童をもうッてンげり。其後矢だねのある程射つくして、打物ぬいてたたかひけるが、敵あまたうちとり、弓手の膝口を射させて、たちもあがらず、ゐながら討死してンげり。此まぎれに新中納言は、究竟の名馬には乗り給へり、海のおもて廿余町およがせて、大臣殿の御舟につき給ひぬ。

知盛はかつての部下である児玉党に追いつめられ、監物太郎と愛息の武蔵守知章を身代わりにして、無我夢中で逃げ延びたのであった。我に戻った知盛は宗盛の前で懺悔する。「武蔵守におくれ候ぬ。監物太郎うたせ候ぬ。今は心ぼそうこそまかりなッて候へ。いかなれば子はあッて、親をたすけんと敵にくむを見ながら、いかなる親なれば、子のうたるるをたすけずして、かやうにのがれ参ッて候らんと、人のうへで候はばいかばかりもどかしう存じ候べきに、我身の上になりぬれば、よう命は惜しい物で候ひけりと、今こそ思ひ知られて候へ。人々の思はれん心のうちどもこそ恥づかしう候へ」。誇り高き武将として自他ともに許す存在であった知盛は、往年の部下に背かれ、現在の部下と愛息を裏切るという二重の「意味の裂け目」を身をもって経験するのである。

巻十一「内侍所都入」で知盛が最期に述懐する「見るべき程の事は見つ。いまは自害せん」という有名な言葉は、この「知章最期」の記述を踏まえて考える必要がある。この言葉は彼の運命を凝視する覚悟の言葉として、石母田正以来、高く評価されている。[24] しかし、それは知盛が新たな悲劇を避け得たことを意味しない。同巻「先帝身投」で彼は自らの自害に先立ち、御座舟に参向し、「世のなかは今はかうと見えて候。見苦しからん物共、みな海へいれさせ給へ」と自ら掃除を始める。そして、女房達に戦況をきかれ、「めづらしきあづま男をこそ御覧ぜられ候はんずらめ」と言ってからからと笑う。知盛は彼女らを恐怖に叩き込み、その集団入水への道を用意してしまうのだ。[25]

これは生田合戦での未練な行動を反復すまいとの決心から出た振舞いであったように読める。しかし、総大将として源氏方と粘り強く交渉し、女房や先帝の命を救う道を探るべき責任を放棄する行為であろう。そしてその責任放棄の後押しをしたのが、敵を「めづらしきあづま男」と表現し、自ら対話の道を閉ざす平家方の差別的な東国観であった。そのことは幼帝安徳を無理心中の道連れにした時子にも言えることであろう。壇の浦で入水しなかったとしても、安徳は結局は源氏方によって毒殺される運命であったかもしれない。しかしやはり時子は安徳を救うべく努力すべきだったのではないだろうか。[26]「浪の下にも都のさぶらふぞ」という時子の最後の言葉は、彼女を捉えていた妄念の強さを語って余りある。『平家物語』は知盛や時子の覚悟の自殺が平安京中心主義への固着の結果であり、それが安徳の命を奪う結果を招いたことを端なくも示しているのである。

## 五　頼朝以前／頼朝以後の視差（巻四「源氏揃」）

最後に、頼朝が武家の棟梁となることを終着点とする『平家物語』において、その枠組に回収できない記述について一瞥しておきたい。巻四「源氏揃」に、源頼政が以仁王に平家打倒の盟主に成ることを持ちかける場面がある。鎌倉幕府側の視点から同時代の歴史を記述する『吾妻鏡』では、この頼政と以仁王の対話の場面が全巻の冒頭に配置されており、以仁王の令旨が鎌倉幕府の存立意義の根拠になっている。[27] 同書では令旨を伝えられた諸国の源氏として頼朝と義仲の名前が挙げられているのみであり、完全に頼朝側の視点から叙述がなされている。他方、「源氏揃」では頼政が諸国の源氏を列挙する以下の場面がある。

まづ京都には、出羽前司光信が子共、伊賀守光基、出羽判官光長、出羽蔵人光重、出羽冠者光能、熊野には、故六条判官為義が末子、十郎義盛とてかくれて候。摂津国には、多田蔵人行綱こそ候へども、新大納言成親卿の謀反の時、同心しながらかへり忠したる不当人で候へば、申すに及ばず。さりながら其弟、多田二郎朝実、手島の冠者高頼、太田太郎頼基、河内国には、武蔵権守入道義基、子息石河判官代義兼、大和国には、宇野七郎親治が子共、太郎有治、二郎清治、三郎成治、四郎義治、近江国には、山本、柏木、錦古里、美濃、尾張には(中略)伊豆国には、流人前右兵衛佐頼朝、常陸国には、信太三郎先生義憲、佐竹冠者正義、其子太郎忠義、同三郎義宗、四郎高義、五郎義季、陸奥国には、故左馬頭義朝が末子、九郎冠者義経、これみな六孫王の苗裔、多田新発満仲が後胤なり。

諸国の源氏が京都、熊野、摂津、河内、大和、近江、美濃・尾張、甲斐、信濃、伊豆、常陸、陸奥の順に列挙されている(西国武士の名はなく、頼朝の兄弟の中でも土佐の希義、三河の範頼については記述がない）。ここでは義仲も頼朝も特別扱いされていない。この配置は鎌倉幕府成立以後の御家人の諸国守護地頭の配置と全く重ならない。また、覚一本が成立した一四世紀後半に室町将軍を世襲していた足利氏やそのライバルであった新田氏の名も見えない。

ここに名の見える源氏たちの多くは、鎌倉幕府以後、将軍頼朝恩顧の御家人が諸国に配置される中で抑圧・排除される人々である。[28]この「源氏揃」は幕府御家人によって植民地化される以前に諸国に盤踞した源氏の状況に遡行しており、そのことによって鎌倉幕府・室町幕府支配下の現実を問い直す効果を持っているのである。

## 六　まとめ

以上、『平家物語』の四つの記述に即して検討してきた。「古典」文学は時代を超越した価値として脱政治されて享受されることで、却って作品成立当時の政治性を再生産してしまう傾向を持つ。テクストをその成立時の緊張関係の場に差し戻し、それを読み手の現在の状況と重ね読む[29]ことが、前近代文学とポストコロニアル批評の接点であるということが出来よう。

■注

（1）サイード『オリエンタリズム』上下（今沢紀子訳、平凡社ライブラリー、初出一九八六年、英語版（原

文）初出一九七八年）

（2）スピヴァク『サバルタンは話すことができるか？』（上村忠男訳、みすず書房、一九九八年、英語版（原文）初版一九八八年）。なお、『平家物語』に対するフェミニズム批評については、別稿を期したい。

（3）日本語で書かれたポストコロニアリズム批評の代表的なものには、冨山一郎『暴力の予感』（岩波書店、二〇〇二年）、石原俊『近代日本と小笠原諸島』平凡社、二〇〇七年）等がある。

（4）柄谷行人『ダイアローグ』三（第三文明社、一九八七年）所収の浅田彰との対談「オリエンタリズムとアジア」（初出一九八五年）。

（5）柄谷行人『世界史の構造』（岩波書店、二〇一〇年）、『帝国の構造』（青土社、二〇一四年）

（6）菊地仁「院政期の〈歌枕〉幻想」（有吉保編『和歌文学の伝統』角川書店、一九九七年）、佐藤晃「中世日本の内なる内と外をめぐって」（『日本文学』50巻7号、二〇〇一年）等。

（7）西槇偉・坂元昌樹編『夏目漱石の見た中国『満韓ところどころ』を読む』（集広舎、二〇一九年三月）等参照。

（8）酒井直樹『死産される日本語・日本人』（新曜社、一九九六年）等参照。

（9）小森陽一『ポストコロニアル』（岩波書店、二〇〇一年）参照。

（10）覚一本『平家物語』の引用は小学館新編日本古典文学全集によった。

（11）『玉葉』（圖書寮叢刊所収）嘉応二年（一一七〇）九月二〇日条。

（12）巻三「有王」。高橋公明「文学空間のなかの鬼界ヶ島と琉球」（『立教大学日本学研究所年報』一号、二〇〇二年）等による批判がある。

（13）永積安明『中世文学の展望』（東京大学出版会、一九五六年）、同『中世文学の成立』（岩波書店、一九六三年）等、いわゆる歴史社会学派と称された研究者の活動による。ただし大津雄一『『平家物語』の再誕』（NHKブックス、二〇一三年）は、永積の研究に見られる、明治のロマン主義・国民主義的な文学観の残滓を批判している。

（14）沖縄米軍基地問題に対する本土の関心の薄さに、コロニアリズムの影響を見る議論には、高橋哲哉

(15) 『沖縄の米軍基地』(集英社新書、二〇一五年)等がある。

ちなみに、大正期の菊池寛『俊寛』(『菊池寛文学全集』第三巻、文芸春秋新社、一九六〇年、所収、初出一九二一年)では、俊寛は島の生活に適応し、現地の娘と結婚して幸福に暮らしたことになっている。一九世紀末の画家ゴーギャンの例等が踏まえられていると思われるが、平安京中心主義に彩られた俊寛言説を脱構築したものになっている。

(16) 『源氏物語』「橋姫」巻。

(17) 桜井陽子「『平家物語』巻五「月見」をめぐって」(『軍記と語り物』21号、一九八五年)

(18) たとえば『玉葉』寿永二年(一一八三)一二月五日条には、平氏がまもなく京に帰還するであろうとの崇徳院・藤原頼長の「託宣」があったことが記されている。また、翌年一月九日条には、義仲と平家の和平が決定したことが記されている(その後一月二〇日に宇治川合戦があり、義仲は滅亡し、頼朝の代官である義経が入京することになる)。

(19) 半井本『保元物語』(岩波新日本古典文学大系所収)下「為義降参ノ事」参照。

(20) 『和漢朗詠集』(新潮日本古典文学集成所収)等参照。

(21) 『平家物語』が持っている感情教育の機能については、高木信「感性の教育――〈公共性〉を生成する平家物語」(『日本文学』44巻7号、一九九五年)参照。

　また、『平家物語』巻二には、鬼界が島の記述の後に「蘇武」の章段が配されており、時代と場所は異なっていても、両話の風情は同一であるという話末評で締めくくられている。ここからは日本本土と鬼界ケ島の関係が中国と朔北地域の関係性に擬えられ、中心・周縁の構図に二重に絡め採られていること、むしろそのようなコロニアルな心象地理こそが、感情移入の物語の基盤になっていることがわかるだろう。

　なお、木下順二『子午線の祀り』(河出書房新社、一九七九年)は、壇の浦の戦い直前の知盛に対して、阿波民部成良いが、朝鮮半島への亡命を勧めるものの、知盛が拒否する場面がある。実際には九州と朝鮮半島南部の間には人の往来が頻繁に行われており、たとえば『吾妻鏡』(新訂増補国史大系所収)文治元年(一一八五)五月二三日条には、源平の対立に巻き込まれるのを避けて当時の「対馬守」が朝鮮半島に避難していたという記録も残っている。「子午線の祀り」は知盛を主人公とする戯曲だが、朝鮮への亡命を拒否する知盛の融通の利かない姿を赤裸々に示すことによって、その無意識の平安京中心主義を暴露することに成功しているといえる。樋口大祐「亡命・拉致の文学」（小峯和明編『東アジアに共有される文学世界　東アジアの文学圏』、文学通信、二〇二一年）等参照。

(22)『平家物語』巻七「聖主臨幸」「一門都落」等。

(23) 児玉党については関幸彦編『武蔵武士団の研究』（吉川弘文館、二〇一四年）所収、上杉和彦「武蔵七党と『平家物語』の世界」等参照。

(24) 石母田正『平家物語』（岩波新書、一九五七年）。

(25) 高木信「知盛〈神話〉解体」（『日本文学』55巻6号、二〇〇六年）参照。

(26) ちなみに吉川英治『新・平家物語』は時忠を和平交渉に積極的な人物として描いている。樋口大祐『変貌する清盛』（吉川弘文館、二〇一一年）「戦争と平和」参照。

(27)『吾妻鏡』治承四年（一一八〇）四月九日条には、使者となった源行家は「先相觸前右兵衛佐之後。可伝其外源氏等之趣」を指示されたとある。

(28)『吾妻鏡』文治元年八月一四日条には、源氏一門のうち六人が受領に任じられた記事がある。伊豆の山名義範、上総の足利義兼、越後の安田義資、信濃の加賀見遠光、相模の大内惟義、それに伊予の義経であるが、山名、足利、義経はここに名がみえない。また、安田義資は頼朝の生前に粛清され、大内氏は承久の乱で没落している。

(29) 花田清輝『日本のルネッサンス人』（朝日新聞社、一九七四年）所収「本阿弥系図」参照。

■参考文献

飯田祐子『彼女たちの文学』二〇一六、名古屋大学出版会
石原俊『近代日本と小笠原諸島』二〇〇七、平凡社
伊藤聡『日本像の起源』二〇二一、角川選書
上野千鶴子『新版　ナショナリズムとジェンダー』二〇一二、岩波現代文庫

大津雄一『『平家物語』の再誕』二〇一三、NHK出版
岡真理『記憶／物語』二〇〇〇、岩波書店
柄谷行人『ダイアローグ』三、一九八七、第三文明社
柄谷行人『世界史の構造』二〇一〇、岩波書店
柄谷行人『帝国の構造』二〇一四、青土社
小森陽一『ポストコロニアル』二〇〇一、岩波書店
斎藤真理子『韓国文学の中心にあるもの』二〇二二、イースト・プレス
サイード、エドワード、今沢紀子訳『オリエンタリズム』上下、一九八六、平凡社ライブラリー
酒井直樹『死産される日本語・日本人』一九九六、新曜社
品田悦一・斎藤希史『「国書」の起源』二〇一九、新曜社
スピヴァク、ガヤトリ、上村忠男訳『サバルタンは話すことができるか？』一九九八、みすず書房
高橋哲哉『沖縄の米軍基地』、二〇一五、集英社新書
坪井秀人編『戦後日本の傷跡』二〇二二、臨川書店
冨山一郎『暴力の予感』二〇〇二、岩波書店
西成彦『外地巡礼』二〇一八、みすず書房
西槇偉・坂元昌樹編『夏目漱石の見た中国　『満韓ところどころ』を読む』二〇一九、集広舎
バーバ、ホミ、本橋哲也他訳『文化の場所――ポストコロニアリズムの位相』二〇〇五、法政大学出版局
樋口大祐『乱世のエクリチュール』二〇〇九、森話社
樋口大祐「亡命・拉致の文学」小峯和明編『東アジアの文学圏』二〇二一、文学通信
兵藤裕己『王権と物語』二〇一〇、岩波現代文庫
星名宏修『植民地を読む　「偽」日本人たちの肖像』二〇一六、広島大学出版会
水田宗子・北田幸恵編『山姥たちの物語』二〇〇二、學藝書林

# 8 『平家物語』とフェミニズム批評

木村朗子

## 一　『平家物語』のフェミニズム批評

『平家物語』のフェミニズム批評は、八〇年代後半に活発化した女性史研究によってもたらされた。歴史研究と仏教研究から以下のような女性に注目する論がだされた。

脇田晴子・林玲子・永原和子編『日本女性史』（吉川弘文館、一九八七年）、西口順子『女の力――古代の女性と仏教』（平凡社選書、一九八七年）、大隅和雄・西口順子編『シリーズ女性と仏教』全四巻（平凡社、一九八九年）、脇田晴子・S・B・ハンレー編『ジェンダーの日本史』上・下（東京大学出版会、一九九四年、一九九五年）、河野信子他編『女と男の時空――日本女性史再考』全六巻（藤原書店、一九九五～一九九六年）。

『平家物語』などのような合戦を描く軍記物語は、武士たちの物語なのだから、主要な登場人物は男性ということになり、女性史という女性に着目する視座がもたらされてはじめて、軍記物語の女性たちに注目する論があらわれたのである。ただし、田中貴子は、「女性史の視点から見た『平家物語』」『平家物語――批評と文化史』（軍記文学研究叢書7、汲古書院、一九九八年）において、「文学テクストの中に登場する女性について何がしかの論をなせば、それがすなわち「女性史的視点」の研究となる、という錯覚が現在でも蔓延している」と批判し、女性登場人物を取り上げただけの論では女性史研究にはならないと述べている。田中は「ほとんどの研究は、人物論的方法によって『平家』に登場する女性を論じたものばかりであり、女性史的な方法を自覚的に用いた論は皆無であったといってよいだろう」とした上で、「文学の場合では、テクストのなかに女性がいかに描かれているか、そしてそれは当時の社会的・文化的背景とどのように切り結んでゆくのか、という問題になると思われる。この問題に取り組むためには、対象となるテクストの成立した時代と女性との関係を知ることが必要となるし、昨今古典文学の領域でも盛んになってきたフェミニズム批評を用いる用意もせねばなるまい」としている。本論文で田中は、『平家物語』の「家父長制の呪縛にからめとられていった女性の姿」をあぶりだす。

女性史の視点とほぼ同時にあらわれたのが、七〇年代後半から定住民とは異なる暮らしをもつ、漂泊民に注目し、とくに被差別として扱われてきた芸能的漂泊民、職能民などを掘り起こす研究成果が出された。網野善彦『無縁・公界・楽――日本中世の自由と平和』（平凡社選書、一九七八年。のちに平凡社ライブラリー、一九九六年）、『中世の非人と遊女』（明石書店、一九九四年。のちに講談社学術文庫、二〇〇三年）、脇田晴子『女性芸能の源流――傀儡子・曲舞・白拍子』（角川選書、二〇〇一年）などである。これらによって物語に登場する遊女や白拍子が注目されるようになった。

『平家物語』の女性に着目する論は、一般書ながら永井路子『平家物語の女性たち』（新塔社、一九七二年。のちに文春文庫、二〇一一年）が最も早い。その後、歴史研究として、細川涼一『女の中世――小野小町・巴・その他』日本エディタースクール出版部、一九八九年）、細川涼一『平家物語の女たち

――大力・尼・白拍子』（講談社現代新書、一九九八年。のちに吉川弘文館、二〇一七年）が、永井路子の取り上げた女たちについて再度論じている。

文学研究としては、兵藤裕己『平家物語――〈語り〉のテクスト』（ちくま新書、一九九八年。のちに『平家物語の読み方』ちくま学芸文庫、二〇一一年）に収められた「建礼門院の物語」が先駆けとなった。

九〇年代に入ると、ジェンダー論が導入され、続いて、同性愛について考えるセクシュアリティ論、さらに複層的な性のあり方について考えるクィア研究へとフェミニズムの議論は伸張していった。ジェンダー論としては、高木信『平家物語――装置としての古典』（春風社、二〇〇八年）に収められた三本の論文「〈戦場〉を躍りぬける――巴と義仲、〈鎮魂〉を選びとる」、「男が男を〈愛〉する瞬間《とき》――兼平と義仲、英雄達が〈失敗〉する」、「乳兄弟の〈創られた楽園〉――「一所で死なん」という共／狂＝演／宴《きょうえん》」、また高木信『「死の美学化」に抗する――『平家物語』の語り方』（青弓社、二〇〇九年）に収められた「建礼門院の庭――『源氏物語』を読む〈女〉」などがある。

また、エリザベス・オイラー「祇王――『平家物語』における女性とパフォーマンス」（Elizabeth Oyler, "Giō: Women and Performance in the "Heike monogatari"," *Harvard Journal of Asiatic Studies*, 64: 2, 2004. pp. 341–365.）、ロベルタ・ストリッポリ『白拍子、尼、亡霊、女神――日本文学、能、絵巻、文化遺産にみられる祇王と仏』（Roberta Strippoli, *Dancer, Nun, Ghost, Goddess: The Legend of Giō and Hotoke in Japanese Literature, Theater, Visual Arts, and Cultural Heritage*, Leiden/Boston: Brill, 2018.）が、祇王と仏の物語を扱っている。

以上の先行研究にみられるように、『平家物語』のフェミニズム批評とは、おおむね女性の登場人物に注目し、その人物の物語における機能について考察したものとなる。

たとえば、兵藤裕己は、『平家物語の読み方』で、女性の登場人物の存在は、女性の演唱者の存在と不可分であることを指摘して次のように述べている。「平家物語で女性を主人公とする物語の多くは、かつて念仏の尼たちの懺悔語りとして語られた物語だろう。世をのがれて嵯峨の往生院にこもった祇王と仏御前の物語、奈良の法華寺で尼となった横笛の物語も、嵯峨往生院や法華寺などを拠点に活動した女性の語り手の存在をおもわせる」(一九七頁)。

その上で建礼門院の物語を「恋人や家族に死におくれた女たちの悔恨の物語」だと位置づけている。女たちの悔恨が語られるとするならば、それは演唱者の問題というよりは、ひろく享受者の問題でもあるだろう。平家演唱の聴衆には女性が多くいたという視角からの『平家物語』の読み直しがフェミニズム批評の一角にあってよい。

## 二 「灌頂」巻

建礼門院の末期を語る「灌頂」巻物語は、そもそもすべての『平家物語』のヴァリアントに存在するものではない。高木信『平家物語——装置としての古典』のまとめによると、「灌頂巻を立てるものは、語り本の覚一本、読み本の四部本。立てないものは、語り本の屋代本・百二十句本・八坂本、読み本の延慶本・『源平盛衰記』・長門本(巻第二十の最後に灌頂巻という章をもつ)である」(二六六頁)。いまテクストとしてとりあげている覚一本が灌頂巻を立てていることは特別なこととしてみる必要がある。

兵藤裕己は『平家物語の読み方』において、覚一本に灌頂巻が立てられているのは、覚一本が当道座の正本として作成されたという組織化と囲い込みの関わりのなかで、秘曲として伝授するという特権化を行うためであったとしている。とりわけ、それが女の曲として認識されていたという指摘は興味深い。「平家琵琶の「灌頂巻」は、当道座の上層部である検校・勾当クラスの盲人に伝授された。「灌頂」は、雅楽琵琶の世界では最重要の秘曲「啄木」を伝授する儀式をいい、そのさい、伝授道場には琵琶をもつ音楽神である弁才天がまつられ、伝授にさきだって弁才天に祈誓する儀式が行なわれた」(二四三頁)という。また当道座の琵琶法師たちが「女の法号を名のり、女官をおもわせる官職を私称する」ことを指摘し、次のように述べている。

そこに形成されるのは、自己同一性の不在において、あらゆる述語的な規定を受け入れつつ変身する(憑依する/憑依される)主体である。みずからの帰属すべき中心をもたない主体は、ことば以前の非ロゴス、この世ならざるモノを受け入れる容器となるだろう。

異界のモノのざわめきに声をあたえるシャーマニックな主体は、ことばが分離・発生するそのはざまを生きる者として、本質的に両性具有的である。ことば以前のモノのざわめきからことばが立ちあがる機制は、比喩的にいえば変成男子である。その両性具有的な主体こそ非ロゴスの狂気のざわめきに声をあたえ、言語化・分節化されないモノから語りのことばが出現する現場(まさに「変成男子」である)を、その発生のはざまにおいてとらえるモノ語りの語り手である。変成男子する両性具有の神は、異界のざわめきとそのアナーキーな力をこの世に媒介する琵琶法師たちにとって、たんなる比喩をこえてまさに職能の神なのであった。

（兵藤裕己『平家物語の読み方』二四五～二四六頁）

ロゴスつまり言語は、ラカンの象徴界すなわち言語的世界に重ねるなら、父なるものが支配する場であり、ロゴスは男性ジェンダーを担うものとされる。したがって、「ことば以前の非ロゴス」とは、霊的なモノを憑依させ、具体的には登場人物たちが憑依する身体としての琵琶法師の語りのあり方をさすのであり、「非ロゴス」の世界が両性具有的であるとされるのは、男性性の解体を意味する。

しかし、兵藤論文では、琵琶法師の男性性の解体すなわち「両性具有」性は、別に「異形」の者とも説明されていて、これだけでは女性ジェンダーの入り込む余地はない。女性と行き逢うためには女性の往生を説く『法華経』の竜女成仏譚を媒介とする必要がある。灌頂巻は建礼門院の往生譚を語る女の物語なのであって、建礼門院が竜女に重ねられることで、「変成男子」という仏教概念で両者が結ばれているのである。

ただし、問題は覚一本のテクストだけで、それが実現できないということだ。覚一本は、建礼門院の死後に、ともに尼となっていた二人の女房たちが「遂に彼人々《かのひとびと》は、竜女が正覚の跡をおひ、韋提希夫人の如くに、みな往生の素懐をとげけるとぞきこえし」と語りおさめているのであって、ここで竜女や韋提希夫人に比されているのは、女房たちであって建礼門院ではない。

したがって、ここで兵藤論文は建礼門院の往生を語って女房のその後を語っていない「覚一本とならぶ語り系の古本である屋代本」の本文「女院遂に建久の始めの比《ころ》、竜女の正覚の跡を追ひ、韋提希夫人の(如くに)往生の素懐を遂げさせ給ひけり」を導き入れることで論をたてている。建礼門院こそがが、竜女であり弁才天であるとすることで、「変成男子」という両性具有性を媒介に当道座の語り手の異形性へとつないでいくのである。

灌頂巻に「変成男子」という語はでてこない。もともと「変成男子」とは『法華経』提婆達多品に説かれる女人往生譚で、「女身垢穢」「女人五障」といわれる女の身である八歳の竜女が、たちまちに男子に変じて成仏してみせたとするところに由来する。したがって灌頂巻の「竜女の正覚の跡を追ひ」という箇所を、竜女は正覚を得るために「変成男子」を必要としたはずだと読むのは、『法華経』本文を経由した解釈だということになる。

ところが『平家物語』において「変成男子」の語がでてくるのは、他ならぬ建礼門院がのちの安徳天皇を身ごもり出産する段の加持祈祷の文脈なのである。有名な俊寛の「足摺」に連なる巻第三「赦文」に次のようにある。

　御懐妊さだまらせ給ひしかば、有験の高僧貴僧に仰せて、大法秘法を修し、星宿仏菩薩につけて、皇子御誕生と祈誓せらる。六月一日、中宮御着帯ありけり。仁和寺の御室守覚法親王、御参内あッて、孔雀経の法をもッて御加持あり。天台座主覚快法親王、同じう参らせ給ひて、変成男子の法を修せらる。

(「赦文」一八六頁。表記は適宜変更した。)

つまりここでの「変成男子」は、男子誕生を祈念して行われる、胎内の女子を男子に変じる修法を意味しているのであって、『平家物語』に唯一登場する「変成男子」の語は実は竜女成仏譚とは無縁の語なのである。変成男子の法については、たとえば古態をあらわすといわれる延慶本にはでてこない。
灌頂巻の建礼門院の往生譚は、入水した自らの母と子、二位の尼と安徳天皇の後世を弔うために尼として生きた日々の終結としてあるのだから、『平家物語』の末尾と考えたとき、それは非業の死を遂げた平家一門の後世を弔うためにおかれた巻だと理解される。延慶本は、建礼門院の極楽往生をたしかに平家一門の後世の安寧へと結んでいる。

御年六十八ト申シ貞応二年ノ春晩ニ、紫雲空ニタナビキ、音楽雲ニ聞ヘテ、臨終正念ニシテ、往生ノ素懐ヲ遂サセ給ニケリ。御骨ヲバ東山鷲尾ト云所ニ奉納ケルトゾ聞ヘシ。今生ノ御恨ハ一旦ノ事也。善知識ハ是莫大之因縁ト覚テ、目出ゾ聞ヘシ。昔ノ如、后妃ノ位ニテ渡セ給ハマシカバ、女性ノ御身トシテ、争カハ彼法性ノ常楽ヲ証ゼサセ給ベキト哀也。源平ノ相論出来テ、災ニ合セマシマシケルハ、偏ニ往生極楽之霊瑞ニテ有ケル物ヲトゾ、人申合ケル。サレバ日来ハ自利利他之行業、廻向ノ功力、冥途ニ到テ、御一類モ共離苦得楽、疑ヒ有ジ者哉。
(『延慶本平家物語　本文篇下』勉誠出版、一九九〇年、五三四頁。表記は適宜変更した。)

しかし延慶本の末尾は、平家の子孫が絶え果てたのちの、頼朝の「果報目出」きことを言祝ぎ、清盛を赦したと語り収められている。「盛者必衰の理」を説き、直近の例として「大政大臣平清盛入道、法名浄海ト申シケル人ノ、有様伝承コソ」(上・一七頁)として清盛の語りはじめたこの物語の結語にふさわしい。

　とするならば、覚一本が灌頂巻を末尾に置き、「彼人々は、竜女が正覚の跡をおひ、韋提希夫人の如くに、みな往生の素懐をとげけるとぞきこえし」を語り収めとしているのは、清盛の有様の物語の帰結とは異なるものとして考える必要があるだろう。しかも灌頂巻末尾に語られているのは建礼門院の往生ではなく、彼女に付き従った女房たち（彼人々）の往生なのである。ここで往生するのは特定できる二人の女房たちのはずだが、物語はあえて「みな」という言い方で広く女人の往生の物語としていることにも注意したい。「みな」とする言い換えは、そこに明示されていないアノニマスな女人たちをくり込んでいく。実際に当時、戦乱の世を生き延びて尼となった女たちも多くいたはずだ。細川涼一は『平家物語の女たち』において「尼寺は戦乱の世の中、敗戦の側で夫と死別して生き残り、寄る方ない身となった女性が、寡婦としてその後の人生を委ねるホスピタリティー施設としての意味ももっていた」として、そうした尼寺の例として、「承久三年（一二二一）の承久の乱に際して、後鳥羽院方の公家として刑死した中御門宗行の妻が、高山寺明恵に帰依して出家し、法名を戒光と名乗り、夫の菩提のために開創した平岡善妙寺（一二二一年開創）にうかがうことができる」（一一九頁）と述べている。すると灌頂巻で描かれる建礼門院と女房たちの姿は、戦中戦後に尼となった女たちが自らを重ねるものでもあったはずだ。建礼門院という国母に比肩すべきではない女たちは、女房たちの往生に自らの未来を託すほかなかったであろう。こうした無数の尼たちの物語として『平家物語』を読む方法があるのではないか。以下にくわしくみていく。

　建礼門院の気がかりである、二位の尼と安徳天皇は、海に沈んでいったのだから、往生譚の定石である竜女成仏譚が導き出されるのは自然だ。建礼門院はとらわれの身となって都に上る途上、播磨国明石浦で、先帝、二位の尼をはじめ一門の公卿殿上人が、「竜宮城」に暮らしているさまを夢に見る。それは「先帝身投」で幼い安徳天皇への慰めに二位殿が言った「浪の下にも都のさぶらふぞ」ということばを裏付ける夢でもある。

しかし竜宮城は、「昔の内裏にはるかにまさりたる所」であるにもかかわらず、建礼門院が後白河法皇に語ってきかせた六道めぐりのさいごを占める畜生道に相当する場でもある。竜王の娘でさえ成仏できたという説話は、女人成仏だけでなく、畜生の成仏を語っているといわれている。したがって、「竜女の跡をおひ」は、女人のためではなく、竜宮城へ行った平家一門の往生をも含み得る語だといえる。

しかし物語は、「竜女の跡」に、「韋提希夫人の如くに」と加えて、女人の往生譚へと再びひきしぼっているのである。韋提希夫人の往生譚は『観無量寿経』に説かれるものだが、これは宮廷社会の女性たちにも親しい物語だったはずだ。「当麻曼荼羅縁起絵巻」によると當麻曼荼羅は、横佩の大臣の娘(のちには中将姫といわれるようになる)が出家し、比丘尼となって現れた阿弥陀如来と女房姿で現れた観音菩薩の助けを借りて織り上げた曼荼羅図だが、中央に阿弥陀如来が坐す極楽世界を描いた周辺部に『観無量寿経』の物語を付している。當麻曼荼羅を織った女君は極楽往生する。その女君がもたらした當麻曼荼羅は『観無量寿経』の世界を表現したものなのである。『観無量寿経』は、阿闍世が父王、頻婆娑羅王を幽閉し、それを助けた韋提希夫人を殺そうとしたところ「国位を得ようとして父を殺す者はあっても母を殺す無道はない」と言われて彼女を幽閉し、失意の韋提希夫人が釈迦に極楽世界を請うという物語である。

當麻曼荼羅は、その写しが多く伝存していることから、広く信仰されたものとみていい。韋提希夫人が観想によって釈迦に極楽世界をイメージする法を授けられる物語は曼荼羅が絵解きされることで伝播したのであろう。息子に幽閉された不遇の女が往生するまでの物語は、戦乱のなかで仏道に入り、修行をつづけている女たちが自らの未来を託すに十分なものであっただろう。平安宮廷物語に、韋提希夫人の名があがってこないにもかかわらず、『平家物語』灌頂巻が女人往生を語るにあたって『観無量寿経』すなわち韋提希夫人の物語を持ち出すのは絵解きのような説法経由であったかもしれない。

いまここで考えるべきは、『平家物語』にこのようなかたちの灌頂巻がおかれることで物語がどのように読み得るのかということである。

## 三　巻第一「祇王」と巻第六「小督」の物語

覚一本『平家物語』の興味深いのは、物語のはじめに「盛者必衰の理」として「六波羅の入道前太政大臣平朝臣清盛公と申しし人の有様」を描くと宣言し、平氏が源氏に淘汰されていく過程を描きながら、巻第一に「祇王」の物語を置いていることである。これまでにフェミニズム批評として書かれた論は「祇王」の物語に注目してきた。先にも挙げたように、エリザベス・オイラー「祇王——『平家物語』における女性とパフォーマンス」がある。またロベルタ・ストリッポリ『白拍子、尼、亡霊、女神——日本文学、能、絵巻、文化遺産にみられる祇王と仏』にいたっては一冊全部をとおして祇王伝説の伝播を追っている。

「祇王」の物語は、概略は以下のとおりである。清盛が祇王という白拍子を愛妾として、「毎月に百石百貫をおく」るようになり、妹の祇女、母親の閉とともに富み栄えた。三年ののち、加賀国で名を馳せた仏御前という白拍子が、清盛の元に推参する。清盛はこれを追い返すが、祇王のとりなしで歌い、舞わせたところすっかり魅了されてこんどは仏を愛するようになる。仏は祇王に遠慮するが、清盛は祇王を追い出してしまう。のちに祇王は仏を楽しませるために呼び出され、さらなる屈辱を受ける。祇王は、身投げして死のうとするが母に訓戒され、母と妹とともに出家し嵯峨の奥の山里に籠もる。のちに自らも出家を遂げた仏御前が三人の住まう庵を訪ねてくる。最後は「四人の尼ども、皆往生の素懐をとげけるとぞ聞えし」と語り収められる女人往生譚である。

「祇王」の物語は、清盛の「一天四海を、たなごころのうちににぎり給ひしあいだ、世のそしりをもはばからず、人の嘲をもかへりみず」なした「不思議の事」の例として語られているから、平氏の衰亡が清盛の慢心に由来することを強調するための逸話として読める。しかし祇王の物語は、エリザベス・オイラーの指摘するとおり、「清盛の栄華と衰亡という大きな物語を超越して、特立している」。灌頂巻と同様に、「祇王」の物語は遅れて成立したといわれており、成立の形態からも女性の物語としてとりたてて解釈する余地があるだろう。

田中貴子は、女性史の視点から見た『平家物語』において、巻一の祇王の物語と巻六の小督の物語を合わせ読むことで、祇王の出家が清盛の家父長的権力から逃れることを意味し、祇王の物語では嵯峨の奥がアジールとして機能したのに対し、清盛の怒りを買って出家させられた小督の存在が描かれることで、「出家はもはや小督のアジールではなく、家父長の命に背いた罰として機能している」と指摘する。

一方で覚一本では、清盛に「心ならず尼になされて、年廿三、こき墨染にやつれはてて、嵯峨のへんにぞ住まれける。うたてかりし事どもなり」として描かれた女房小督の出家は、「かやうの事共に、御悩はつかせ給ひて、遂に御かくれありけるとぞきこえし」という一文に結ばれて、高倉天皇の死の遠因とされているのである。したがって、覚一本では小督物語は、清盛の怒りを漏れ聞いて姿を消した小督を仲国をして探し求めさせるくだりに主眼がおかれているのである。

細川涼一は『平家物語の女たち』において、「小督」の段で、天皇のもとを離れた小督を琴の音をききつけて見いだす役割を担う仲国が笛の名手として描かれたのは、後白河院の構想した芸能者集団をあつめたセンターの中心人物であったことによるのではないかと指摘している。

慈円は『愚管抄』巻第六で、この仲国夫妻の同調者に、巫女・巫（男巫）・舞・猿楽・銅細工などのかつて後白河院の側近くに伺候した「狂い者」、すなわち身分の低い芸能者がいたことを述べている。このことから仲国夫妻の霊託事件には、後白河院の神祠を建立して芸能者のセンターとする動きがあったことを、西口順子氏は指摘している。

この、後白河院の霊託を担ぎだすことで、かつて後白河院の側近くにいた「狂い者」と呼ばれた芸能者たちの拠点の神祠を造ろうとしたことにうかがえるように、仲国は後白河院の王権を取り巻く芸能者たちの中心的位置に立つ存在であった。後白河院は、今様を媒介として遊女・舞人・白拍子・傀儡子などの芸能者集団とのパイプを敷設し、自らの宮廷を交通・情報のネットワークの結節点（サブセンター）とすることで、古代から中世への転形期をパフォーマンスの王権として切り開こうとしたことが、近年、棚橋光男氏によって指摘されている。

（細川涼一『平家物語の女たち』一〇六〜一〇七頁）

仲国は、後白河院の死後、妻に後白河院の霊が憑依し、後白河院の廟を祀るように託宣するという霊託事件を起こす。この史実によって、『平家物語』では音楽を司る者として仲国像が描かれているのではないかというのである。小督が琴の上手であったとすることもまた、「小督」の物語が芸能民へと連なる可能性を示すことになるだろう。

小督の物語の芸能との関係が暗喩的であるのに対して、白拍子を描く祇王の物語はあきらかに芸能者の世界を描いたものである。エリザベス・オイラーは、白拍子と清盛の関係は、物語外部においては、平家の演唱者とその観客のメタファーとして機能することを指摘し、観客たる清盛と演者の白拍子が、主体と客体に比定されるとすると、男性の観客が優位にあって、演者は、不可避的に劣位におかれ、男性のまなざし(male gaze)のもとで女性化した客体となるといったヒエラルキーが、祇王の物語では脱構築されているのだと述べる。なぜなら白拍子たちは清盛の権力の及ばないところへ出家して去って行くのであり、なおかつまたあっち死にした清盛に対して、極楽往生してしまうからである。

延慶本によれば、小督の物語ももともとは女人往生譚であった。しかし覚一本は小督が「心ならず尼になされ」たとして出家が清盛の意向であったことしか語らない。「尼になされ」たとは具体的にどのようなことかを事細かに説明するのが延慶本である。延慶本では、清盛が怒りにまかせて手ずから小督の髪を削ぎ落したことになっている。

清涼殿ニ渡セ給ト聞テ、大床アララカニフムデ参ル。入道ト御覧ジケレバ、主上忩ギ入セ給ヌ。小督殿ハ立去方モ無シテ、キヌ引カヅキテフサレタリ。入道枕ニ立テ、「汝ハ世ニモ不憚、入道ニモ不恐シテ、中宮ノ御心ヲ奉悩コソ不思議ナレ」トテ引出シツツ、自ラカミヲシ切テゾステテケル。小督局心ナラズ尼ニナサレテ、口惜トモ云計ナシ。「哀、嵯峨ニテ思立タリシ時、大原ノ奥ヘモ尋入テ、吾ト様ヲモカヘタラバ、心ニククテ可有ニ、無由モ再被召帰テ、恥ヲ見ツル悲シサヨ」ト歎給ヘドモ、甲斐モナシ。ヲシカラヌ命ナレバ、水ノ底ニモ入ナムト思立給ヘドモ、サキニモ人ノ云シ様ニ悪道ニ堕ム事、心憂ク覚ユレバ、「今生ハカリノ事、一旦ノ恥モナニナラズ。後生ハ終ノ栖ナレバ、浄土ヲコソ願ハメ」トテ、終大原ノ奥ニ分入テ、柴ノ庵ヲ結ビ、一向念仏シ給ケリ。露モ怠ル事ナク明シ暮シ給シガ、齢八十ニテ、日来ノ念仏ノ功積リ、臨終正念ニテ、往生ノ素懐ヲ遂給フ。

（『延慶本平家物語』上、五九一～五九二頁）

小督は八十歳まで尼として生き延び、極楽往生の決まり文句で「臨終正念ニテ、往生ノ素懐ヲ遂給フ」たと語られている。延慶本との決定的な違いとして、覚一本からは小督の往生譚が省かれているのである。つまり小督の物語は、祇王のそれと同じように芸能者の女人往生譚だったはずなのだが、覚一本ではそれを廃しているのである。すると覚一本では、祇王の往生譚を、小督の物語を経由せずに、直接に建礼門院の往生譚に結ぼうとしているということになる。

## 四　祇王の物語と女人往生譚

覚一本の「祇王」の段は四人の女たちの極楽往生を語り、後白河法皇の長講堂の過去帳に「祇王、祇女、仏、とぢらが尊霊」と記されているということで語り収めているのだから、これはたしかに女たちの物語である。しかし延慶本をみてみると、過去帳に記されているとする逸話のあとで、清盛に話を戻しているのである。

義王ハ恨ムル方モアレバ、サマヲヤツスモ理也。仏ハ当時ノ花ト、上下万人ニモテナシカシヅカレテ、豊カニノミ成マサリ、人ニハウラヤミヲコソナサレツルニ、サリトテ年モ僅ニ廿ノウチゾカシ。是程ニ思立ケル心ノ中ノ恥カシサ、類ヒ少クゾ有ントテ、見聞人ノ袂ヲ絞ラヌハ無リケリ。サテ入道殿は、仏ヲ失テ、東西手ヲ分テ尋ヌレドモ叶ハズ。後ニハカクト聞給ケレドモ、出家シテケレバ不力及。サテヤミ給キ。

（『延慶本平家物語』上、四五頁）

清盛が仏を追って手を尽くしても出家したあとではどうにもならなかったとするくだりについて、ロベルタ・ストリッポリは『白拍子、尼、亡霊、女神』において、「尼になることは、宗教的な救済を得る至高の方法というだけでなく、女たちにとって性的対象からはずれること、そして一般に世俗のヒエラルキーに支配されたシステムの外へ逃れることによって独立する最強の手段である」（六五頁）と指摘している。

言い換えれば、延慶本においては、清盛という支配から逃れる去る義王や仏のエージェンシーが描かれているということになるだろう。エージェンシーは、フェミニズムの用語で、行為体と訳される。行為体は主体に対してでてきた概念で、主体が社会的条件の制約を受けて成り立ち、そこから出られないものとするジレンマを解消するための語である。

一度追い出したのちに、清盛は仏をなぐさめるために祇王を召す。祇王は妹の祇女に二人の白拍子を連れて四人で清盛のもとを尋ねる。

仏も昔は凡夫なり　我等も終には仏なり
いづれも仏性具せる身を　へだつるのみこそかなしけれ

と、泣く泣く二返歌うたりければ、其座にいくらもなみゐ給へる、平家一門の公卿、殿上人、諸大夫、侍に至るまで、皆感涙をぞながされける。入道もおもしろげに思ひ給ひて、「時にとつては神妙に申したり。さては舞も見たけれども、今日はまぎるる事いできたり。此後は召さずとも常に参つて、今様をも歌ひ、舞などをも舞うて、仏をなぐさめよ」とぞ宣ひける。（「祇王」四四頁）

仏御前と仏性とをかけことばにした気の利いた歌だ。清盛も感心した様子で、今後は召さずとも常に尋ねてくるようにと言うのであった。しかしそれは清盛のためではなく、同じく白拍子の「仏をなぐさめ」るためであり、祇王にとって非常な屈辱だったという筋である。延慶本では、この箇所の清盛により積極的に悪人を演じさせている。今様を延慶本では二返ではなく、三返歌い、観客たる平家の一門だけではなくて、他ならぬ仏が涙を流したことが書かれている。

是ヲ聞ク人、ヨソノタモトモ所ロセキテ、仏御前モトモニ泪ヲ流シケリ。サレドモ入道ハ少シモ哀ヲカケ給ハズ。マシテ泣マデハ思モヨラズ。暫ク有テ、入道イカガ思ハレケム、会尺モ無テ内へ入給ヌ。其後義王ハ人々ニ暇申テ、泪ト共ニゾ出ニケル。
(『延慶本平家物語』上、四三頁)

仏御前もまた涙をながしたのだが、清盛は一言も言わずに奥へ入ってしまった。延慶本では一人清盛の態度によって、義王の進退が決まることになっている。このように延慶本では清盛に焦点をおいているから、清盛が失踪した仏御前を探し出そうとしたけれども失敗したという挿話が物語の結びとなっているわけである。

それに対して、覚一本は清盛の支配の物語を後退させている。そうすることで覚一本の「祇王」段を徹底して女の物語としているのである。

出家した祇王らは、それでも「過ぎにしかたのうき事共、思ひつづけて唯つきせぬ物は涙なり」といった状態で、心澄まして行いしているとは言いがたい状態であった。祇王はそれまで、我が身のつたなさを歎き、ともすれば仏御前の境遇をうらやんで、恨んでもいたのである。祇王の発心を教化するのは、あとから出家してやってきた仏の存在である。尼姿となった仏御前は、そもそも祇王のとりなしで召されたというのに祇王が追い出されたのは「女のはかなきこと」であり、明日の我が身だと思ってきたのだと言う。それを聞いてただただ仏御前を恨んできた祇王はようやく心を鎮めることができたのである。

仏御前は、祇王をして「まことの大道心」「うれしかりける善知識かな」と言われており、この祇王の教化の語りに、四人が「皆往生の素懐をとげけるとぞ聞えし」という一文が連なっていくのである。祇王の道心は、あとからやってきた仏御前の説教によって教化されるという物語の構造は、「当麻曼荼羅縁起絵巻」で横佩の大臣の娘が尼に化けた阿弥陀によって當麻曼荼羅を自ら織り上げ、しかし曼荼羅の教えを尼の絵解きによって得て往生するのに似ている。『平家物語』では祇王自身が仏御前の前で歌った今様「仏も昔は凡夫なり」のなかで、仏御前と仏性を言葉遊びのようにして入れ替え可能なものとし、仏御前が祇王を教え導く仏に変じるのである。

一方で、仏御前が、「女のはかなきこと」を痛感させられることになるのは、清盛に見捨てられた祇王の存在と祇王が残していった次の歌からであった。

萌え出づるも枯るるも同じ野辺の草いづれか秋にあはではつべき

萌え出づる草も枯れる草も、どちらも秋を迎えるのだから、いまを盛りと寵愛されている者も捨てられた者も結局は飽きられるという歌である。この歌によって、仏御前は次の思いに至って出家する。

「(…)つくづく物を案ずるに、娑婆の栄花は夢の夢、楽しみ栄えて何かせむ。人身は請けがたく仏教にはあひがたし。此度ないりに沈みなば、多生曠劫をばへだつとも、うかびあがらん事かたし。年のわかきをたのむべきにあらず。老少不定のさかひなり。出づる息の入るをも待つべからず。かげろふいなづまよりなほはかなし。一旦の楽しみにほこつて、後生を知らざらん事のかなしさに、(……)」

(「祇王」四八頁)

祇王の歌が仏御前の発心をうながしたというのだから、祇王もまた仏の発心を助けた者となり、この二人は円環的な教化の関係にある。こうして仏御前の「諸共に念仏して、一つ蓮の身とならん」という願いは叶えられることになったわけだが、ここで男女の恋の口説き文句として用いられてきた「一つ蓮の身とならん」という表現が女同士の関係で実現されようとしていることにも注意しておきたい。尼寺という場はもちろんのこと、白拍子などの芸能民は女系で成っていたといわれる。こうした女同士の連帯を希求させ跡づけるのが極楽往生を願う仏教の信仰であった。

さて、覚一本では、祇王が尼になるのは恨みがあったからわかるとして、寵愛をあつめていた仏御前が出家するところで物語の聴く者の涙をさそうのである、とわざわざ物語の享受のしかたを注記してしまう延慶本の野暮を廃し、女たち四人が極楽往生した点に中心を置き直している。この女人往生譚は、「後白河の法皇の長講堂の過去帳にも、「祇王、祇女、仏、とぢらが尊霊」と四人一所に入れられけり。あはれなりし事どもなり」とあって、後白河院の権威の下にある。後白河院は『梁塵秘抄口伝集』で「たとひまた、今様をうたふとも、などか蓮台の迎へにあづからざらむ」として今様をうたう遊女たちの往生を語っているのだから、祇王寺などの尼寺で四人の彫像がつくられ祀られたのは、ひろく芸能民たちの先達への信仰を含んでいるといえるだろう。そして今様の最大の理解者であった後白河院がそれを跡付けているのである。

それは灌頂巻で、後白河院が建礼門院を訪ねていく下りと響き合う。「六道之沙汰」で建礼門院は後白河院を相手に来し方を六道輪廻のようであったと語り聞かせる。これに対して後白河院は、「異国の玄奘三蔵は、悟の前に六道を見、吾朝の日蔵上人は、蔵王権現の御力にて六道を見たりとこそ承れ。是程まのあたりに御覧ぜられける御事、誠にありがたうこそ候へ」として、建礼門院を玄奘三蔵、日蔵上人に比定する。後白河院によるこうしたお墨付きによって建礼門院の極楽往生は導かれるのである。

この祇王説話と建礼門院像は、のちに『とはずがたり』で二条が仏道に入って諸国行脚する語りに両者を結び合わせたかたちであらわれる。『とはずがたり』「巻五」で安芸国厳島の社をみにでかけた二条は、備後国鞆付近のたいか島という離れ小島に隠棲する遊女たちを訪ねている。出家して極楽往生を願う遊女たちの姿は、祇王、仏御前らの姿を思わせる。遊女らについて「さしも濁り深く、六つの道にめぐるべき営みをのみする家に生れて」と述べて、六道輪廻のことが引用されるところで建礼門院の六道語りが想起されるだろう。さらに建礼門院が出家し受戒したときに安徳天皇のうつり香が残る形見の衣を「いかならん世までも御身はなたじとこそおぼしめされけれども」と惜しみながら御布施に差し出したことは、『とはずがたり』で二条が後深草院に「御形見ぞ」と賜った衣を「御肌なりしは、いかならむ世までもと思ひて、残し置きたてまつるも、罪深き心ならむかし」として御布施としたところと響き合う。二条は、祇王らや建礼門院の前例に自らの極楽往生の可能性をみていたのであろう。

しかし、灌頂巻では、後白河院の傘下にある祇王らや建礼門院の往生ではなく、そこには含まれない一介の女房たちの往生を語り収めとすることにこだわっている。後白河院の支配下から逃れた女たちは、宮廷社会のヒエラルキーから抜けだし、女の往生の道を自らつかみとるエージェンシーとなる。灌頂巻の往生譚はアノニマスな女の物語であればこそ、聴衆をひきつけてきた。そうすることで『平家物語』は演唱者だけでなく享受者の物語として、半ば信仰めいた尊崇を得たのである。

■参考文献

兵藤裕己『平家物語の読み方』ちくま学芸文庫、二〇一一年。初出は『平家物語――〈語り〉のテクスト』ちくま新書、一九九八年。

田中貴子「女性史の視点から見た『平家物語』」『平家物語――批評と文化史』一九九八、軍記文学研究叢書7、汲古書院
永井路子『平家物語の女性たち』一九七二、新塔社。のちに文春文庫、二〇一一年。

細川涼一『女の中世――小野小町・巴・その他』日本エディタースクール出版部、一九八九年。

細川涼一『平家物語の女たち――大力・尼・白拍子』講談社現代新書、一九九八年。のちに吉川弘文館、二〇一七年。

高木信『平家物語――装置としての古典』春風社、二〇〇八年。

高木信『「死の美学化」に抗する――『平家物語』の語り方』青弓社、二〇〇九年。

Elizabeth Oyler. "Giō: Women and Performance in the "Heike monogatari," " *Harvard Journal of Asiatic Studies* 64: 2, pp. 341–365.

Roberta Strippoli. *Dancer, Nun, Ghost, Goddess: The Legend of Giō and Hotoke in Japanese Literature, Theater, Visual Arts, and Cultural Heritage*, Leiden/Boston: Brill, 2018.

# 第三部　『平家物語』の世界を案内する

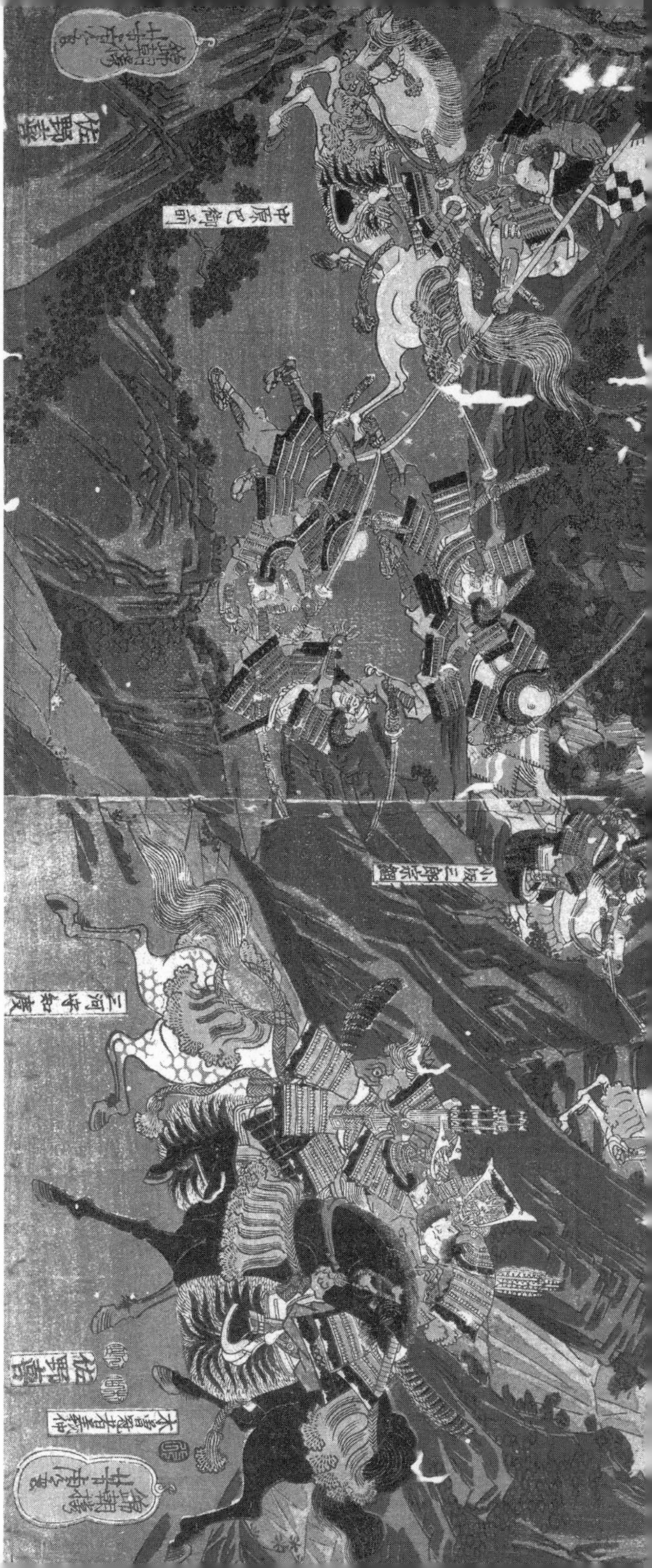

# 9　系図

塩山貴奈

1　桓武平氏系図
2　清和源氏系図
3　藤原氏（摂関家）系図
4　王家系図

※ ------ は養子関係を表す

# 1　桓武平氏系図

清盛は、桓武平氏のなかでも高望王の流れをくみ、平貞盛の子孫にあたる伊勢平氏。平正盛息の忠盛から示す。時信は高棟流の堂上平氏であり、桓武平氏ではあるが流れを異にする。

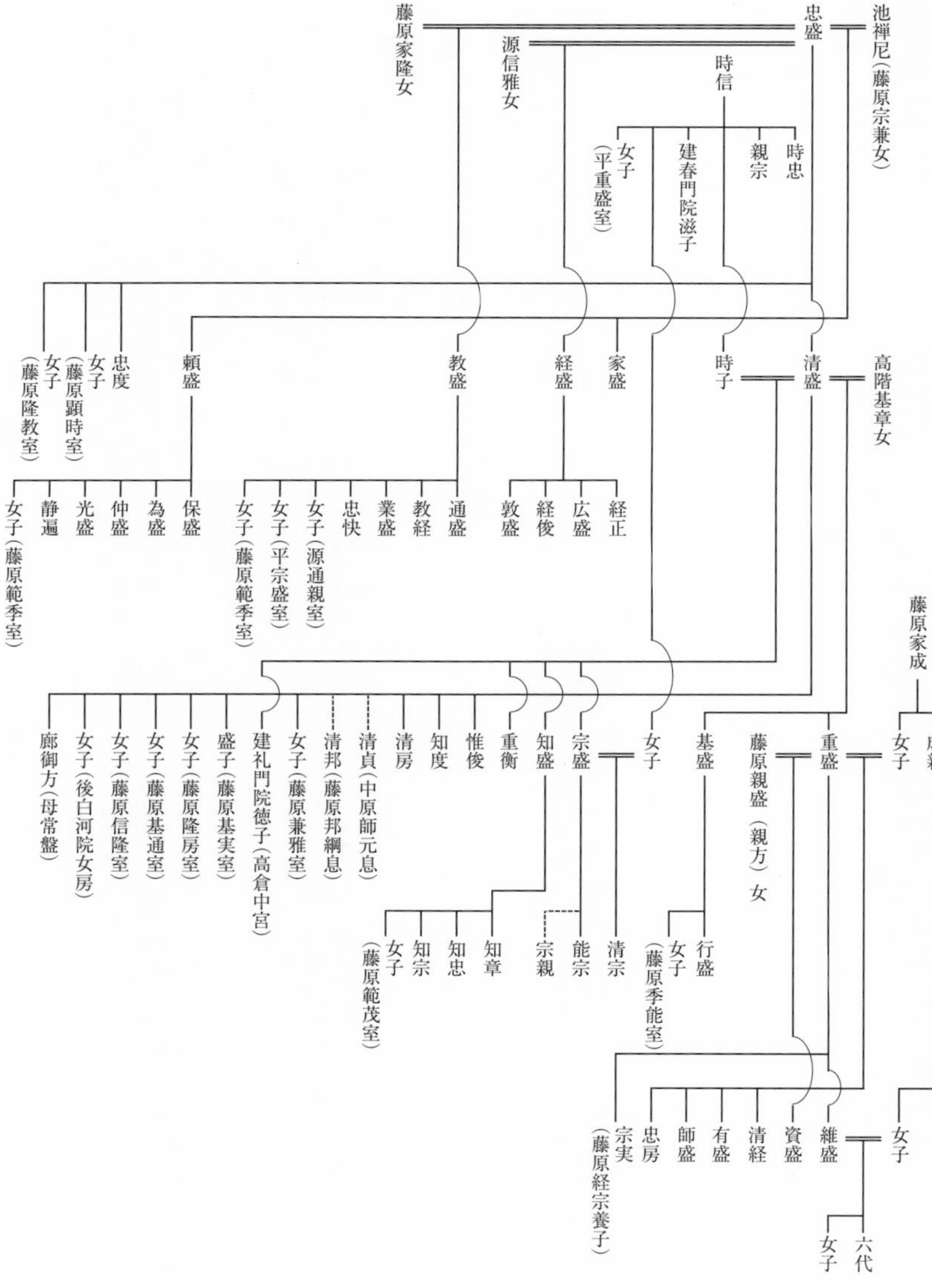

## 2　清和源氏系図

頼朝や義経、義仲は源頼信の流れの清和源氏。ここには源為義息の義朝、義賢から示す。

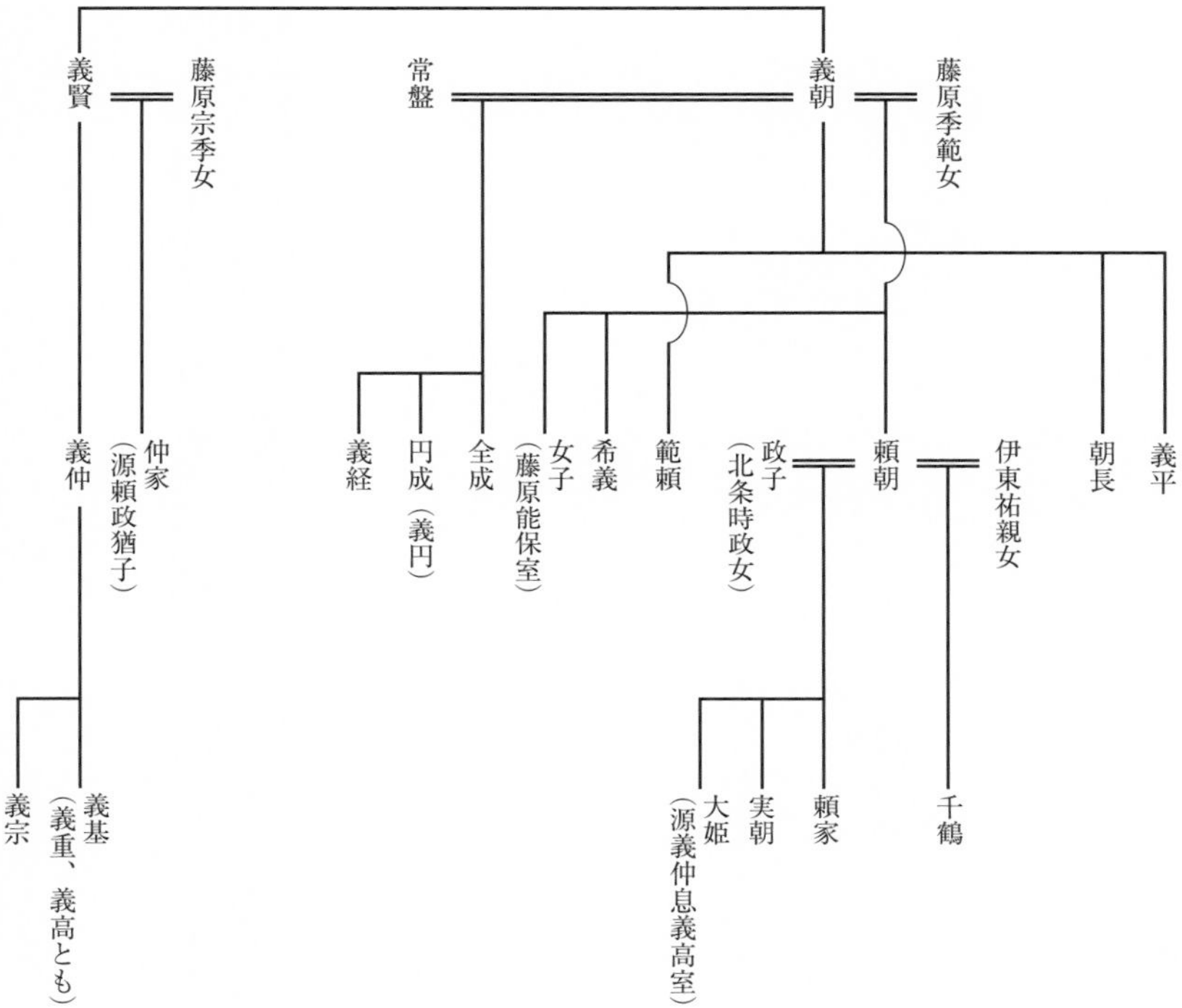

## 3　藤原氏（摂関家）系図

藤原氏北家のなかでも摂関家に限定し、藤原師通息の忠実から示す。

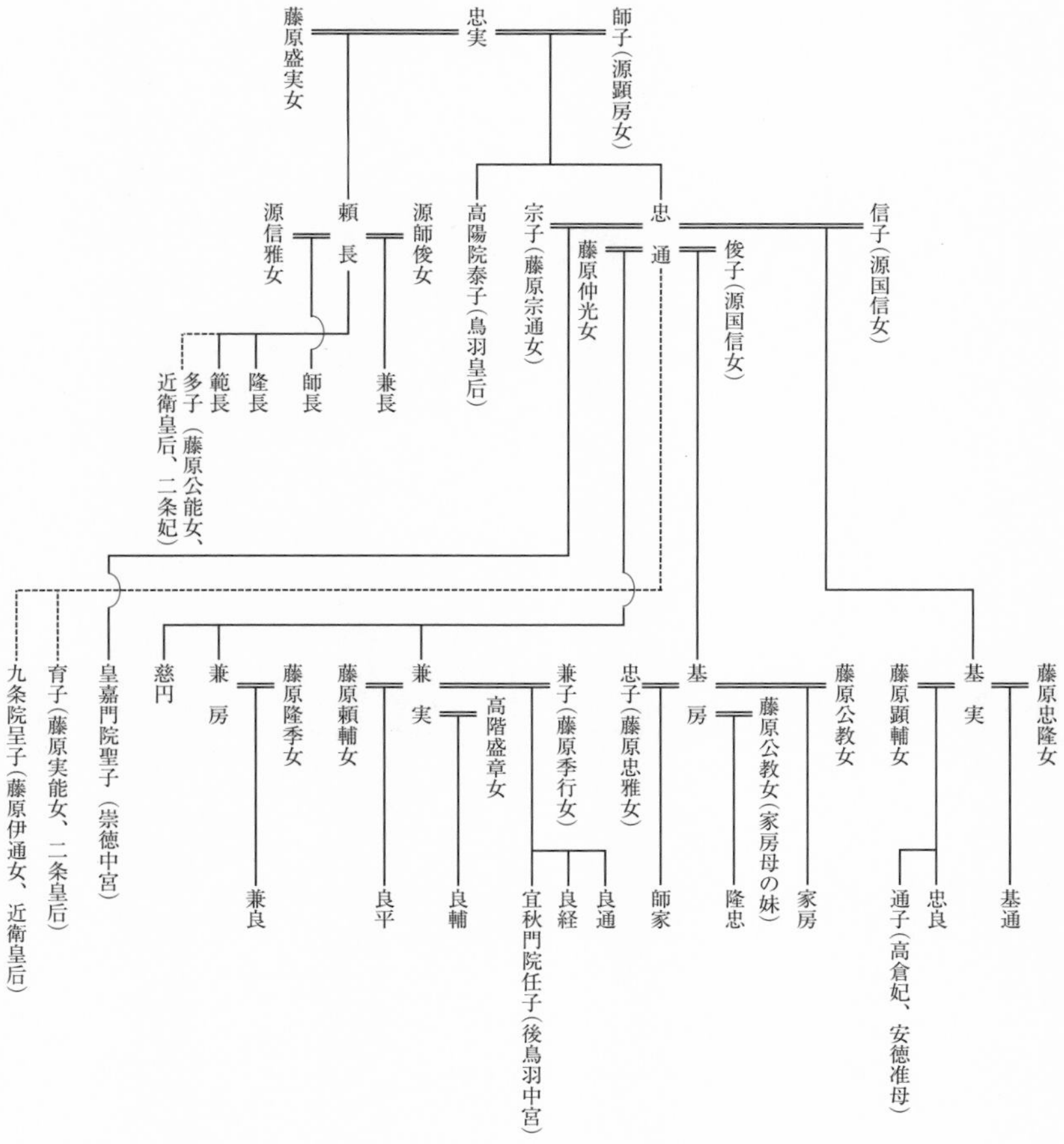

# 4　王家系図　※数字は即位順をしめす

白河天皇以降、後鳥羽天皇までの皇胤系図。

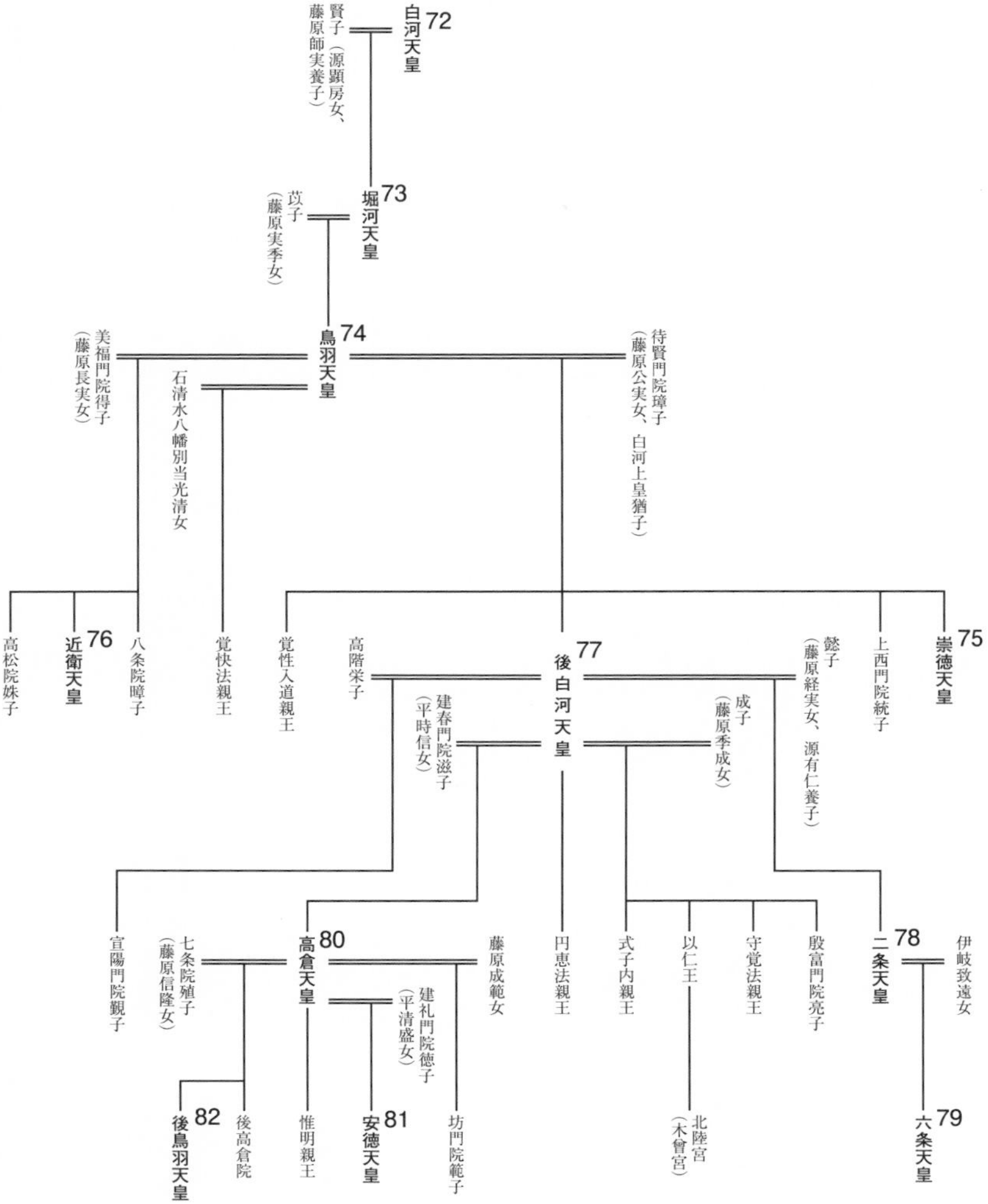

# 10 日記一覧

塩山貴奈

| 日記名 | 記主 | 記主生没年 | 日記範囲 | 翻刻テキスト |
|---|---|---|---|---|
| 兵範記 | 平信範 | 天永三年(一一一二)～文治三年(一一八七) | 長承元年(一一三二)～承安元年(一一七一) | 増補史料大成(臨川書店) |
| 台記 | 藤原頼長 | 保安元年(一一二〇)～保元元年(一一五六) | 保延二年(一一三六)～久寿二年(一一五五) | 増補史料大成(臨川書店) |
| 山槐記 | 中山忠親 | 天承元年(一一三一)～建久六年(一一九五) | 仁平元年(一一五一)～建久五年(一一九四) | 増補史料大成(臨川書店) |
| 玉葉 | 九条兼実 | 久安五年(一一四九)～建永二年(一二〇七) | 長寛二年(一一六四)～建仁三年(一二〇三) | 図書寮叢刊(明治書院)、『訓読玉葉』(高科書店)、『玉葉』(国書刊行会) |
| 吉記 | 吉田経房 | 康治二年(一一四三)～正治二年(一二〇〇) | 仁安元年(一一六六)～建久九年(一一九八) | 日本史史料叢刊(和泉書院)、増補史料大成(臨川書店) |
| 愚昧記 | 三条実房 | 久安三年(一一四七)～嘉禄元年(一二二五) | 仁安元年(一一六六)～建久六年(一一九五) | 大日本古記録(岩波書店) |
| 親経卿記 | 藤原親経 | 仁平元年(一一五一)～承元四年(一二一〇) | 治承四年(一一八〇)～建仁元年(一二〇三) | 『親経卿記』(高科書店) |
| 明月記 | 藤原定家 | 応保二年(一一六二)～仁治二年(一二四一) | 治承四年(一一八〇)～嘉禎元年(一二三五) | 冷泉家時雨亭叢書(朝日新聞社)、『訓読明月記』(河出書房新社)、『明月記』(国書刊行会) |
| 中臣祐重記 | 中臣祐重 | 保安三年(一一二二)～建久三年(一一九二) | 養和二年(一一八二)～文治二年(一一八六) | 増補史料大成(臨川書店) |
| 中臣祐明記 | 中臣祐明 | 天養元年(一一四四)～安貞三年(一二二九) | 建久四年(一一九三)～承元四年(一二一〇) | 増補史料大成(臨川書店) |
| 三長記 | 藤原長兼 | 未詳 | 建久六年(一一九五)～建暦元年(一二一一) | 増補史料大成(臨川書店) |
| 猪隈関白記 | 近衛家実 | 治承三年(一一七九)～仁治三年(一二四二) | 建久八年(一一九七)～建保五年(一二一七) | 大日本古記録(岩波書店) |

# 11 『平家物語』略年譜

松下健二

※『新編日本古典文学全集 平家物語』(小学館)をもとに覚一本系本文の主要事項を年代順に記した。本文に年月日が明示されていないものは年号・西暦・月に()をつけて推定の時期を示した。実際の年月日が異なっている場合は、〈〉に正しい時期を示した。本文に年齢が示されている場合は〔〕で示した。また備考では、史実とのあいだに大きな相違がある事件、または著しく潤色されている事件のうち、主要なものについて略説した。なお、参考文献は省略した。

| 巻 | 年号 | 西暦 | 月 | 主要事項 | 備考 |
|---|---|---|---|---|---|
| 一 | 天暦元年 | 一一三一 | 三 | 平忠盛、得長寿院を鳥羽院に造進して内昇殿を許される〈天承二年〉。 | |
| | | | 十一 | 武家忠盛の栄達を恨んだ公卿たちによる闇討ち事件が計画される。 | |
| | 仁平三年 | 一一五三 | 一 | 忠盛死去〔五十八歳〕。清盛家督を継ぐ。 | |
| | 平治元年 | 一一五九 | 十二 | 平治の乱勃発。清盛、賊徒藤原信頼らを平らげ勲功をあげる。 | |
| | 永万元年 | 一一六五 | 六 | 二条天皇、病に冒され、二歳の順仁親王(六条天皇)に譲位。 | |
| | | | 七 | 二十七日、二条死去〔二十三歳〕。葬儀で山門が興福寺より先に額を打ち、興福寺僧に嘲弄される。二十九日、興福寺に恨みを抱いた山門大衆が清水寺を焼く〈八月九日〉。 | |
| | 仁安三年 | 一一六八 | 二 | 六条天皇、後白河院と平滋子の子憲仁親王(高倉天皇)に譲位。 | |
| | | | 三 | 大極殿にて高倉天皇即位。平時忠は「平関白」と呼ばれるほどの権勢を振るう。 | |
| | | | 十一 | 太政大臣清盛、出家して浄海を名乗る〈二月〉。 | 殿下乗合事件 |
| | 嘉応二年 | 一一七〇 | 十 | 平重盛の次男資盛が摂政藤原基房の従者に辱めを受け、清盛が基房に報復する。 | 『平家物語』は基房への報復を |

| | | | | | |
|---|---|---|---|---|---|
| 一 | 嘉応三年 | 一一七一 | 一 | 高倉天皇元服、朝覲行幸。清盛と平時子の娘徳子〔十五歳〕入内へ。 | 清盛の暴虐とし、重盛を父の行為を憂慮する賢臣として描く。しかし、実際には基房の謝罪にもかかわらず重盛の怒りは収まらず、参内途中の基房の行列を武士に襲撃させている（『玉葉』『愚管抄』）。 |
| | 安元元年 | 一一七五 | 十一 | 西光の子藤原師高、加賀守に就任。同地で非法非例を張行する。 | |
| | （安元三年） | （一一七七） | （一） | 藤原師長の左大将辞任により、後任を徳大寺実定と藤原成親が争う。 | |
| | | | | 東山鹿ヶ谷の俊寛の山荘にて成親らが酒宴を催し、後白河臨席のもと平氏討伐を密議。 | |
| | 安元三年 | 一一七七 | 四 | 西光父子の処罰を求めて山門大衆が強訴。師高が配流に処されるも混乱が続き、二十八日には京に大内裏等を焼く大火災が発生する。 | |
| 二 | 安元三年 | 一一七七 | 五 | 京の騒動に怒った後白河は天台座主明雲の職を解いて拘束し、拷問。伊豆流罪に処すが、二十三日、移送中の明雲を山門大衆が近江で奪還したため後白河との対立が深まる。二十九日、多田行綱が西八条邸に参上して清盛に成親らの平氏討伐計画を密告する。 | **鹿ヶ谷事件**<br>陰謀が明るみに出た当時の京は、山門と朝廷との確執が深まり、緊迫した状況にあった。衝突を回避するには、山門の怒りの標的である西光の処刑が不可避であったが、西光処刑は、時子系統平氏と対立する成親らの台頭にもつながる。清盛は、成親らを退ける口実として平氏討伐の陰謀というフィクションを利用したのである。 |
| | | | 六 | 清盛は首謀者である成親と西光を拘束し、鹿ヶ谷の陰謀が明るみに出る。西光処刑。重盛は清盛に成親の処罰を思いとどまるよう進言。清盛は後白河への謀反を考えるが、重盛の軍兵をみて思いとどまる。三日、成親に備前配流の知らせ。二十二日、成親の子成経も備中へ流される。成経は陰謀に加担した俊寛・平康頼とともに鬼界が島へ。 | |
| | 治承元年 | 一一七七 | 八 | 配所の成親が毒酒を飲まされたうえ崖下に落とされて殺される。 | |
| | | | 九 | 後白河が伝法灌頂を受ける計画に反発した山門大衆が官軍と衝突〈治承二年七月〉。 | |
| | | | 十 | 鬼界が島にて平康頼が祝詞をあげる。同じ頃、康頼が流した卒塔婆が厳島に漂着し、清盛の目にとまり、同情を買う。 | |
| 三 | （治承二年） | （一一七八） | （五） | 中宮平徳子の懐妊が明らかとなる。男皇子誕生の祈願が催される。 | **治承三年の政変**<br>『平家物語』は清盛のクーデターを重盛の死の直後に置き、賢臣を失って歯止めの利かなくなった清盛の暴挙として描く。しかし、清盛の行動の真相は、故摂政基実の正室平盛子を介して平氏が管理していた摂関家領の没収、維盛が重盛の死後に相続した知行国越前国の没収といった、平氏への強硬策をつづける基房・後白河への対抗措置という面が大きい。 |
| | 治承二年 | 一一七八 | 九 | 平教盛の嘆願により鬼界が島へ使者が派遣され、俊寛を残し成経・康頼が赦免される。 | |
| | | | 十一 | 中宮平徳子が男皇子を出産する。 | |
| | 治承三年 | 一一七九 | 二 | 成経は都へ戻る途中に康頼と備前に寄って亡き父成親の墓を訪ねて供養する。 | |
| | | | 三 | 都についた成経はかつての成親の山荘を訪れ、父の面影を偲ぶ。 | |
| | （治承三年） | （一一七九） | （三） | 鬼界が島に残された俊寛は侍童の有王と再会するも、絶食して自害。 | |
| | 治承三年 | 一一七九 | 五 | 京に大乱の前兆のような辻風が発生する〈治承四年四月〉。 | |
| | | | 八 | 父清盛の悪行を憂慮していた重盛死去〔四十三歳〕〈閏七月二十九日〉。 | |
| | | | 十一 | 十四日、福原の清盛が軍兵を率いて上洛するとの風聞。十五日、後白河によって派遣された静憲が清盛に諫言する。十六日、清盛は公卿殿上人四十三名を解任し、関白基房を配流に処する。二十日、平宗盛の軍兵が院御所法住寺殿をとり囲み、後白河を連行して、鳥羽殿に幽閉する。高倉天皇はひそかに鳥羽殿に消息を送り、出家の意思を仄めかすが、後白河にとめられる。清盛は政務を高倉天皇に委ねて福原に下がる。 | |

| | 年号 | 西暦 | 月 | 事項 |
|---|---|---|---|---|
| 四 | 治承四年 | 一一八〇 | 二 | 高倉天皇は清盛の意向に従って譲位し、言仁親王（安徳天皇）が践祚する〈三歳〉。 |
| | | | 三 | 高倉は譲位後初の御幸に厳島参詣を計画するが、山門の反発により延引。十九日、高倉は鳥羽殿の後白河と面会したのち厳島へと出発する。厳島で経会・舞楽を催す。 |
| | | | 四 | 高倉は福原の平頼盛邸に立ち寄りながら都へ帰還。二十二日、安徳天皇即位。二十八日、源頼政と共謀した以仁王が源行家に平氏討伐を促す令旨を東国へ伝えさせる。 |
| | | | 五 | 以仁王の令旨が伊豆の源頼朝に届く。紀州では行家の動きを察知した熊野別当湛増が新宮で源氏方と戦って敗れる。十二日、何かの前兆のように鳥羽殿に多くの鼬が現れる。十五日、謀反が露見したとの知らせにより、以仁王は女装して三井寺へと隠れる。残された長谷部信連は、押し寄せてきた平氏軍と戦うが捕らえられる。十八日、三井寺は牒状を発して延暦寺と興福寺に清盛討伐の協力を要請するが、延暦寺は清盛の買収工作もあって同調しない。二十三日、以仁王は三井寺から南都に向かう〈二十五日〉。情報を得た平氏軍が追い討ちをかけ、宇治橋で合戦に及ぶ。三井寺の悪僧の活躍も虚しく平氏に攻め入られ、頼政は以仁王を奈良に逃がして自害、以仁王も奈良に向かう途中誰のものともわからない矢に射抜かれ、追手に首をとられた。二十七日、平重衡の軍勢が三井寺に攻め寄せ、衆徒との交戦のすえに寺院を焼く〈十二月十一日〉。 |

**源頼政の挙兵**

『平家物語』では源頼政が平氏の横暴を訴え、以仁王に奮起を促したことになっているが、このとき頼政は七十六歳であり、挙兵に踏み切るほどの動機があったとは思えない。動機はむしろ以仁王の側にあり、八条院猶子である以仁王のもとには旧二条親政派が集っており、以仁王方は、かねてから高倉天皇を擁立する平氏主流派を制する機会をうかがっていたと考えられる。

| | 年号 | 西暦 | 月 | 事項 |
|---|---|---|---|---|
| 五 | 治承四年 | 一一八〇 | 六 | 安徳天皇が福原へ行幸し、突如遷都が行われる。後白河も福原に入り再び幽閉される。 |
| | | | 八 | 福原の徳大寺実定は旧都の月が恋しくて荒廃した平安京に戻り、歌を詠む。 |
| | | | 九 | 大庭景親から、八月十七日に伊豆で源頼朝が目代山木兼高を襲撃し、以来石橋山など東国で合戦があり源氏方が敗走している、との知らせが福原へ届く。頼朝が挙兵したのは、伊豆に流されていた文覚上人が父義朝の髑髏を見せて奮起を促し、平氏討伐の院宣を文覚が頼朝に渡したためだった。二十日、平維盛らの軍勢が東国へ出発する。 |
| | | | 十 | 平氏軍が富士川に到着する。東国武士に詳しい斎藤実盛の話に平氏の兵は震えあがる。二十三日夜、平氏軍は水鳥が一斉に飛びたった羽音を源氏の軍勢と勘違いして退散。 |
| | | | 十二 | 二日、遷都に対する抗議に折れて都返りを行う。二十九日、清盛の命により南都の衆徒を制圧して大仏殿などを焼いた平重衡が帰洛する。 |

**源頼朝の挙兵**

頼朝に挙兵を教唆した文覚は、実際に、朝家に悪言を放って流罪となった異能の悪僧として知られていたが（『玉葉』）、『平家物語』はいっそうの潤色を加えて文覚を描き、わずか七日で伊豆・福原間を往復して院宣をとりつけたとしている。『愚管抄』はこの院宣を誤り、あるいは偽の院宣と断じている。

| | 年号 | 西暦 | 月 | 事項 |
|---|---|---|---|---|
| 六 | 治承五年 | 一一八一 | 一 | 世情を憂いていた高倉が崩御〈二十一歳〉。清盛は後白河を慰めようと厳島内侍腹の娘を出仕させる。信濃の木曾義仲が平家を滅ぼそうと廻文を発して軍勢を集める。 |
| | | | 二 | 義仲討伐のために城助長を越後守に任じる。河内の善基法師、九州の緒方三郎・松浦党、伊予の河野通清らが源氏に同心して平氏に背いたとの知らせが届く。二十三日、宗盛率いる討伐軍の東国派兵が下るが、清盛の発病により沙汰やみになる。 |

**平清盛の死**

清盛の「あつち死に」は古来有名で読む者に鮮烈な印象を残す。清盛は「五内焦くが如し」（『養和

| 巻 | 年 | 西暦 | 月 | 事項 | 解説 |
|---|---|---|---|---|---|
| 六 | 寿永元年 | 一一八二 | 閏二 | 四日、清盛、高熱に悶えて死ぬ〈六十四歳〉。遺骨は摂津の経が島に納められた。 | 元年記』）というほどの高熱を発し、死に様は「臨終動熱悶苦」（『明月記』）と伝えられており、幾分かの事実を反映した場面であるといえる。 |
| | | | 三 | 南都では蔵人藤原行隆を奉行として大仏殿再興が始まる。十七日、尾張川で源行家軍と平知盛軍が合戦に及び、源氏方が敗れる。 | |
| | | | 六 | 平氏に味方して義仲追討に出発した城助長が天の責めを受けて頓死する。 | |
| | | | 九 | 城助茂、越後・出羽・会津の大軍を率いて信濃横田河原で義仲と戦うも大敗する。 | |
| 七 | 寿永二年 | 一一八三 | 四 | 維盛らの義仲追討軍が都を出る。十八日、副将軍経正が竹生島で琵琶の奉納演奏を行う。 | **木曾義仲の入京**<br>比叡山に迎え入れられた義仲軍との合戦に備えていた平氏一門であったが、源行家・矢田判官義清・多田行綱に都を包囲されたと知り、進軍を諦める（『玉葉』等）。とくに平氏方だった多田行綱が摂津河内で反旗を翻したことは大きな打撃だったが、『平家物語』にその様子は描かれていない。 |
| | | | 五 | 義仲の越前の火打城が平泉寺長吏斎明の内通によって落城する。八日、加賀・越前の砺波山で対陣する。十一日、義仲が羽丹生の八幡に願書を奉納し、霊鳩が現れる。平氏軍は倶利伽羅峠で義仲の計略に謀られ谷を埋めるほどの戦死者を出す。十二日、奥州の藤原秀衡から二頭の駿馬が贈られ、義仲はこれを白山宮に奉納する。二十一日、加賀篠原で合戦があり、平氏方の高橋長綱・武蔵有国らが討死する。老齢を隠して出陣した斎藤実盛も討死し、義仲を感涙させる。 | |
| | | | 六 | 大夫房覚明の助言を受けた義仲は都入りを前に山門に牒状を送って協力を要請する。 | |
| | | | 七 | 山門は源氏方に味方する意思を固める。遅れて平氏も山門に協力を求めるが失敗する。都に義仲軍上洛の報が入る。二十四日、平氏一門は安徳天皇とともに都落ちを決意し、都に火をかけて西国へ逃れる。平氏一門は名残を惜しみながら都を落ちてゆくが、頼朝の恩人である頼盛は引き返して都に残る。平氏一門は福原を経由して西へと進む。 | |
| 八 | 寿永二年 | 一一八三 | 七 | 二十四日、後白河は御所を抜け出して鞍馬山から比叡山に入る。二十八日、後白河は義仲の軍勢に守られながら都へ戻る。後白河は義仲・行家に平氏追討の院宣を下す。 | **征夷将軍の院宣**<br>『平家物語』が寿永二年十月のこととする頼朝の征夷将軍就任は、史実では後白河崩御後の建久三年（一一九二）七月のことであり、十年近い隔たりがある。寿永二年十月には、頼朝に東海・東山両道の支配権を認める宣旨が下されているのだが、『平家物語』はそれを意図的に改変し、征夷将軍就任に一定の意味を与えている。 |
| | | | 八 | 十六日、朝廷は平氏一門の官職を解くが、交渉役の時忠は解かれなかった。十七日、平氏は筑紫大宰府に着く。二十日、故高倉院四宮（後鳥羽天皇）が践祚する〈四歳〉。 | |
| | | | 九 | 九州に平氏追討の命が下り平氏方だった豊後の緒方維義が謀反を起こす。敗戦した平氏は西海に逃れ〈十月二十日〉、平清経は入水する。平氏一門は讃岐八島へ逃れる。 | |
| | | | 十 | 十四日、鎌倉の頼朝のもとに征夷将軍の院宣が届く〈建久三年七月〉。 | |
| | | | 閏十 | 勢力を回復させた平氏に追討軍が派遣されるが、一日、備中水島合戦で源氏方が敗れる。八島に赴いた義仲は攻め入ろうとするが、都で行家が讒奏しているとの報に接し引き返す。入れ違いに行家は播磨の室山に出陣して平氏に敗れる〈十一月二十九日〉。 | |
| | | | 十一 | 義仲への不満を募らせていた後白河は山門などの僧兵を集めて義仲討伐を決意。十九日、法住寺殿合戦で院方が大敗する。頼朝が派遣していた源範頼・義経軍は間に合わず。 | |

| | | | | | |
|---|---|---|---|---|---|
| 九 | 寿永三年 | 一一八四 | 一 | 平氏追討を準備する義仲に、十一日、頼朝の派遣した軍が迫っているとの報が入る。二十日、宇治川で範頼・義経軍と戦って義仲が敗れる。義仲は後白河を伴って西国に逃れることも考えたが義経の守護が固く、諦めて勢田の今井兼平のもとに向かう。義仲は討たれ、兼平も自害する。二十五日、義仲の首が都大路を引き回される。 | **一の谷の戦い**<br>『玉葉』によると、大手の範頼が東から生田口を攻めたのに対して、搦手の義経は西から一の谷を攻めており、山側から鵯越口を攻めたのは義経ではなく多田行綱だった。また、この合戦は、いったん和平をもちかけて油断を誘ったうえで平氏に攻撃を仕掛けた後白河院の謀略でもあった(『吾妻鏡』)。 |
| | | | 二 | 四日、範頼・義経軍が福原に移って一の谷に城を築いていた平氏のもとに向かう。義経は不意をついて三草山の平氏軍に夜襲をかける。大手の生田では知盛らが源氏方と奮戦していたが、七日、義経軍が後方の鵯越から攻め寄せ、平氏方は劣勢に陥る。重衡は生け捕りにされ、忠度・敦盛・知章はじめ十人の公達が討死を遂げる。惨敗した平氏方は安徳天皇とともに海上に逃れる。平通盛の北の方小宰相が身投げする。 | |
| 十 | 寿永三年 | 一一八四 | 二 | 十二日、敗死した平氏の首が都に入る。十四日、生け捕りの重衡が都で晒し者に。後白河は重衡を通じて三種の神器の返還を求める院宣を出すが、八島の時忠らは拒絶する。 | **平維盛の死**<br>八島からの脱出後、那智で入水したとされる維盛だが、『源平盛衰記』巻四十の引く『禅中記』は、維盛は西国から都に上って後白河に助命を請うた後、頼朝の意向で関東に下向することとなり、その途次、相模国で病没したと伝えている。維盛の戦線離脱の背景には、維盛・資盛ら小松家と宗盛ら時子系統との立場の相違がある。 |
| | | | 三 | 重衡は法然から有髪のまま戒を受け、十日、鎌倉へ送られる。頼朝と対面した重衡の立派な姿に人々は涙し、頼朝は南都の僧徒が引き取るまで重衡を狩野介宗茂に預ける。十五日、北の方への思いがやまない維盛は八島を抜け出し〈二月十九日〉、高野山へ入ってかつての父重盛の侍者滝口入道と会う。維盛は従者とともに出家する。維盛は熊野へ向かい三山に参詣する。二十八日、維盛は妻子への思いを抱えながら滝口入道の導きに従って念仏を唱えて入水する。八島の平資盛らは維盛入水の報を受けて悲嘆にくれる。 | |
| | 元暦元年 | 一一八四 | 六 | 十八日、伊賀・伊勢の平氏家人が蜂起するが源氏方に鎮圧される。 | |
| | | | 七 | 維盛北の方出家。二十八日、神器のないまま後鳥羽天皇が即位する。 | |
| | | | 九 | 十二日、範頼軍が平氏追討のために発向し、二十六日、備前児島の藤戸で佐々木盛綱の活躍により平氏方を破る〈十二月二十六日〉。平氏は八島に退散する。 | |
| 十一 | 元暦二年 | 一一八五 | 二 | 三日、義経は都を立って八島へ向かう。摂津に留まる梶原景時に対して義経は嵐の中を船出し、十七日、阿波に着く。勝浦で桜間介能遠を破る。十八日、八島にて合戦し、佐藤嗣信が義経をかばって平教経に討たれ、那須与一が扇の的を射落すなどする。十九日、劣勢の平氏は志度の浦に退却する。二十二日、景時の大軍が遅れて八島に到着。 | **八島(屋島)の戦い**<br>『平家物語』によると、平氏追討を決めた義経が摂津で梶原景時と逆櫓の可否をめぐって仲違いし、義経は五艘の舟で阿波に渡っていち早く戦果を挙げ、遅れて着いた景時は「六日の菖蒲」と嘲笑されたという。しかし、これは後に景 |
| | | | 三 | 二十四日、壇ノ浦にて合戦。平氏の敗色が濃く、二位殿時子は安徳天皇と神器をともなって入水する。建礼門院徳子・宗盛は生け捕りになり、教経・知盛は自害する。 | |
| | | | 四 | 三日、合戦の報が京に届く。十四日、平氏の捕虜が明石に着く。二十五日、神器が鳥羽に着くが、宝剣は海に沈んで失われていた。二十六日、宗盛・時忠ら平氏の捕虜が帰京し、 | |

| | | | | | |
|---|---|---|---|---|---|
| 十一 | | | | 大路を引き回される。二十八日、頼朝が従二位に叙される。 | 時が義経と対立したという事実から遡って創作された説話であり、八島の戦いで義経と景時が別行動をとったのは水陸双方から平氏を攻める作戦だったと考えられる。 |
| | | | 五 | 七日、平氏の捕虜の関東下向が決まる。宗盛は許されて子の副将〔八歳〕と再会するが、翌日、副将は賀茂の河原で斬られる。二十四日、義経に連れられた宗盛・清宗父子が鎌倉に着くが、景時の讒言で義経は腰越に追いやられる。 | |
| | | | 六 | 九日、義経は宗盛父子を連れて鎌倉を出る。宗盛父子は近江篠原宿で斬首される。 | |
| | | | (六) | 南都大衆の要請で奈良へ送られることとなった重衡が木津川の川端で斬られる。 | |
| 十二 | 元暦二年 | 一一八五 | 七 | 九日、京に大地震が襲い、人々は平氏の怨霊を恐れる。 | 六代の死<br>秘曲である灌頂巻を除けば『平家物語』の終わりは平氏の子孫が絶えたことを意味する六代斬首場面である。ここには重盛・維盛・六代の小松家を平氏の嫡流とみなす『平家物語』に特徴的な傾向がみてとれる。重盛の死後、宗盛流の清宗の官位が重盛流の維盛・資盛を上回った点、清盛が死に際して一切を宗盛に任せるよう遺言している点から考えても、実際には平氏の嫡流は時子系統に移っていた。 |
| | 文治元年 | 一一八五 | 九 | 二十三日、平氏の残党の配所が決まり、時忠は能登へ送られる。二十九日、頼朝から義経謀殺の命を受けた土佐房昌俊が京へ着く。義経に夜討ちをかけるが返り討ちにあい〈十月十七日〉、捕えられた昌俊は斬首される。 | |
| | | | 十一 | 三日、義経が京を立つ。数日後、鎌倉から上洛した北条時政に義経追討の宣旨が下る。 | |
| | | | 十二 | 十六日、時政は維盛の遺児六代を連れて鎌倉へ向かう。駿河で六代が斬られる直前に頼朝から書状が届き、助命される。六代は文覚に預けられる。 | |
| | 文治五年 | 一一八九 | | 春頃、六代は出家して亡父の面影を追って高野・熊野に参詣する〔十六歳〕。 | |
| | 建久三年 | 一一九二 | 三 | 後白河崩御〔六十六歳〕。 | |
| | 建久七年 | 一一九六 | 十 | 知盛の子知忠〔十六歳〕が法性寺一の橋に籠城するが、自害に追い込まれる〈六月〉。 | |
| | 建久十年 | 一一九九 | 一 | 頼朝が死去し、直後に謀反を企てた文覚が隠岐に流される。 | |
| | (建久十年) | (一一九九) | | 文覚の罪科が六代にも及んで六代が関東で斬られ、平氏の子孫が絶える。 | |
| 灌頂 | (元暦二年) | (一一八五) | (四) | 西国から帰京した建礼門院は東山の麓吉田に隠棲する。 | |
| | 元暦二年 | 一一八五 | 五 | 建礼門院出家〔二十九歳〕。 | |
| | 文治元年 | 一一八五 | 九 | 建礼門院は大原の寂光院に移る。 | |
| | 文治二年 | 一一八六 | 四 | 後白河が大原に御幸して建礼門院を訪ねる。後白河と対面した建礼門院は、国母としての栄華の日々から壇ノ浦に身を投げるまでの自身の体験を、六道になぞらえて語る。 | |
| | 建久二年 | 一一九一 | 二 | 建礼門院が女人往生を遂げる。 | |

# 12 『平家物語』主要諸本の概略

松下健二

〈語り本系諸本〉…琵琶法師の語りの台本、あるいはその流れを組むテクスト群。最後に秘曲の灌頂巻を置くものと、物語を平家の遺児六代の死で終えるもの（断絶平家）に大別される。また、使用した琵琶法師の流派によって一方系と八坂系があるが、両者の混態で不分明なものもある。

**覚一本**《かくいち》　十二巻・灌頂巻あり。応安四年（一三七一）成立。一方系の琵琶法師の正統な台本として成立した権威あるテクスト及びその系統本で、味読に適している。

高木市之助他編『日本古典文学大系　平家物語』岩波書店、一九五九〜一九六〇
杉本圭三郎編『平家物語』講談社学術文庫、一九七九〜一九九一
梶原正昭他編『新日本古典文学大系　平家物語』岩波書店、一九九一〜一九九三
市古貞次編『新編日本古典文学全集　平家物語』小学館、一九九四
大津雄一他編『平家物語　覚一本』武蔵野書院、二〇一三

屋代本《やしろ》　十二巻〔巻四・九欠〕・断絶平家。編年体的なテクストで語り本系諸本なかでは比較的古態をとどめている部分が多い。

麻原美子他編『屋代本高野本対照　平家物語』新典社、一九九〇〜一九九三

百二十句本《ひゃくにじっく》　十二巻・断絶平家。語り物として使用するために、各巻を十句に分けて全巻を百二十の章段に句切る。

水原一編『新潮日本古典集成　平家物語』新潮社、一九七九〜一九八一

中院本《なかのいん》　十二巻・断絶平家。八坂系諸本のひとつで中院通勝が本文校訂を行って成立したとされる古活字版のテクスト。

今井正之助他編『中世の文学　校訂中院本平家物語』三弥井書店、二〇一〇〜二〇一一

流布本《るふ》　十二巻・灌頂巻あり。近世初期以降に度々刊行された版本で、覚一本の流れを組む。『平家物語』の代表的なテクスト。

佐藤謙三編『平家物語』角川文庫、一九五九

高橋貞一編『平家物語』講談社文庫、一九七二

〈読み本系諸本〉…視覚で読むことを想定して作られたテクスト。本文の量と内容に大きな差があり、語り本系諸本にない独自記事を多く含むものが多い。

延慶本《えんぎょう》　六巻十二冊。鎌倉後期に紀州根来寺で書写されたテクスト。分量が多く内容は雑多で未整理。古態性が注目されているが、原態そのものではない。

北原保雄他編『延慶本平家物語 本文篇』勉誠社、一九九〇

栃木孝惟他編『校訂延慶本平家物語』汲古書院、二〇〇〇～二〇〇八

長門本《ながと》　二十巻。下関の阿弥陀寺(赤間神宮)に伝わったテクスト。本文は延慶本にやや近いが多くの独自記事を含んでいる。近世に写本が流布した。

麻原美子他編『長門本 平家物語』勉誠出版、二〇〇四～二〇〇六

源平闘諍録《げんぺいとうじょうろく》　三巻五冊のみ現存。南北朝期以前に東国で成立したとみられる真名字本。頼朝挙兵譚など坂東武士に関する独自記事を多く含む。

早川厚一他編『内閣文庫蔵 源平闘諍録』和泉書院、一九八〇

福田豊彦他編『源平闘諍録 坂東で生まれた平家物語』講談社学術文庫、一九九九～二〇〇〇

四部合戦状本《しぶかっせんじょう》　十二巻〔巻二・八欠〕。編年体的で簡素な記述が多く、分量の少ない真名字本。「四部合戦状」は保元・平治・平家・承久の四つの軍記の総称。

高山利弘編『訓読　四部合戦状本平家物語』有精堂、一九九五

源平盛衰記《げんぺいじょうすいき》　四十八巻。南北朝期以降に成立。非常に長大で独自の逸話や評言が豊富なため、近世には『平家物語』とは別の作品として享受された。

水原一編『新定源平盛衰記』新人物往来社、一九八八～一九九一

松尾葦江編『中世の文学　源平盛衰記』三弥井書店、一九九一～二〇一五

〈その他〉

天草本《あまくさ》　抄出四巻。天正二十年(一五九二)に活版印刷機により天草で出版されたキリシタン版。本文はローマ字綴りの日本語で記されている。

亀井高孝他編『ハビアン抄　キリシタン版　平家物語』吉川弘文館、一九六六

江口正弘編『天草版平家物語』新典社、二〇一〇

# 13　九〇年代以降の『平家物語』批評

松下健二

文献学的手法による諸本論や成立論などが大きな位置を占める平家物語研究の領域においても、九〇年代から現在に至るまでのあいだには、文学作品として『平家物語』を批評的に読む作品論・テクスト論的な研究アプローチが盛んになされた。以下に、九〇年前後から現在までに提示された平家物語論のなかでアクチュアルな問題意識のもとに書かれた論考をテーマごとに概括し、九〇年代以降の文学批評の関心の在り処を辿ってみたい。なお、紙幅の都合上、とりあげられなかった論考が多々あることをお断りする。

『平家物語』に登場する女性に注目する論考はかねてから提示されていたが、九〇年代以前には、『平家物語』を通じて中世の女性が置かれていた社会的地位を明らかにしようとするジェンダー論(女性論)的な視点は希薄だった。『平家物語』のジェンダー論的読みは、すでに女性史の研究分野が確立していた歴史学の研究者にリードされていた。

先駆的なのは、巴を論じた細川涼一のものだ(「巴小論」『女の中世』日本エディタースクール出版部、一九八九)。細川は、柳田国男「妹の力」(一九二五)などに言及しながら、巴のような女武者に、女性の地位や能力が男性と同等であるとみなされていた中世初期の武家社会の実態を認めたうえで、『源平盛衰記』では巴が鎌倉武士和田義盛の妻となって朝比奈義秀を産んだとされていることから、中世後期にかけて家父長制が強化され、産む性としての巴が強調されるようになったと論じたのだった。

『平家物語』を史料として用いて中世の女性を論じる細川に対して、国文学者では高木信と田中貴子が九〇年代に『平家物語』をジェンダー論的に論じている。

高木信「戦場を踊りぬける」(『日本文学』四三巻八号、一九九四 大幅加筆して『平家物語・装置としての古典』〈春風社、二〇〇八〉に収録)は、木曾義仲に戦場から立ち去るように命じられた巴が行く手を阻む御田八郎師重の首をねぢきってその場を去ったとする覚一本の記述から、男性に強いられる性的役割から逃れようとする巴の姿を読みとった。また、田中貴子「『平家物語』の女たち」(『性愛の日本中世』ちくま学芸文庫、二〇〇四 初出一九九七)は、仏敵平重衡が南都に引き渡される際に夫のもとに駆け寄った大納言典侍の姿に、無力な弱者として捉えられることの多い『平家物語』の女性登場人物の、行動的で激しい側面を認めたのだった。田中には、「女性史の視点から見た『平家物語』」(山下宏明編『軍記文学研究叢書7 平家物語 批評と文化史』汲古書院、一九九八)という総論もあり、清盛の抑圧によって引き起こされた祇王・小督の哀話や、「家」の論理によって夫の菩提を弔い遺児を育てあげることが求められた小宰相や維盛北の方、あるいは建礼門院の挿話を取り上げて、家父長制の呪縛を浮かびあがらせている。

九〇年代の時点で、「家への従属」「産む性」「夫の菩提を弔う性」といった『平家物語』のジェンダー論的な争点は出揃っていた。二〇〇〇年代以降も、『平家物語』の女性を扱ったテクスト分析は陸続と発表されるが、それらの論考は、細川や高木・田中の問題意識を継承したうえで、ある程度の諸本比較を踏まえ、ときに語句の用例を拾いながら、細かな分析を施し、慎重に『平家物語』の女性像を把握しようとする傾向がある。

たとえば、李鮮瑛「小督物語」(『筑波大学平家部会論集』九号、二〇〇二)は、元恋人の藤原隆房の求愛を拒否し、中宮より先に高倉天皇の子を産んで清盛に出家させられた小督が、覚一本などでは受動的に運命を耐え忍ぶしかない弱い存在として描かれているのに対して、延慶本では、強い意志のもとに「家」の論理に徹し、天皇の子を産んで夫に忠実であろうとする貞女としての面が強調されている点に注目し、そこに熾烈な皇位継承争いをくりひろげた院政期の実態を認めている。また、鈴木啓子「『平家物語』と〈家〉のあり方」(『文学』三巻四号、二〇〇二)は、延慶本の、建礼門院を通じて権門化してゆく平氏一門が寿永二年七月の都落ちをきっかけに一門の内部対立を表面化させてゆく記述から、あらたな家のあり方が模索された時代の様相を読みとっている。都落ち以降、二位殿時子を平氏を代表する女性として描くことで、後家の権威によって宗盛流の家の正統性を主張しようとする意図が延慶本にはあり、その背景には後家が家父長的な存在を代行する中世的な「家」の成立があるのである。

『平家物語』の女性登場人物のなかでも、一の谷で夫平通盛の後を追って身投げした小宰相への関心は高く、とりわけ多くの論考が提示されている。高木信「小宰相と小野小町との絆、あるいは男たちの〈欲望〉を逆なでする」(『亡霊たちの中世』水声社、二〇二〇 初出二〇一六)は、上西門院が、通盛の求婚を拒否しつづけて「心強き」人と形容される小宰相に対して、小野小町の例を挙げて説得している点に注目する。そして、「貞女」と「色好み」という対照的な属性を持つ小宰相と小野小町に、男性的な感性の共同体から疎外されているという共通点があることを指摘する。通盛の子を宿して身を投げて死ぬ小宰相は、落魄した小町と同じく罪障を抱えた存在として男性中心的に描かれているのであるが、さらに高木は、女性を疎外し沈黙させる「引用」の作用のなかに、男性共同体による規範をすり抜け、意味を反覆させる「女性たちの女性たちによる救済」の可能性をも見出したのだった。

一九九〇年代の文学批評ではゲイ・レズビアンなどのセクシャル・マイノリティの問題を扱うクィア理論が盛りあがりをみせた。それは現在に至り、ＬＧＢＴなどの言葉とともに広く社会に定着しつつある。

「死なば一所で死なん」という契りどおりに、義仲の後を追って自害する今井兼平について、一九九五年の一般誌の座談会で細川涼一は、「二人の関係はどう見ても同性愛的なんです」と発言して阿部泰郎から乳母子関係と同性愛を混同していると反論されている（『現代』同年一一月号）。この強い絆でつながった義仲と兼平のような関係を、高木信は〈乳母子契約〉と呼んで論じている（「男が男を〈愛〉する瞬間」『平家物語・装置としての古典』春風社、二〇〇八　初出一九九六）。高木の論は、脱構築的な読みによって〈男の物語〉というステレオタイプの解体を試みたものであるが、この〈乳母子契約〉は、覚一本の以仁王と六条大夫宗信、平重衡と後藤兵衛盛長、平宗盛と飛騨三郎景経などにも認められるものだ。これに対して大津雄一は、このような主従の契りは乳母子間に限定されるものではないとして、義仲と兼平の関係を〈融合的愛〉と呼び、『平家物語』の随所に認められるこの傾向を美化することの危険性を指摘している(「義仲の愛そして義仲への愛」『軍記と王権のイデオロギー』翰林書房、二〇〇五　初出二〇〇三)。

クィア理論の代表的批評家イヴ・セジウィックは『男同士の絆』(一九八五　邦訳二〇〇一)において「ホモ・ソーシャルな欲望」という概念を鍵にディケンズなどのイギリス文学作品を読み解いた。「ホモ・ソーシャル」は直接的な性交渉を前提としない点でホモ・セクシャルとは区別され、女性を排除して男性が権力を独占する「ホモ・ソーシャル」は女性嫌悪や同性愛嫌悪と表裏であるとされる。〈男の物語〉の相対化を図る高木のような試みもあるものの、男性中心社会を描く『平家物語』が「男同士の絆」の物語を基幹としていることは否定できない。

だが、その「男同士の絆」が、性愛を含むホモ・セクシャルとして直接的に描かれている場面は『平家物語』にはない。これは、当時の貴族社会や寺院社会で稚児との男色関係が珍しくなかったことを考えれば意外ですらある。一方、佐伯真一「『平家物語』における男色」(『青山語文』四七号、二〇一七)は、『平家物語』に男色の場面がないのは「直接的に男色を表す語彙が一般に確立していなかった」だけで、「『平家物語』は、事情を知る人が読めば十分にそれとわかるように、男色を描いている」と主張する。かねてから俊寛の侍童の有王が稚児的なイメージを帯びていることが砂川博によって指摘されていたが(「延慶本平家物語の有王説話」『軍記物語の研究』桜風社、一九九〇)、佐伯の論は、梶井宮と全親、平経正と行慶、文覚と六代、平教経と菊王丸など、読みようによっては男色関係とも読めるものを総ざらいしており、『平家物語』のゲイ文学としての一面を示唆している。

戦前、国民文学として国威発揚に利用された『平家物語』は、戦争を人間の精神を高める偉大なものとして描き、武士を日本人の規範となる英雄的存在として描いていると理解された。そのようなロマン主義的な平家物語像は、戦後においても抜きがたく生きつづけ、一種の固定観念になっていた。

そのような観念を相対化する試みのひとつとして、九〇年代以降には、合戦場面を一種の祝祭と捉える読みが提示された。『太平記』の祝祭性については古く山口昌男の指摘があったが(『歴史・祝祭・物語』一九七四)、橋合戦の分析を通して、はじめて『平家物語』とくに延慶本の合戦を「哄笑渦巻く祝祭空間」と形容したのは小林美和だった(「『平家物語』における二つの〈歴史〉」『語りの中世文芸』和泉書院、一九九四 初出一九九一)。小林の論に対しては、佐伯真一が「橋合戦の読解として共感する面がある」と断りつつ「合戦即祝祭という一元的な視点では『平家物語』の合戦譚を把握するのは難しい」と批判した(「「いくさがたり」をめぐって」『平家物語遡源』若草書房、一九九六 初出一九九二)。しかし、『平家物語』の祝祭性は、その後、ますます注目された。阿部泰郎が法住寺合戦で奇矯な行動をとる鼓判官知康をヲコな芸能者として論じ(「ヲコ人の系譜」『聖者の推参』名古屋大学出版会、二〇〇一 初出一九九六)、佐倉由泰が祝祭を「「遊び」と「狂い」と「みやび」の要素を包含するもの」と定義づけて「殿上闇討」「禿髪」「鹿谷」という非合戦場面からもそれを読みとるに至り(「『平家物語』における祝祭的表象」鈴木則郎編『平家物語〈伝統〉の受容と再創造』おうふう、二〇一一)、祝祭は『平家物語』を特徴づける大きな要素となったといってよい。大津雄一も、カイヨワなどを引きながら、戦争(合戦)には停滞した社会を蘇らせる祝祭としての側面があることを指摘し、『平家物語』は合戦のもっていた祝祭的なエネルギーを疑似体験するための物語であるという見方を提示している(「『平家物語』という祝祭」『挑発する軍記』勉誠出版、二〇二〇 初出二〇一七)。

同様に、神格化された武士像についても読みなおしが進められた。背景には、武士を古代社会を打倒する変革者と捉える在地領主論から、武士を職業的戦士身分に過ぎないと捉える職能論への転換という一九七〇年代以来の歴史学の動向があり、その流れで歴史学者の川合康が実証史学の立場から『平家物語』の武士像の相対化を試みていた(『源平合戦の虚像を剥ぐ』講談社学術文庫、二〇一〇 初出一九九六)。国文学者では佐伯真一(『戦場の精神史』日本放送出版協会、二〇〇四)が、だまし討ちが肯定された合戦の実情や中世の武士の行動原理、近世の「武士道」的な倫理の成立とその広がりまで、包括的に資料を博捜して武士の実像を描き出している。佐伯は勇敢さを強調する『平家物語』が武士を美化していることを認めつつ、その源流がみずからの武功を誇大に吹聴する合戦経験者の語りにあると論じている。

盲僧・琵琶法師の語りによって流布した『平家物語』が、滅亡した平氏一門をはじめとした合戦の戦死者の霊を慰める目的で伝わったことは、古く筑土鈴寛が論じ、以来、亡霊・怨霊や鎮魂といったテーマは『平家物語』の主要な論点のひとつとなっている。

九〇年代初頭、武久堅は『平家物語』の発生原点を論じる過程で、平清盛を悪人に仕立て平氏一門の滅亡を語る『平家物語』では平氏一門とりわけ清盛を鎮魂することはできないのではないか、という従来の鎮魂説に対する根本的な疑問を呈した(「平家物語発生の時と場」『平家物語発生考』おうふう、一九九九 初出一九九一・一九九二)。武久と問題意識を共有する佐伯真一は、後にこれについて「言葉による鎮魂とは、怨霊を讃えるばかりではなく、説得するという要素をも含み得るものだったのではないか」と述べ、『平家物語』には、清盛批判によって他の平氏一門を免責するという側面があり、しかも、唯一責任を問われる清盛も延慶本では最終的に救済されているのであり、『平家物語』はそのような困難な論理構成をとることによって鎮魂の物語足り得ていると論じている(「『平家物語』と鎮魂」『軍記物語と合戦の心性』文学通信、二〇二一 初出二〇一五)。

大津雄一によると、軍記物語は、王権への反逆による共同体の混沌と、反逆者の排除による秩序の回復という物語が骨子となっているが、怨霊は共同体に再び災いをもたらすおそれのある排除された反逆者と結びついた存在である。そして、怨霊は、ときに王権を揺さぶることで権力組織に抑圧されつづけている人々に〈ガス抜き〉として利用されながらも、再び秩序をもたらす共同体維持装置としても機能しているのである(「怨霊と反逆者」『軍記と王権のイデオロギー』翰林書房、二〇〇五 初出一九九八)。

一方、高木信はデリダを援用して「取り込み」と「体内化」というふたつの概念を用いて軍記物語に登場する亡霊を論じている(「見えない亡霊/顕れる怨霊」『平家物語・装置としての古典』春風社、二〇〇八 初出二〇〇六)。亡霊は、おぞましい死者を共同体の記憶に「取り込む」のではなく、異質な「他者」として共同体の内部(=体内)にとどめている状態において発生する。亡霊は、理解不能な「他者」であるために言語化されておらず、具体的な身体をもって表現することができない。高木は、そこに表象可能な怨霊と亡霊との違いを認めている。『平家物語』に清盛や義仲が怨霊として現れないのは、「調和的な喪の作業」を通じて「取り込み」化されていない、亡霊の状態にあるからである。そして、両者の鎮魂の仕方も異なり、表象可能な怨霊が追号などの制度的な鎮魂を必要とするのに対して、表象不可能な亡霊は建礼門院のような近親者の供養による鎮魂を必要とする。高木によると、テクスト内部で鎮魂が完了する可能性が示される読み本系諸本に対して、鎮魂の可否が示されない覚一本にはより強く平家一門の亡霊性が刻印されており、そのようなテクストでは、享受者は近親者の立場から不断に亡霊を呼び戻しつづけることになるのである。

日本全土を巻き込んだ内乱である源平の合戦は、王朝文化の発展した中央と、その圏域の外にある周縁とのせめぎ合いとしても捉えることができる。『平家物語』の周縁的性質によって畿内中央の文化を相対化する試みは以前から提示されていたが、国際化が叫ばれた九〇年代には日本史を東アジアとの交流という観点から捉えなおす動きが活発になり、『平家物語』も東アジア的な視点から読みなおしが図られた。

かねて俊寛が流された鬼界ヶ島が冥界のイメージを帯びていると論じていた佐伯真一は、「有王と鬼界が島」(『延慶本平家物語考証4』新典社、一九九七)で、南島の住人を「赤ハタカ」「木ノ皮ヲ額ニ巻タル」と描いている延慶本の記述を検討し、実際の南島風俗に関する情報と、都人の異郷への恐怖や差別心、伝統的な詩歌についての知識などが、複合的に混じり合って鬼界ヶ島が表出されたという仮説を唱えている。また、佐倉由泰は近年の歴史学の成果に拠りながら、十二世紀の「きかいが島」が産物の硫黄や夜久貝の交易によって繁栄して「殷賑と豊穣の地」というイメージのもとに「貴駕島」「貴海島」と『日本紀略』や『吾妻鏡』に表記されていることに注目し、『平家物語』は流謫の身である俊寛の認識に添うように異界としてのイメージを「鬼界島」に投影していると論じている(「「きかいが島」のさまざまな見え方」『国文学　解釈と鑑賞』七一巻五号、二〇〇六)。

清盛の権勢の背景に福原を拠点とした日宋貿易があったことはよく知られているが、『平家物語』では悪行の末に死んだ清盛の死亡記事の後に、生前の意外な側面を語る挿話として日宋貿易を背景とした「築島」の説話が置かれている。樋口大祐は、延慶本の築島説話で、清盛が、港のないことを嘆く在地民の声を聞いて大輪田泊(経が島)を建設し、海運の発展に貢献して「唐ノ大王」から「日本輪田平親王」と呼ばれて宝物を賜ったとされている点に注目し、大輪田泊が、単なる国家事業ではなく、海の交通の担い手たちの主体的な参加によってなされていることを指摘している(「清盛の「悪行」を読み替える」『「乱世」のエクリチュール』森話社、二〇〇九　初出二〇〇五)。

また、『平家物語』の東アジアに対する見方は、天竺・震旦から本朝へというルートで仏教が伝来したという三国意識を伴って表出することが多い。歴史学者の上川通夫は、『平家物語』から日本を東アジアの一部に位置づける仏教的世界観が表れている箇所を拾い上げ、登場人物たちがそのような意識を共有していたことを指摘している(「東アジア仏教世界と平家物語」川合康編『平家物語を読む』吉川弘文館、二〇〇九)。

# 14　必須参考文献一覧

松下健二

（近年刊行された一般書・研究書等からテクスト論・作品論の観点から『平家物語』を読むうえで有益なもの）


阿部泰郎『聖者の推参　中世の声とヲコなるもの』名古屋大学出版会、二〇〇一
生形貴重『「平家物語」の基層と構造　水の神と物語』近代文芸社、一九八四
大津雄一『軍記と王権のイデオロギー』翰林書房、二〇〇五
大津雄一『『平家物語』の再誕　創られた国民叙事詩』ＮＨＫ出版、二〇一三
大津雄一『挑発する軍記』勉誠出版、二〇二〇
大橋直義『転形期の歴史叙述　縁起巡礼、その空間と物語』慶應義塾大学出版会、二〇一〇
梶原正昭『軍記文学の位相』汲古書院、一九九八
川合康『源平合戦の虚像を剥ぐ　治承・寿永内乱史研究』講談社学術文庫、二〇一〇年　原版一九九六
川合康編『平家物語を読む』吉川弘文館、二〇〇九
北川忠彦『軍記物論考』三弥井書店、一九八九
日下力『平家物語転読　何を語り継ごうとしたのか』笠間書院、二〇〇六

日下力『いくさ物語の世界　中世軍記文学を読む』岩波新書、二〇〇八
小林美和『語りの中世文芸　牙を磨く象のように』和泉書院、一九九四
小林美和『平家物語の成立』和泉書院、二〇〇〇
佐伯真一『平家物語遡源』若草書房、一九九六
佐伯真一『戦場の精神史　武士道という幻影』日本放送出版協会、二〇〇四
佐伯真一『建礼門院という悲劇』角川選書、二〇〇九
佐伯真一『軍記物語と合戦の心性』文学通信、二〇二一
佐伯真一編『中世文学と隣接諸学４　中世の軍記物語と歴史叙述』竹林舎、二〇一一
榊原千鶴『平家物語　創造と享受』三弥井書店、一九九八
佐倉由泰『軍記物語の機構』汲古書院、二〇一一
志立正知『『平家物語』語り本の方法と位相』汲古書院、二〇〇四
杉本秀太郎『平家物語　無常を聴く』講談社学術文庫、二〇〇二年　原版一九九六
鈴木彰『平家物語の展開と中世社会』汲古書院、二〇〇六
鈴木則郎編『中世文芸の表現機構』おうふう、一九九八
鈴木則郎編『平家物語〈伝統〉の受容と再創造』おうふう、二〇一一
説話と説話文学の会編『説話論集２　説話と軍記物語』清文堂出版、一九九二
高木信『平家物語・想像する語り』森話社、二〇〇一
高木信『平家物語・装置としての古典』春風社、二〇〇八
高木信『「死の美学化」に抗する『平家物語』の語り方』青弓社、二〇〇九
高木信『亡霊たちの中世　引用・語り・憑在』水声社、二〇二〇
武久堅『平家物語の全体像』和泉書院、一九九六
武久堅『平家物語は何を語るか　平家物語の全体像ＰＡＲＴⅡ』和泉書院、二〇一〇
栃木孝惟『軍記と武士の世界』吉川弘文館、二〇〇一
中根千絵編『いくさの物語と諧謔の文学史』三弥井書店、二〇一〇

樋口大祐『「乱世」のエクリチュール　転形期の人と文化』森話社、二〇〇九
樋口大祐『変貌する清盛　『平家物語』を書きかえる』吉川弘文館、二〇一一
兵藤裕己『王権と物語』岩波現代文庫、二〇一〇 原版一九八九
兵藤裕己『平家物語の読み方』ちくま学芸文庫、二〇一一　原版一九九八
兵藤裕己『平家物語の歴史と芸能』吉川弘文館、二〇〇〇
兵藤裕己『物語・オーラリティ・共同体　新語り物序説』ひつじ書房、二〇〇二
細川涼一『平家物語の女たち　大力・尼・白拍子』吉川弘文館、二〇一七　原版一九九九
松尾葦江『軍記物語原論』笠間書院、二〇〇八
松尾美恵子『異形の平家物語　竜と天狗と清盛と』和泉書院、一九九九
山下宏明『『平家物語』入門　琵琶法師の「平家」を読む』笠間書院、二〇一二
山下宏明編『平家物語　研究と批評』有精堂出版、一九九六
山下宏明編『軍記文学研究叢書7　平家物語　批評と文化史』汲古書院、一九九八
「特集　平家物語　生まれかわりつづける物語」『国文学　解釈と教材の研究』四七巻一二号、二〇〇二
「特集　歴史の語り方　平家物語」『文学』隔月刊・三巻四号、二〇〇二
「特集　平家物語」『湘南文学』一六号、二〇〇三
「特集　平家物語　世界への発信」『国文学　解釈と教材の研究』五二巻一五号、二〇〇七
「特集「いくさ」と文学」『文学』隔月刊・一六巻二号、二〇一五

# 15 『平家物語』でゼミ発表をするとき、あるいはレポート、卒論、修論を書くときの工具書《グッズ》

高木　信

※執筆者・編者や出版年は多く省略した。刊行年が意味を持つもの（情報の新しさ）には出版年を記したものもある。出版社の表記は新しい名称に統一した。
※レポートの書き方はさまざまな書籍が出版されているが、本章は『平家物語』について考え、口頭発表、執筆するときに参照するとよいであろう「文献」案内である。
※かつては「国文学　解釈と教材の研究」（學燈社↓「アナホリッシュ」という雑誌が受け継いでいる）、「国文学　解釈と鑑賞」（至文堂）などが参考になるものをだしていたが、現在は廃刊。たとえば「国文学　一九八八年七月臨時増刊号」（學燈社）の特集が〈古典文学　論文・レポート制作マニュアル〉、「別冊国文学」（一九九八年七月号）を出すなど、興味があれば複数のものと出会えるだろう。

## A　『平家物語』をめぐる基本的な辞書類

### 1、基本的なもの

・『平家物語研究事典』（明治書院、一九七八）：覚一本・延慶本・屋代本・四部合戦状本の記事対照表があり便利だが、使用されている本文は古い。歴史的年表と『平家物語』記事との対照表もある。最新の情報は三点目を参照するのがおすすめ。

・『平家物語辞典』（明治書院、一九七三）：『平家物語』に出てくる語句の意味、用例を見るのに適している。

・『平家物語大事典』（東京書籍、二〇一〇）：語句や人名の解説以外にも、『平家物語』の二次創作・翻案作品（中近世芸能から映画・マンガ・小説など）などの情報もある。

2、その他の『平家物語』に関連する事典的なもの

・『別冊国文学　平家物語必携』（學燈社、一九八二）：そうとう古くなってしまっているが、当時の章段ごとの「問題点」がそれぞれあげられている。各章段の簡単な「あらすじ」もある。

・『源平合戦事典』（吉川弘文館、二〇〇六）、『平家物語を知る事典』（東京堂出版、二〇〇五）、『平家物語作中人物事典』（東京堂出版、二〇一七）、『平清盛小事典』（勉誠出版、二〇一一）、『吾妻鏡事典』（東京堂出版、二〇〇七）など。

3、入門的なハンドブック

・『図説　平家物語』（河出書房新社、二〇〇四）、『平家物語図典』（小学館、二〇〇五）、『平家物語ハンドブック』（三省堂、二〇〇七）、『図説　平清盛』（河出書房新社、二〇一一）、『木曾義仲のすべて』（新人物往来社、二〇〇八）『後鳥羽院のすべて』（新人物往来社、二〇〇九）など。

### 4、『平家物語』享受史

・「平家物語享受史年表」（『国語国文学研究史大成9『平家物語』』三省堂、一九六〇）：古いものだが、一九六〇年までに判明している享受史が掲載されている。『平家物語』成立伝承などの記事もある。

## B　中世文藝にかかわる辞書類

### 1、「説話」について知りたいとき

・〈事典〉『日本説話伝説大事典』（勉誠出版）、『説話文学辞典』（東京堂出版）、『「説話」大百科事典　大語園』（名著普及会：日本のものだけではない）、『日本説話小事典』（大修館書店）など。

・〈索引〉『増補改訂　日本説話文学索引』（清文堂）、『日本説話索引』（二〇一一年一巻まで刊行。全七巻。清文堂）など。

### 2、室町時代物語について知りたいとき

・『お伽草子事典』（東京堂出版）：索引が詳しい。モチーフによる分類表がある。

・『お伽草子超入門』（勉誠出版）：「主要モティーフ索引」「年表風作品ガイド」「お伽草子の基礎知識」「お伽草子ガイド」「妖怪小辞典」がある。

・『中世王朝物語・御伽草子事典』（勉誠出版）

・『日本伝奇伝説大事典』（角川書店）

### 3、芸能について知りたいとき

・『新訂増補　能狂言事典』（平凡社→ジャパンナレッジ搭載）、『能楽大事典』（筑摩書房）、『芸能文化史辞典［中世篇］』（名著出版）、『芸能史年表　第三版［明徳元年―延享二年］』（岩田書院）など。

### 4、仏教について知りたいとき

・『望月佛教大辞典』（世界聖典刊行協会→DVD-ROMあり）、『広説　佛教語大辞典』（東京書籍）、『例文　仏教語大辞典』（小学館→ジャパンナレッジ搭載）、『岩波仏教辞典　第二版』（岩波書店）

・『仏教文学を読む事典』（佼成出版社）、『大蔵経全解説大事典』（雄山閣）、『社寺縁起伝説辞典』（戎光祥出版）、『仏教民俗辞典』（新人物往来社）など。

一次資料→『大正新脩大蔵経』（大正新脩大蔵経刊行会→データベースあり）、『増補改訂版　日本大蔵経』（方丈堂出版→DVD-ROMあり）、『日本大蔵経』（日本大蔵経編纂会　目次・索引ありCD-ROMあり）、『正続　天台宗全書』（春秋社）、『真言宗全書』（高野山大学密教文化研究所CD／DVD-ROMあり）、『正続　真宗大系』『真宗史料集成』（ともに方丈堂出版DVD-ROM）、『浄土真宗聖典全書』（本願寺出版）、『真福寺善本叢刊』（臨川書店）、『正続　浄土宗全書』（山喜房仏書林：データベースあり「浄土宗全書テキストデータベース」（http://jodoshuzensho.jp/jozensearch_post/））など。

## 5、神道について知りたいとき

・『寺社縁起伝説辞典』（戎光祥出版）、『神道大辞典』（平凡社）、『神道史大辞典』（吉川弘文館）、『神道人名辞典』（小出版センター）など。

一次資料→『神道大系』

## 6、漢文日記について知りたいとき

・『日記解題辞典』（東京堂出版）、『史籍解題辞典　上巻　古代中世編』（東京堂出版）、『日本史小百科古記録』（東京堂出版）、『日本史文献解題辞典』（吉川弘文館）など。

## 7、用語について知りたいとき

・雑誌『国文学』（學燈社）、「国文学　解釈と鑑賞」が研究用語や古典文学作品に特有の用語について特集をよく組んでいた。たとえば、「国文学」（學燈社）が、一九九三年六月号で〈古典の常識Q&A〉、一九九二年一二月臨時増刊号〈古典文学レトリック事典　古典文学イメージ事典〉、一九九五年七月臨時増刊号〈キーワード100　古典文学の術語集〉などがある。他にも特集として、一九九二年二月臨時増刊号〈古典文学植物誌〉、一九九四年十月臨時増刊号〈古典文学動物誌〉などもある。

・また他に『古典文学読むための用語辞典』（東京堂出版）などもある。

### 8、中国の文献を調べたいとき

・正史、儒教の経典などを調べたいとき：「台湾中央研究院　漢籍電子文献」(https://hanji.sinica.edu.tw/)

・物語系を調べたいとき：「寒泉」(http://skqs.lib.ntnu.edu.tw/dragon/)。「太平広記」が入っている。

・「類書」を調べたいとき：「中国哲学書電子化計画」(https://ctext.org/post-han/zh)

など。

## C　諸本対照表・年表

### 1、記事対照表

・『平家物語研究事典』：覚一本、延慶本、屋代本、四部合戦状本の四本対照表を載せる。日本古典文学大系など出版年の古いテキストで対照されている。頁数などが載っていて便利ではある。

・『源平盛衰記　一～』(三弥井書店、二〇二一年現在未完)：各巻に、源平盛衰記、延慶本、長門本、覚一本の記事対照表を載せる。

・『長門本平家物語の総合的研究　第三巻』(勉誠出版)：長門本、延慶本、源平盛衰記、四部本、屋代本、百二十句本、覚一本の記事量対照表。

・『平家物語劄記　長門本』(名著刊行会、一九七五)：長門本、延慶本、源平盛衰記の対照表。頁数も載っていて便利なのだが、使用本文の出版年は古い。

2、年表　多くの注釈書はそれぞれ年表を付けている。

・『別巻　延慶本平家物語の世界』(汲古書院)：延慶本に特化した年表。

・『源平盛衰記年表』(三弥井書店)：『源平盛衰記』に特化した年表。

3、本文の対照ができるもの

・屋代本と覚一本：『屋代本高野本対照平家物語　一～三』(新典社)

・延慶本と長門本：『平家物語長門本延慶本対照本文』(勉誠出版)

## D　言葉の意味を調べたい

### 1、古語(日本)

★採用されている用例の時代に注意して見ることが重要。辞書的な言葉の意味は結局は最大公約数でしかないので、いま調べている言葉の意味として最適なものが辞書にあるとは限らない。また知りたい言葉の初出例がいま調べているテクストであるということも発生する。とすると、辞書的な意味を決めたのは調査中の言葉だということになるのである。これで調査完了としたらトートロジーになってしまう。

・『日本国語大辞典　第二版　全一三冊』(小学館)：初出とされる用例がわかる。↓ジャパンナレッジ搭載

・『時代別国語大辞典　室町編』（三省堂）：室町時代の言葉について調べるとき。『平家物語』の現存諸本の成立時期が明確にわからないなかで、室町時代の用例が掲載されているので利用価値は高い。
・『古語大鑑　一〜』（二〇二二年現在二巻まで　東京大学出版会　全四巻）：漢語や漢文訓読語に強い。
・『角川古語大辞典』（角川書店）↓ジャパンナレッジ搭載

2、漢語

・『大漢和辞典』↓ジャパンナレッジ搭載
・『広漢和辞典』：日本での用例が載っている。

3、古記録系

・『古文書古記録語大辞典』（東京堂出版）：古代中世の古文書や古記録に出てくる単語の解説。
・『平安時代記録語集成　上下』（吉川弘文館）：記録の語彙についての註釈も一部だがある。
・『日本史を学ぶための古文書・古記録訓読法』（吉川弘文館）。
・『全譯　吾妻鏡　別巻』（新人物往来社）：用語の解説と検索が可能。人名索引、地名索引、年表などもある。ただし、原文ではなく書き下し。『現代語訳　吾妻鏡　全一六巻＋別巻』（吉川弘文館）は現代語訳。別巻には補注がある。『新訂　吾妻鏡』（和泉書院、二〇二二年現在四巻まで　全一〇冊刊行中）は各巻に人名索引を載せる。↓Ｅ２〈歴史系〉参照

## E　言葉の検索をしたい＝用例を調べたい

★新編日本古典文学全集（小学館）、日本古典文学大系（岩波書店）に所収のテクスト、新日本古典文学大系（岩波書店）（明治編も含む）は、データベース、電子版がある。

・新編日本古典文学全集（小学館）、群書類従に所収のものはジャパンナレッジで、日本古典文学大系（岩波書店）は国文学研究資料館のデータベースで、新日本古典文学大系（岩波書店）は紀伊国屋書店の電子ブックで調査可能である。

### 1、軍記物語系索引

〈『平家物語』〉

・『平家物語総索引』（学習研究社）：古典文学大系『平家物語』（岩波書店）の索引。
・『平家物語高野本語彙用例総索引』（勉誠出版）：新古典文学大系『平家物語』（岩波書店）の索引。
・小学館新編古典文学全集『平家物語　二』：人名索引として使える人物紹介がある。
・岩波新日本古典文学大系『平家物語』および岩波文庫『平家物語　四』（一九九九）：「主要人物一覧」があり、簡易な人物索引として使える。
・『延慶本平家物語　索引篇　上下』（勉誠出版）
・『長門本平家物語　自立語索引』（勉誠出版）：『長門本平家物語　一～四』（勉誠出版）の索引。
・『屋代本　平家物語』（角川書店）：和歌（今様など含む）、人名・地名索引がある。
・『天草版　平家物語総索引』（勉誠出版）：キリシタン版の『平家物語』の総索引。

〈軍記物語〉

・小学館新編日本古典文学全集『将門記　陸奥話記　保元物語　平治物語』：『将門記』と『陸奥話記』の人名索引がある。

・『後三年記詳注』（汲古書院）：人名・地名・史資料名索引と、重要事項索引がある。

・『保元物語』は『保元物語総索引』（武蔵野書院）。『半井本　保元物語　本文・校異・訓釈編』（笠間書院）は、主要な語彙の索引として「訓釈編」が利用できる。

・『平治物語』は『平治物語総索引』（武蔵野書院）：岩波古典文学大系の索引。『半井本　平治物語本文および語彙索引』（武蔵野書院）。

・岩波新日本古典文学大系『保元物語　平治物語　承久記』：索引機能を持つ「人物一覧」がある。

・『承久記』は、人名索引が古活字本を底本とした『承久記』（現代思潮社）、『前田家本　承久記』（汲古書院）、『承久兵乱記』（おうふう）にある。

・『曽我物語』は、『妙本寺本　曽我物語』（角川出版）：古態と言われる真名本の翻刻。重要語句の索引がついている。小学館新編古典文学全集『曽我物語』は妙本寺本よりは新しいテクストだが、「人名・神仏名・地名索引」がある。『曽我物語総索引』（至文堂）は岩波旧大系本の索引。

・『義経記文節索引』（清文堂）、『赤木文庫本義経物語総索引―自立語篇』、小学館新編古典文学全集『義経記』：人名索引の役割もする「人物略伝」がある。

・『太平記』には『太平記人名索引』（北海道大学図書刊行会）、『土井本太平記　本文及び語彙　索引』（勉誠出版）がある。

〈漢字の読み方を知りたいとき〉

・室町末期の発音が知りたかったら『日葡辞書』(岩波書店)、江戸期の読み方は『平家正節』(大学堂出版)を見るとよい。鎌倉時代から室町時代の古辞書もある。『名語記』『下学集』など。入門書として、西崎亨編『日本古辞書を学ぶ人のために』(世界思想社　一九九五)がある。

## 2、その他、説話など

〈芸能系〉

・『謡曲二百五十番集索引』(赤尾照文堂)

・『幸若舞曲研究　別冊』:幸若舞曲注釈において注がつけられた言葉の索引

〈歴史系〉

・『鎌倉遺文』『平安遺文』は紙媒体のものは、東京堂出版から刊行されている(→CD-ROMデータベースもある)。

・『全訳　吾妻鏡』(新人物往来社):重要語句索引がある。新しいものとしては、二〇二二年現在未完であるが、同じく訓読本である『改訂吾妻鏡』(和泉書院)があり、人名索引も付す。『吾妻鏡総索引』(日本学術振興会)、『吾妻鏡人名索引』(吉川弘文館)

・『玉葉事項索引』(風間書房)、『玉葉索引』(吉川弘文館)、『新訂版　明月記人名索引』(河出書房新社)、『日本史史料叢刊6　新訂　吉記　索引・解題編』(和泉書院)、『百錬抄人名総索引』(政治経済史学会)など。大日本古記録には簡単な索引がある。

・『今鏡　本文及び総索引』『水鏡　本文及び総索引』（ともに笠間書院）

〈説話・室町時代物語の索引〉

・『御伽草子索引』（笠間書院）

・岩波新日本古典文学大系『室町物語集　下』：主要語彙・人名・地名索引がある。

・『今昔物語集』の索引としては、新日本古典文学大系『今昔物語集索引』が一般語彙索引、人名・神仏名索引、地名・寺社名索引、説話総目次を有する。『今昔物語集文節索引』（笠間書院）、『今昔物語集地名索引』（笠間書院）。

・『宇治拾遺物語総索引』『発心集本文自立語索引』（以上は清文堂）、『古今著聞集総索引』『十訓抄　本文と索引』『撰集抄自立語索引』『閑居友　本文及び総索引』（以上、笠間書院）、『九冊本　宝物集と索引』（近代文藝社）、『宮内庁書陵部蔵本　宝物集総索引』（汲古書院）、『古本説話集総索引』（風間書房）、『無住の著作総合索引』（和泉書院）。

『江談證注』（勉誠出版）は「人名」「事項」索引があり、新日本古典文学大系『古事談　続古事談』は人名索引、また『古事談語彙索引』（笠間書院）、『文机談　全注釈』（笠間書院）の「人物略伝」は人物索引の機能を持つ。

〈和歌を調査する〉

・『国歌大観』→データベースあり。日本文学ｗｅｂ図書館、ジャパンナレッジ搭載。ＣＤ－ＲＯＭもある。

## F　人物や言葉、地名などから、それが載っている本文を探したい

・『古事類苑』『群書類従』（ともにジャパンナレッジ搭載）、『廣文庫』、『増補改訂　日本説話文学索引』（清文堂）、『日本説話索引』（二〇二一年二巻まで刊行。全七巻。清文堂）。

## G　人物について知りたい

### 1、歴史上の人物

・『日本中世内乱史人名事典』（新人物往来社、二〇〇七）、・日本古代中世人名辞典』（吉川弘文館、二〇〇六）、『鎌倉・室町人名事典』（新人物往来社、一九九〇）、『日本古代人名辞典』（東京堂出版、二〇〇九）、『日本人名大辞典』（講談社、二〇〇一→ジャパンナレッジ搭載）、『吾妻鏡人名索引』（吉川弘文館）。

一次資料→『公卿補任』（国史大系）、『尊卑分脈』（国史大系）

### 2、伝説的な人物

・『日本架空伝承人名事典』（平凡社）→ジャパンナレッジ搭載

・『日本奇談逸話伝説大事典』（勉誠出版）、『歴史人物怪異談事典』（幻冬舎）、『人物伝承事典』（東京堂出版）など。

〈説話や歴史物語などにみられる『平家物語』の登場人物を探したいとき〉

・『増補改訂　日本説話文学索引』（清文堂　一九七四）：人物や事物で立項されている。
・『日本説話索引』（清文堂、二〇二二年現在二巻まで刊行。全七巻予定）
・『日本古代文学人名索引』（私家版）→ＣＤ－ＲＯＭがあるが、ＸＰ対応。

### 3、『平家物語』の登場人物の伝承・伝説が知りたい

・『日本怪異妖怪大事典』（東京堂出版）、『日本怪異伝説事典』（笠間書院）、『昔話・伝説を知る事典』（アーツアンドクラフツ）など。
・昔話の再録としては、『日本の民話　八　乱世に生きる』（角川書店）。
・本格的に民話に踏み込むなら、『日本昔話事典』（弘文堂）、『日本伝説語彙』（日本放送協会）などを参考にしながら、『日本伝説大系』（みずうみ書房：索引あり）、『日本昔話大成』（角川書店）、『日本昔話通観』（同朋社：索引あり）へと踏み入ってほしい。
・平家落人伝承については書籍がいくつも出ている。たとえば、『平家物語を歩く―源平のつわもの、よりそう女人、末裔の落人たちの足跡を訪ねる』（ＪＴＢパブリッシング）、『平家かくれ里写真紀行』（産業編集センター）など。

## H　歴史について調べたい

・『大日本史料』：出来事の概要と出典本文が掲載されている。↓データベースあり
・『史料総覧　巻三～五』（東京大学出版会）、および『索引史料総覧（平安時代）』（和泉書院）：歴史的な出来事の事件の概要とその典拠史料名が記されている。
・東京大学史料編纂所データベース：http://wwwap.hi.u-tokyo.ac.jp/ships/db.html
　一次資料↓『増補　史料大成』『増補　続資料大成』（臨川書店）：平安から室町時代の日記）、『大日本古記録』（岩波書店）、『史料纂集』（続群書類従完成会）など。

〈事典〉
・『国史大辞典　全一七冊』（吉川弘文館）↓ジャパンナレッジ搭載
・『日本史大事典　全七冊』（平凡社）

## I　地図・地名について調べたい

・『新版　角川日本地名大辞典　全一九巻』、『日本歴史地名大系』（平凡社）（↓ともに、ジャパンナレッジ搭載）、角川書店からは『古代地名大辞典』も出ている。
・『大日本地名辞書　全八巻』（冨山房）、『日本古代史地名事典』（雄山閣）、『日本古代文学　地名索引』（私家版）など。
・『古地図集』（臨川書店）や、京都国立博物館データベース http://mt-soft.sakura.ne.jp/link/tool/map_

old.html（古地図データベース）などもある。

・注釈書には、京都をはじめ舞台となった土地についての地図が載せられているが、一次資料とは言いがたいので注意。

## J　平安貴族の生活

### 1、全般的に

・『平安時代史事典　全三冊』（角川書店）

・国文学解釈と鑑賞別冊『平安時代の文学と生活』（至文堂）：平安貴族の環境」、「平安時代の儀礼と歳事」、「平安時代の信仰と生活」の全三冊から構成されている。

・『王朝文学文化歴史大事典』（笠間書院）、『源氏物語事典』（大和書房）、『平安時代　儀式年中行事事典』（東京堂出版）、『王朝物語のしぐさとことば』（清文堂）、『事典　古代の祭祀と年中行事』（吉川弘文館）、『藤原道長事典』（思文閣出版　時代的には『源氏物語』が書かれた頃だが、解説は最先端の知見によっている）などもある。少し違う角度からだと、『仏教民俗事典』のような日常生活に溶け込んだ、宗教や風俗を調べるグッズもある。

### 2、有職故実

・『有職故実　上下』（講談社学術文庫）、『有識故実大辞典』（吉川弘文館）、『有職装束大全』（平凡社）など。

### 3、官職・位階

・『官職要解』、『女官通解』（講談社学術文庫）
・『日本史に出てくる組織と制度のことがわかる本』『日本史に出てくる官職と位階のことがわかる本』（新人物往来社）

## K　絵巻を調べたい

・『日本常民生活絵引』（平凡社）：絵巻の「事物」「人物」がどのように描かれているかがわかる。
→一次資料：『正続　日本絵巻大成』（中央公論社）、『日本絵巻物全集』（角川書店）。また、画像データを大学や図書館がネットで公開している。

## L　少し不思議な話を探したい

※古注釈には不思議な注がついていることがある。また複数のテクストを架橋するのでインターテクスチュアリティ的な分析をするときに有用。
・『和漢朗詠集』の古注＝『和漢朗詠集古注釈集成』（大学堂書店）

・『古今和歌集』の古注＝『中世古今集注釈書解題』（赤尾照文堂）
『古今集古注釈書集成』（笠間書院）
・『伊勢物語』の古注＝片桐洋一『伊勢物語の研究　資料編』（明治書院）
『伊勢物語古注釈大成』（笠間書院）
・『中世日本紀』『聖徳太子伝』などの古注＝『真福寺善本叢刊』（臨川書店）、『伝承文学資料集成』（三弥井書店）、『聖徳太子伝』（国書刊行会）など。
・聖徳太子伝の古注＝『中世聖徳太子伝集成』（勉誠出版：翻刻ではない。増補系が中心）
・寺社縁起など＝『日本思想大系20　寺社縁起』（岩波書店）、神道大系、『日本の絵巻』（中央公論社）他の絵巻、『略縁起集成』（勉誠出版）など。
・〔参考〕間島由美子「国立国会図書館所蔵　江戸期以前寺社縁起関係目録」（一九九一 https://dl.ndl.go.jp/view/download/digidepo_3051331_po_40-05.pdf?contentNo=1&alternativeNo=）
・『大正新脩大蔵経』：仏教経典の註釈がある→データベースあり

## M　『平家物語』の二次創作作品を探したい

### 1、能・狂言

・西野春雄「古今謡曲総覧　上下」（法政大学能楽研究所編「能楽研究　17・18号」一九九三〜九四）がとても便利である。人物名からその人物をシテとする能がわかる。しかし、能のタイトルしか載せられていない。したがって、『能楽大事典』（筑摩書房）、『新訂増補　能狂言事典』（平凡社↓ジャパンナレッジ搭載）、『別冊國文学　能・狂言必携』（學燈社）などを使用して、内容を確認し、本文が掲載されている書籍を探すことになる。しかし、どの本にどの曲が掲載されているかの記載がないことが多いので、目次を頼りに曲を探すことになる。

岩波新・旧日本古典文学大系、小学館新編日本古典文学全集、新潮日本古典集成。『謡曲二百五十番集』（赤尾照文堂・索引あり）、『謡曲大観』（明治書院）、『校註　謡曲叢書』（臨川書店）、古典文庫『正・続　未刊謡曲集』『番外謡曲集　続』などが詞章を載せている。

## 2、幸若舞曲

・『幸若舞曲研究　一〜一〇＋別巻（事典・総索引）』（三弥井書店）、岩波新日本古典文学大系『舞の本』、東洋文庫『幸若舞』（平凡社）、『幸若舞曲集』（第一書房・索引あり）。

## 3、室町時代物語

・多くの場合に御伽草子と呼ばれる室町時代の物語。昔話と共通するものなどもある。『お伽草子事典』（東京堂出版）、『中世王朝物語・御伽草子事典』（勉誠出版）の索引などを利用して、岩波日本古典文学大系『御伽草子』、岩波新日本古典文学大系『室町物語集』、小学館日本古典文学全集『御伽草子集』、小学館新編日本古典文学全集『室町物語草子』、新潮日本古典集成『御伽草子集』、『室町時代物語大成』（角川書店）、『京都大学蔵　むろまちものがたり』（臨川書店）、『伝承文学資料集　室町期物語』『神道物語集』（三弥井書店）、『伝承文学資料集成』（三弥井書店）に収められているもの、『古典名作リーディング　お伽草子』（貴重本刊行会）、岩波文庫『御伽草子』『続　お伽草子』、講談社学術文庫『おとぎ草子』、古典文庫『室町時代物語』『未刊中世小説』などにあたろう。ちなみに、『お伽草子事典』の索引はとても有用である。

### 4、説経節・古浄瑠璃

・語り物。新潮日本古典集成、岩波新日本古典文学大系。東洋文庫『説経節』（平凡社）、『説経正本集』『古浄瑠璃正本集』（角川書店）。

## N　近世の『平家物語』古注釈

・『平家物語評判秘伝抄』（金桜堂）：興味深い註を付けている。※明治期に翻刻されたものはほとんど流通していないのが残念である。他には、『平家物語抄・平家物語考證』が「國文註釋全書」（國學院大學出版部）、『平家物語集解・平家物語標註』が「未刊國文古註釋大系」（東京帝国教育会出版部）、『平家物語標註・平家物語考證』が「平家物語古注大成」（日本図書センター）がある。

## ○　データベースたち

データベースは入力した語句しか検索できないという点を理解しておくことが重要。「清盛」を調べたいときに、「清盛」だけではすべての用例はチェックできない。「平相国」など別表記もチェックして検索しなければならない。そのためにも紙媒体索引や辞書類は重要である。両者を併用して、漏れのない検索をする必要があることを覚えておいてほしい。

1、ジャパンナレッジ（文字検索可能・有料・登録が必要）

・『日本国語大事典　第2版』（小学館）、『角川古語大辞典』（角川書店）、『国史大辞典』『日本史年表』（ともに吉川弘文館）、『日本人名大辞典』（講談社）、『新版　日本架空伝承人名事典』（平凡社）、『新版　角川日本地名大辞典』（角川書店）、『日本歴史地名大系』（平凡社）、『新版　能・狂言事典』（平凡社）。

※

・『古事類苑』：ある言葉を載せている文献を広く集めている。データベースが複数ある。『新編日本古典文学全集』（小学館）、『平凡社　東洋文庫』。

・国文学研究資料館「新日本古典籍総合データベース」連携：古典籍の書誌情報

※

・『大漢和辞典』（大修館書店）、『群書類従』（正・続・続々）：大量の資料集。高額のため個人での購入は無理である。図書館に購入してもらうしかないだろう。

## 2、国文学研究資料館　https://www.nijl.ac.jp/search-find/#database

・日本古典文学大系本文データベース（岩波書店・日本古典文学大系の本文）、『古事類苑』データベース。

## 3、東京大学史料編纂所　https://wwwap.hi.u-tokyo.ac.jp/ships/

☆全文データベース　記録のなかにでてくる語句を検索できる。

・古記録フルテキストデータベース、古文書フルテキストデータベース、奈良時代古文書フルテキストデータベース、平安遺文フルテキストデータベース、鎌倉遺文フルテキストデータベース

〈主題ごとに調べたいときのデータベース〉

・大日本史料総合データベース

・編年史料カード（古代関係）データベース、中世記録人名索引データベース

## 4、古典本文のデータベース

・「やたがらすナビ」https://yatanavi.org/index.html、「菊池眞一研究室」http://www.kikuchi2.com/、ADEAC（自治体史や古文書をはじめとする史資料を機関ごとに公開しているデジタルアーカイブシステム）https://trc-adeac.trc.co.jp/、赤木文庫　古浄瑠璃・説経節翻刻データベース　http://www.let.osaka-u.ac.jp/~iikura/akagi/menu.html

・岩波新日本古典文学大系（古典・明治編）：「Maruzen eBook Library」に電子ブックがある。が、高

額なので図書館で購入してもらうしかないだろう。

・全国漢籍データベース　http://www.kanji.zinbun.kyoto-u.ac.jp/kanseki/

※　※

・大正新脩大藏經テキストデータベース　http://21dzk.l.u-tokyo.ac.jp/SAT/：仏教関係の本文を集めた『大正新脩大藏經』1～85巻までのデータベース

・浄土宗全書テキストデータベース　http://jodoshuzensho.jp/jozensearch_post/

※　※

・台湾中央研究院　漢籍電子文献　https://hanji.sinica.edu.tw/

・寒泉　http://skqs.lib.ntnu.edu.tw/dragon/

・中国哲学書電子化計画　https://ctext.org/post-han/zh

5、画像データ　著作権の問題などがあるので、発表するときは要注意。

・国立国会図書館デジタルコレクション　https://dl.ndl.go.jp/

・京都大学（京都大学貴重　資料デジタルアーカイブ　https://rmda.kulib.kyoto-u.ac.jp/）

・東寺百合文書の画像データ→東寺百合文書WEB（京都府総合資料館）　http://hyakugo.pref.kyoto.lg.jp/

・国宝　金沢文庫データベース　https://kanazawabunko-db.pen-kanagawa.ed.jp/

・国際日本文化研究センター　データベース：https://www.nichibun.ac.jp/ja/db/：絵巻物、怪異・妖怪について。

・慶應義塾大学メディアセンター（デジタルコレクション：https://dcollections.lib.keio.ac.jp/ja/naraehon）：「奈良絵本・絵巻コレクション」などを公開している。

・國學院大學デジタル・ミュージアム　https://d-museum.kokugakuin.ac.jp/database/

※以上、いくつかをピックアップしたが、各大学（図書館）や自治体の図書館などもそれぞれに独自のデータベースを作成しているので、根気よく探すことが重要。ただしＵＲＬが変更されることが多いので、「データベース名」を把握しておく必要がある。

### 6、データベースのデータベース

・日本文学 Internet Guide（https://soamano.wixsite.com/nihonbungaku）

・ADEAC（アデアック）：https://trc-adeac.trc.co.jp/ ＝自治体史や古文書をはじめとする史資料を機関ごとに公開しているデジタルアーカイブシステム

## P　関連論文検索

・CiNii：CiNii Research　執筆者、論文タイトル、キーワードで論文を検索可能。

・J-STAGE：https://www.jstage.jst.go.jp/browse/-char/ja/

・国文学研究資料館のホームページ「国文学論文目録データベース」https://base1.nijl.ac.jp/~rombun/

論文本文へのリンクは貼ってない。

・『日本古典文学研究史大事典』(勉誠出版、一九九七　※二〇二二年現在では最新情報ではない)

・雑誌「軍記と語り物」　※毎年、一年間の論文のタイトルが載る。

・軍記物談話会発足二十五周年記念「軍記物研究文献総目録」　※研究者名で検索可能。

Q　初歩的な参考図書

1、歴史学・説話研究からの人物分析

・上横手雅敬『平家物語の虚構と真実　上下』(塙新書)↑今でも取っ掛かりとしては有用。角田文衛『平家後抄　上下』(講談社学術文庫)↑必携!!。『お伽草子百花繚乱』(笠間書院)、『今昔物語集を学ぶ人のために』(世界思想社)。

2、文学作品解説

・『日本古典文学大辞典』岩波書店　全六巻

3、『平家物語』の入門的に使用できるかもしれないものたち

[入門書ア]平家物語の世界を知るために

・永積安明『平家物語を読む』(岩波ジュニア新書)、石母田正『平家物語』(岩波新書)、木下順二『古典

を読む　平家物語』（岩波時代ライブラリー）、杉本秀太郎『平家物語　無常を聴く』（講談社学術文庫）、兵藤裕己『平家物語の読み方』（ちくま学芸文庫）、兵藤裕己『琵琶法師〈異界〉を語る人びと』（岩波新書）、『平家物語がわかる』（朝日新聞社アエラムック）。

［入門書イ］もう少し深く平家物語を知るために

〈読みやすいもの〉

・『鑑賞日本古典文学　平家物語』（角川書店）、小川国夫他『新潮古典文学アルバム　平家物語』（新潮社）、梶原正昭『平家物語』（岩波セミナーブックス）。

〈新書〉

・細川涼一『平家物語の女たち』（講談社現代新書）、高橋昌明『武士の日本史』（岩波新書）。阿部達二『江戸川柳で読む平家物語』（文春新書）（『平家物語』の江戸時代における享受や解釈の一端がわかる）など。

4、専門的な論文を読みたかったら　主要な論文のアンソロジー

・『日本文学研究資料叢書　平家物語』（有精堂）、『日本文学研究資料新集　平家物語』（有精堂）、『日本文学研究大成　平家物語Ⅰ』（国書刊行会）、『日本文学研究論文集成　平家物語　太平記』（若草書房）などが手頃だが、最新ではない。

・『平家物語』（三弥井書店）：頭注に刊行当時の必読文献を載せている。

★論文を探す方法は、最新の論文の注に載っている論文群から芋づる式に探っていくというのが伝統

的な方法である。偶然CiNiiで見つけた論文、図書館でたまたま見つけた本に載っている論文（たとえ新しかったり、自分がやろうとしていることに近いタイトルだったとしても）が一番いい論文とは限らないことは知っておいてほしい。

★また何をどのレベルまで調べたいのかを明確にしておかないと、「辞書類を調べて終わり」となる。「必要な情報」だけを利用するのだということ、逆にひとつの辞書を引いたら「それでいい」などとは考えないこと、それが大切である。

※本章でとり上げた工具類が全てではもちろんない。図書館や本屋のサイトなどで「神道」「辞典」や「事典」といったワードを打ち込むと意外な出会いがある。目の前にあるものが全てだと思わずに探してみることは絶対に必要なことである。

# 16 『平家物語』で卒業論文・レポートを書くためのひとつの提案

高木 信

『平家物語』で卒業論文を書こう(と思っている人または)、レポートを書かねばならないという人々に、どのようなアプローチが可能であるかを示してみたい。

ただし、一般的なレポートの書き方(構成や章立ての方法、指示語や接続詞の使い方、注の付け方など)にかんしては、さまざまな書籍があるのでここではほとんど触れない。発想と調査、そしてその結果をいかにして文章にするかの実践例をひとつ提示するに留める。これを参考にして、自分の考えを文章化する糧としてもらえればと思っている。(1)

※

さて、『平家物語』はレポートや卒論を書きやすい対象であろうか。『源氏物語』と比較してみると、語りの複雑さ、登場人物の内面や対話のあり方、情景描写など淡泊に感じられるであろう。男女の和歌の贈答や恋の行方にハラハラすることもないだろう。また武士同士の戦いという血なまぐささや政治のどろどろとした側面などに「優美さ」が求められないとか、歴史物語だから登場人物や事件について自由な想像＝想像ができないと思う人もいるかもしれない。『竹取物語』のかぐや姫が月の世界で犯した罪とはなにかとか、『源氏物語』の桐壺帝即位前の前史がどうだったのかとか、浮舟がその後どうなったのだろうかとか、想像力を発動する余地もないだろう。

※ ※

しかし、『平家物語』には『平家物語』なりの面白みがある。いくつかのアプローチを示してみよう。

(1)事件の結末は変えられないとしても、『平家物語』がそれをどのように描いているか、『平家物語』のどこにその逸話を置いているかなど、他の歴史叙述と比較することで見えてくる『平家物語』が創ろうとした「歴史」。あるいは『平家物語』が創り出した〈歴史的事実〉。鴨越などなかったのに、あたかもあったかのようにその後の歴史認識にすり込んでしまうなど、現代を生きる人々の内面に〈事実〉を植え付けてしまった。

参考：高木信「乳母子の〈創られた楽園〉―「一所で死なん」という共／狂＝演／宴」（『平家物語　装置としての古典』春風社　二〇〇八年↑初出二〇〇六年）[2]

○主人と乳母子とが一所で死ぬという欲望を持っていたとするのは覚一本『平家物語』が生みだす、創られた伝統であることを明らかにした。

(2)あるいは『平家物語』における諸本の多さである。それを面倒くさいと思うかもしれないが、新編日本古典文学全集『源氏物語』（小学館）ひとつだけで何かを論じるよりも、だいぶ記述が違っている別の『源氏物語』があったほうが、それぞれの作品の指向性が明確になるのではないか。『平家物語』なら最低、覚一本（語り本で現在『平家物語』といえばこのテクストが使用される）と延慶本（読み本系で『平家物語』の古態を強く残しているとされる。寺社で作成され、さまざまな説話が挿入されている）のふたつの諸本を比較するだけでも、覚一本がどのような世界を作りあげてしまっているか、延慶本の指向性とはなにかが見えてくる。多くの場合は、覚一本、延慶本、屋代本（語り本系で古態を残しているもの）、屋代本は欠巻があるのでそれを補う意味でも語り本の百二十句本、読み本系でかつては古態とされていた四部合戦状本、読み本系で記事が増加している『源平盛衰記』を対照させてみると、『平家物語』と呼ばれているテクストが多面的な姿を持っていることがわかるだろう。

参考：高木信「正統性の神話が崩壊する瞬間―平家物語「剣巻」の〈カタリ〉」（『平家物語　想像する語り』森話社　二〇〇一年↑初出一九九二年）

○壇の浦の合戦のとき安徳帝とともに水没した草薙剣について『平家物語』諸本群がどのように語っているかの差異を見て、覚一本だけが本物の草薙剣が水没したと読める構造になっていることを示し、『平家物語』が持つイデオロギー性について論じた。

(3)人物についても多角的なアプローチが可能である。たとえば覚一本における一人の人物の描かれ方を追いかけて、その人物のテクストにおける機能や人物像の変遷を考察する。他の歴史叙述と比較して、覚一本もしくはさまざまな諸本における描かれ方の違いを見る。そして諸本における人物像の違いの意味を考えるなどという道筋もありえるだろう。

参考：高木信「〈戦場〉を踊り抜ける—巴と義仲、〈鎮魂〉を選びとる」（『平家物語　装置としての古典』春風社　二〇〇八年←初出一九九四年・一九九七年をもとに大幅に改稿）

○諸本を比較しながら巴という人物は義仲の最愛の女性ではなく、戦場からの離脱も義仲の命令に従ったのではなく、武士として巴が選びとったものであることを論じた。

(4)『平家物語』はさまざまな説話（出典が明確ではないものもある）や和歌などを〈引用〉している。引用されたテクストの広がり（異本や異説があるし、注釈が付けられて流布していったものも多い）を背景にして、『平家物語』に引用されたテクストがどのように機能しているかを考えることも可能である。

参考1：高木信「貞女の〈檻〉—〈知〉にダブルバインドされた小宰相」（『「死の美学化」に抗する　『平家物語』の語り方』青弓社　二〇〇九年←初出二〇〇六年）

○「貞女は二夫に見えず」という言説の広がりを見渡し、そのなかで貞女とされる小宰相の描かれ方にみえる〈暴力性〉を考察した。

参考2：高木信『亡霊たちの中世　引用・語り・憑在』（水声社　二〇二一年）

○『平家物語』のなかに現れる先行する説話、人物、和歌の広がりを見たうえで、『平家物語』を翻案したテクストも参照しながら、引用が生みだす別様の『平家物語』の読み方を示した。

もちろんこの他にも、諸本の比較から成立の順序を論じることやひとつの本の性質を深く論じることも可能であろう。問題意識はそれぞれによって違うのであるから当然である。最初は思いつきでもいいので、気になった点をいくつかピックアップし、調査をすすめていく。辞書を引いたり、用例を調べたり、先行研究を読んだりする。もちろん諸本の比較もしてみる。そのなかで、論証が可能であることをテーマにしてみればよいのではないだろうか。そしてそこから、「覚一本とはなにか」とか「覚一本と延慶本の表現の違いはどのような意味があるのか」とか、「『平家物語』が描こうとしていることはなんだろうか」とか、より大きなテーマを見つけていくことは重要である。

ここで、ぼくが大学院時代に恩師である長島弘明先生に言われた言葉を、読者諸氏にも伝えておきたい。

〝調べたことで実際に使えるのは一割！　残りの九割は捨てるしかない！〟

一気に論を完成させることを焦ってはいけない。

※　※　※

さて、これからは『平家物語』の最期譚に現れる「あたら」という言葉に注目することでどのようなレポートを書けるかを実際に示してみたいと思う。四〇〇〇字程度（四〇〇字詰原稿用紙十枚程度）のレポートを書いてみる（レポートなので具体例などは極力省くことになる）。卒業論文なら、これをより詳しく書いて一万二千字（原稿用紙三〇枚程度）にすることで、一章となすことができよう（より詳しく書くというのは、用例ひとつひとつを丁寧に読みこみ、論証を丁寧に行うということである）。これを三章分書けば卒業論文としての体裁は整うだろう。

ただし、その三章がバラバラでは卒論としてはバランスが悪い。大きなテーマのもとで三つの章を立てることをお勧めする。

※　※　※

★レポートを実際に書いてみよう。

【注意点】

・「です・ます」ではなく、「だ・である」体で書くこと。

タイトルと自分の名前と、そしてページ数（フッターが望ましい）は絶対忘れないこと！

提出するときにはステープラーで留めること。散逸したら誰のレポートのどの箇所なのかわからなくなってしまうので。

・そして、哀しいことにレポート・卒論提出間際には数％の確立で、データの破損、プリンタが壊れるという悲劇が発生する。卒論ならば、まめに三箇所にバックアップを取ろう。そしてできるだけプリントアウトしておこう。パソコンが壊れるときにUSBを道連れにすることが多いので、外部にひとつはバックアップを取っておくことを推奨する。

・タイトルは最後に正式に決めるのがよい。最初につけるタイトルは自分なりの方向性を決めるために付け、書き終わってから内容に即したものに変えればよいだろう。

・タイトルと副題は、自分がこれからやろうとしていることを明確にするようなものにしよう。タイトルは広めにとり、副題でより具体的なことを書くのもひとつの方法である。

・「はじめに」も、すべて書き終わってから書くことをお勧めする。結論を書き終わってはじめて、自分がやる（やった）ことが明確になるのだから。

・基本的な構成としては、「はじめに」で問題設定をして、「一」で問題点の整理、「二」で具体例の提示、「三」でその考察、「おわりに」でまとめ、となろうか。「おわりに」で書いたことは、「はじめに」で設定された問への答えとなる。が、先に示したように、「おわりに」を書いてから、「はじめに」を書くのがよい。

・学部生のレポート（卒論でも最初の頃）は、助詞の使い方が変なものが多い。これは文章の「掛かり受け」が途中で混乱するからである。一度音読するか、友人に読んでもらうか、一日寝かしておくなどをすると、ねじれた文章に気づくことができる。

○このレポートの書き方は、「参考文献」（論文）や引用本文（テクスト）を最後にまとめて示す方式を採っている。すべてをいちいち注にして示すという方法もある。教員の流儀や個人の好みの問題もあるので、いくつか論文を読んで、どのような形式があるのか確認してほしい。

『平家物語』の最期譚における「あたら」の機能
―焦点化される人物の諸本における差異をめぐって―

日本語日本文学科　一九六三一一一〇　高木　信

○、はじめに

本レポートでは、『平家物語』で武将たちが戦い、やがて勝者と敗者とが明確になったときに、周りで見ていた武将たちが発する言葉を分析していく〔いこうと思う。☝「思う」「考える」不要。〕

覚一本『平家物語』で武士が死亡していく場面（これを「最期譚」とする）を見ていくと、共通する言葉が出てくることがある（高木［2020］がモチーフを一覧にしている）〔☝注に回してもよい〕。

たとえば、巻第九の最期譚では、「名乗れ」「よき敵／大将軍」「あったら」「あっぱれ」「あはれ」「いとほし」などである【注1】〔☝注の付け方もそれぞれ流儀があるので、各自で統一すればよい。ただあとで発見しやすい表記にしておいた方が便利。注の番号をあとからずらすときに見落とさないなどに役立つ〕。

ここでは、延慶本と対比したときに、明確に発話者に違いがみられる「あったら」という言葉に注目していくことにする。

一、「あたら」という言葉をめぐって

『日本国語大辞典　第二版』〔☝正式な書法によると括弧などが文頭にある場合は一字

---

備考

・なにを書けばいいのかわからないという人も多いだろう。自分がテクストを読んで気になった点をピックアップし、諸本との比較や辞書類、他のテクストを参照し、ひとまずの結果が出せそうなものを選ぶといいだろう。九割は捨てるつもりで臨む必要がある。

・「最期譚」を分析しようとする。どのような視点から分析するかを考える。たとえば巻第九に集中する最期譚を読み比べ、そこから共通点を探してみる。「なぜ？」という問いよりも、それが「いかに」テクスト中で機能しているかを考えた方が結論に達しやすい。

↑「注」は見失うことや、番号がずれることが多いので、目だつ形で最初は書いておくのがおすすめ。提出のときに見直して（1）（2）…など一般的なものに変えよう。

↑引用した箇所がわかるように「　」でくくる。

・この段階ではすでに「あったら」「あっぱれ」

下げなくてもよい〕によると、「あッたら」は「「あたら」の変化した語」で「「あたら（惜）」に同じ」とある。「あったら」の用例としては、「金刀比羅本平治物語〔1220頃か〕中・義朝六波羅に寄せらるる事「あったら武者、刑部うたすな、者ども」」と『平治物語』が引かれている。

そこで「あたら」を引くと、次のようにある。

すぐれたもの、りっぱなもの、価値あるものに対して、それが失われたり、欠けたり、無視されたりして、むなしく終わってしまうのは残念だという感情を表わす。

とされている。〔☞前段落が終わったので、格助詞「と」で始まるが、新しい段落ということで一字下げをするのが正式〕 ちなみに『日本書紀』が初出であり古来から使用されていた言葉である。他の辞書類もほぼ同じ意味とする（ただし『平家物語辞典』は立項していない）。〔☞「には立項されていない」と書いてもいいが、できるだけ受身や使役形は使用しない方がよかろう〕

ジャパンナレッジで新編日本古典文学全集『平家物語』（小学館）を調査すると、覚一本の「あッたら」の用例数は、五例である（他の軍記物語は0件）。「あたら」で調査すると、覚一本には該当する用例はなく、他の軍記物語では『保元物語』一例、『太平記』二例、『義経記』が一例である【注2】。他の軍記類と比べると、『平家物語』において「あッたら（あたら）」という語句が多く

---

について、覚一本・延慶本の比較は終わっており、「あったら」で立論することは決めてから書いている。

←ひとつの段落として引用した場合は括弧などなしでよいが、引用とわかるように、二字下げなど工夫をするとよい。

←短い補足なら（　）などを付して本文中にくり込んだ方が読みやすい。注にしてももちろんよい。

・紙媒体の索引にせよ、データベースにせよ、カタカナ表記が混じっていることに注意。「ッ」を平仮名で表記したり、「ッ」を表記せず「あたら」とする可能性も念頭において調べておくこと。延慶本は「アタラ」である。

使用されていることがわかろう。

二、覚一本と延慶本における「あッたら」

覚一本で「あッたら」は、巻第四「信連」、巻第八「瀬尾最期」(二例)、巻第九「二度之懸」「忠度最期」に出てくる。「あッたら」のすべてが最期譚で使用されていることがわかろう。そして、後述するように、価値のある敵方の武将を惜しんで発するセリフのなかに「あッたら」が使用される。

さて覚一本で「あッたら」が使用される箇所を延慶本でみると、巻第九「二度之懸」のみ「アタラ」が使用される【注3】。そして延慶本には、覚一本では〈あたら〉が使用されない四つの章段に〈あたら〉が使用されている。一覧表にしてみよう(〈あたら〉がある章段には＝○、ない章段には×を付した)。

Ⅰ《覚一本と延慶本とに〈あたら〉がある章段》　発話者→対象

A○覚一本・巻第九「二度之懸」……平家→源氏

○延慶本・第五本「源氏三草山并一谷追落事」……源氏→源氏

Ⅱ《覚一本にのみ〈あたら〉がある章段》

B○覚一本・巻第四「信連」……平家→源氏

×延慶本・第二本「平家ノ使宮ノ御所ニ押寄事」　(なし)

C○覚一本・巻第八「瀬尾最期」……源氏→平家

×延慶本・第四「兼康与木曽合戦スル事」　(なし)

---

・より長い論文などを書くときには、「あはれ」「あっぱれ」など語句を増やして考察するのもよいだろう。

・「あッたら」に着目したのは「あっぱれ」や「あはれ」には覚一本と延慶本との間に明確な差異が認められなかったからである。が、ひとまずは書く必要はなかろう。より深く考察するときには言及すべき事柄であるが。どこまで書くか、書かないかの判断は重要である。

・短めのレポートということで一気に一覧表にして、本文は後で見るという形式を採ったが、本来ならそれぞれの用例の文章を引用し、誰が誰を殺害し、誰の発話のなかで〈あたら〉が使用されているかを示すのがよい。

D○覚一本・巻第八「瀬尾最期」……源氏↓平家

×延慶本・第四「兼康与木曽合戦スル事」（なし）

E○覚一本・巻第九「忠度最期」……源氏↓平家

×延慶本・第五本「薩摩守忠度被討給事」（なし）

Ⅲ《延慶本にのみ〈あたら〉がある章段》

F×覚一本・巻第四「橋合戦」（なし）

○延慶本・第二本「宮南都へ落給事付宇治ニテ合戦事」……源氏↓源氏

G×覚一本・該当章段なし（なし）

○延慶本・第二本「石橋山合戦事」……源氏↓源氏

H×覚一本・巻第九「生ずきの沙汰」（なし）

○延慶本・第五本「梶原与佐々木馬所望事」……源氏↓源氏

I×覚一本・巻第九「知章最期」（なし）

○延慶本・第五本「大夫業盛被討給事」……平家↓平家

三、覚一本における〈あったら〉

延慶本と覚一本の両方に〈あったら〉が使用される、A巻第九「二度之懸」を見ることとする。

源氏方の武将である武蔵国の河原太郎高直、次郎盛直兄弟が手柄を立てるために真っ先に平家軍に切り込み、討ち死にする。兄弟の頸を見た平家の武将・知盛が発したセリフである。

・また今回は覚一本と延慶本との比較だけしかしていないが、他の諸本も含めて考察することは必要。

↑最近はネット上にも本文のテキストデータがUPされている。しかし、自分で本文を打ち込むことで思いも寄らない発見がある。手抜きはしない方が結局は得するのである。

A（知盛）「あッぱれ剛の者かな。これをこそ一人当千の兵ともいふべけれ。

あッたら者どもをたすけてみで」とぞ宣ひける。

（巻第九「二度之懸」・②―二一五頁）

知盛は討ち死にした二人について、《すばらしい剛の者であることよ。これこそ一騎当千の武将というのだ。このような惜しい武将を助けて（自分の家臣にもできなかったことが残念だ）》と二人の死を惜しんでいる。

平家方の武将が、敵の死を惜しんで「あッたら」が使用されている。このような使用方法は、ⅡB～Eすべてに共通している。Bは平家の武士たちが討ち死にした源氏の武将・信連の死を惜しんで「あッぱれ剛の者かな。あッたらをのこを、きられむずらんむざんさよ」（①―二九〇頁）と言い合っている。C・Dは木曾義仲が死亡した平家方の武将に対して使用している【注4】。Eは、平家の武将・平忠度が討たれたという情報を聞いたとき、

E敵もみかたも是を聞いて、「あないとほし、（中略）あッたら大将軍を」とて、涙を流し袖をぬらさぬはなかりけり。

（②―二二九頁）

と、平家方の武士も源氏の武士たちとともに涙を流している。

以上の用例から、覚一本においては、殺すのが残念だと感じられる敵の武将の死を惜しんで「あッたら」という語が発せられていると言ってよかろう。〈あったら〉という言葉を使うことで、敵に共感する武将を登場させていると

---

←引用文には「引用文A参照」や「引用文Aにあるように」など書きナンバーリングすると、後々引用文を見分けるのに便利。

←引用した箇所は明記しておくと、後で見直すとき楽であるのと、別の人が確認することも容易となる。

←重要な箇所には傍線を引くなどして強調する。

・「あッぱれ」に波線を付したのは、「あッたら」の方が使用方法に明確な差異があることを確認するときに必要となるからである。

←枚数の都合では注に回すか、自分の言葉でまとめてもよい。

・ただしここで「いとほし」という言葉が出てくる。「あっぱれ」とともに、別の観点からも論じる余地がある。あえて点線を引いたゆえんである。

いうことである。クライマックスが敵の死を惜しむ武将姿となっている。そのために、敵方の武将は登場しない構成となるのである。

## 四、延慶本における〈あったら〉

では、覚一本とは違って延慶本では〈あったら〉にどのような機能があるのかを確認しよう。

延慶本Aの本文を引用する。平家軍に殺害され首を取られた河原兄弟の姿を見ていた源氏の武将・梶原平三景時のセリフである。

A(梶原)「口惜キ殿原カナ。ツヾイテ入ネバコソ川原兄弟ヲバ打セツレ。アタラ者ヲ」ト云ヒテ、五百余騎ニテ押寄テヲメイテ係入ケレバ、

(下―二五一頁)

河原兄弟の死を惜しんだ後、それを契機に平家軍へと進撃していく。死亡した味方について、味方側が〈あったら〉を使用する。

覚一本の章段に〈あったら〉がないⅢFGHIを見てみよう。

Fは、平家打倒のため挙兵した以仁王と源頼政は戦いに破れ、一時的に平等院に入ったものの平家に攻め立てられる場面である。激戦を繰り広げる以仁王側の明俊と一来法師とを討たせないために頼政が下知するセリフのなかに〈あったら〉が出てくる。「アタラ者共ウタスナ。荒手ノ軍兵打寄ヨヤ〳〵」(上

---

↑注を付けて、片仮名を平仮名にしてもよいだろう。また踊り字(くり返し記号)は開いてもいい(「ツヅイテ」とする)。また送り仮名を自分で補ってもよかろう(「入らねば」「打たせつれ」)。

・もう少し長く書くなら、延慶本の「アタラ」の用例すべてについて調査結果を書くのがよい。

―三七五頁）との命令により、次々と武将たちが出撃していくのであった【注5】。G「石橋山合戦事」では、平家の武将に討たれた佐奈田義忠について頼朝がもらすセリフのなかにある。「（頼朝）「アタラ兵ヲ討セタルコソ口惜ケレ。若頼朝世ニアラバ、義忠ガ孝養ヲバ頼朝スベシ」トテアハレゲニ思ワレタリ」（上―五〇九―一〇頁）と後悔の気持ちを述べている。H第五本「梶原与佐々木馬所望事」の〈あったら〉は馬について述べるときに使用される。佐々木隆綱に名馬・生湌をかすめ取られた梶原景季が「アタラ馬ヲ終ニソラシヌル事コソ念ナケレ」（下―一九六頁）と悔やんでいる。I第五本「大夫業盛被討給事」では、父・平知盛を庇って討死した知章について、平宗盛が述べるセリフのなかにでてくる。「（宗盛）「（知章は）吉大将軍ニテオワシツル者ヲ。アラ惜ヤ。アタラ者カナ」トテ、御子ノ右衛門督ノオワスルヲ見給ヒテ（後略）」と知章の死を惜しみ、自分の息子（右衛門督）に思いをはせている。

以上見てきたように、一覧表で〈あったら〉の発話者が誰に対して《惜しい》と思っているかを示したように、味方から喪われた味方に対して使用されるのである。覚一本とは正反対の使用方法であることがわかる。

もう一点は、〈あったら〉と評価することが物語のクライマックスではないということである。〈あったら〉と喪われた者を悔やんだことが、次の物語を生みだして行くのである。

---

←これまでは煩雑であるので発話を「　」でそのまま引用したが、ここでは地の文も引用したので「「○○」と○」という形で示した。すべてを「「○○」」としてもよい。各自で統一すれば問題はない。

## 五、覚一本と延慶本の指向性の差異

では、このような差異にはどのような意味があるのだろうか。〈あったら〉はすべて会話文中にある。つまり発話する登場人物に焦点が当たっているわけだ。しかし、覚一本は惜しまれて死んでいった人物を描くことでクライマックスとしている。つまり、死んだ人物への共感の度合いが強いと言ってよかろう。延慶本が「生涼」という生きている動物に「アタラ」という形容をしていることからも、覚一本の死者への共感の強さがわかるだろう。対して、延慶本は発話した味方の武将が喪われた者を契機として次の行動に出る構成になっていることから、喪われた者にフォーカスするというよりも、発話主体に重きを置いていると言えるだろう。また発話主体が喪われた者の側であることから、〈他者〉の視点を排除して、同じ者たちの共感を強く打ち出すテクストであるとも言える。

## 六、おわりに

以上、〈あったら〉の使用からわかる覚一本と延慶本との差異をみてきた。覚一本は、敵方の武将が死んだ者を惜しんで〈あったら〉と述べるのに対して、延慶本は味方側が喪われた者を惜しんで〈あったら〉と述べる。また、覚一本は〈あったら〉を使用して敵武将の死を惜しむ場面がクライマックスとなっているが、延慶本はそこからストーリーが新たに始まる（続いていく）契機となっていることが明確になった。

---

・内容的にはくり返しになるが、端的にまとめる。「はじめに」ときちんと対応するように「はじめに」を書き直し、ふさわしいレポートや卒論のタイトルを考え直してみるとよい。

そして、覚一本は喪われた者への共感と、他者の視点を導入するテクストであるのに対して、延慶本は仲間内の視点が中心であり、生きている者のそれからの行動に重きを置くテクストであることがわかった。

課題としては、〈あったら〉を使用される人物とされない人物との間に違いがあるのかどうか、〈あったら〉以外の言葉で形容される人物たちはなぜそのような形容が必要とされたのか、あるいはそのように形容されることでどのような人物として造型されたのかということである。また覚一本と延慶本以外の諸本間の差異も考察しなければならない。

【注1】「二度之懸」「越中前司最期」「忠度最期」「重衡生捕」「敦盛最期」「知章最期」「落足」が調査対象である。

【注2】これは、本文校訂による違いであり、本レポートの問題意識とはかかわらない。

【注3】「あッたら」は、小学館新編古典文学全集では「あッたら」と表記されるが、他にも「あったら」「あたら」とも表記される。延慶本は漢字カタカナ交じり文なので「アタラ」である。「あッたら」全体を指す場合は以降〈あったら〉と表記する。〔☝複数の表記がある場合や概念語を示すときには特殊な表記を用いるのがわかりやすい〕

【注4】Cは義仲が敵を「あッたら男をうしなふべきか」(②―二三一頁)と言って助命している場面で、「あッぱれ」はない。Dは義仲が「あッぱれ剛の者

・本筋から離れる話題や補足的な事項は注に回すとよい。

・本文中で引用すると脇道に逸れるので注に回した。「あっぱれ」も本レポートではメインの話題としていないことも理由である。

かな。是をこそ一人当千の兵ともいふべけれ。あッたら者どもを助け見で」(②―一三八~九頁)と敵方の武将の死を惜しんでいる。覚一本・引用文Aと類似した表現であり、オーラル・コンポジションの一種かと思われる。

【注5】明俊と一来法師とは「実ニ一騎当千ノ兵ナリ」(上―三七五頁)とされるが、〈あっぱれ〉という形容はなされない。

【引用本文】本文は私に表記を改めたところがある。
覚一本『平家物語』が小学館新編古典文学全集『平家物語①②』に、延慶本『平家物語』が『延慶本平家物語　本文編上下』(勉誠出版)に、それぞれよった。

【参考文献】「↑」によって初出を示した。執筆者の氏名で五十音順に配列した。

青木孝夫[1985]:「『平家物語』に於ける〈あっぱれ〉について」(東京大学文学部美学藝術学研究室『紀要3』)
高木　信[2020↑2011]:「見えない〈桜〉への生成変化、あるいはテクストが〈亡霊化〉する」(『亡霊たちの中世　引用・語り・憑在』水声社)
掘竹忠晃[1985↑1983]:「『平家物語』(覚一本)の成立　あはれを中心として―」(『平家物語論序説』桜楓社)

※

・「一騎当千」の用例を調べると話題はまた別に広がる。武将を形容する語句について論じることも可能である。

↑たとえば「給。」という本文を「給ふ。」と自分で「ふ」を補ったりする場合には書いておく。

・国文学研究資料館の「国文学論文データベース」で「あったら」「あっぱれ」を検索すると0件。『平家物語』と「あはれ」だと1件。『平家物語』における「あったら」の研究がないことがわかる。

・CiNiiでも論文タイトル検索で「あたら」「あったら」「あッたら」と「平家」とで「&」検索をしても0件であった。ただし「あっぱれ」をタイトルにする論文はヒットした。

〔使用した辞書類〕

『日本国語大辞典　第二版』〔☞この辞書は現代かな遣いで引くので注意が必要〕、『角川古語大辞典』（ジャパンナレッジ版）、『時代別国語大辞典　室町時代編』（三省堂）、『平家物語辞典』（明治書院）

〔☞さきの「※※」の「参考」で示したような表記方法もある。論文の示し方にはさまざまな流儀があるが、筆者名、論文タイトル、所収の雑誌・書籍のタイトル、出版年（月）、初出年次、出版社（発行機関）名は必ず載せること。・書籍や雑誌名は『　』で、論文名は「　」で示す。辞書類は編者や出版年を省いてもよい〕

・ちなみに、「あっぱれ」の初出は『日本国語大辞典　第二版』によると『平家物語』である。これを深掘りしていくこともできる。蜘蛛の巣状に関心を広げていくことが重要！

★このレポートは二九字×約一九〇行で約五五〇〇字（空白部も含めて）。四〇〇字詰め原稿用紙一三枚分になった。最近は原稿用紙何枚分よりも〇〇字以上とか、字数で課題が制限されることが多い。空白箇所は字数としてはカウントされないので、無駄な改行や指示語、接続詞を使用しても意味がない。指示語や接続詞は最低限にすること。ひとつの話題でひとつの段落とすること。

★また、このレポートは「言葉」に重点を置いて「最期譚」を分析した。これを「人物」の描かれ方、「出来事」の描かれ方に変えても、ひとつのテクスト中で表現的な類似性があるのかないのか、変化があるのかないのかなどに着目していくことには変わりはない。その上で、諸本の比較をしていくとなんらかの「結論」を見いだすことができるはずである。

☞たとえば、義経に着目すると、覚一本では平家と合戦している間は「猪のしし武士」（巻第十一「逆櫓」・②―三四〇頁）、「すすどき男」（巻第十一「勝浦付大坂越」・②―三四七頁）とされているが、巻第十一「内侍所都入」から「なさけ」ある人と表現されるようになる（高木信「感性の〈教育〉―〈日本〉を想像する平家物語」（『平家物語　想像する語り』森話社　二〇〇一年↑初出一九九五年）。この義経の変化の意味を『平家物語』のなかに認め、諸本のおける義経の形容のされ方と比較していくとひとつの論文になるだろう。

※　※　※　※

さて、『平家物語』を分析するさまざまな方法や視点については、本書において示してみた。各自が分析してみたい対象に、それに適した方法でアプローチしてほしい。

読者のみなさん、『平家物語』を楽しく読み、テクストと厳しく対峙し、そして愉しく論じ、ゼミでの口頭発表やレポート・卒論を通して、他者（学生同士、教員）と激しく議論してください。

■注

（1）　本章において『平家物語』の具体的な分析として提示したものは、二〇〇八年度に相模女子大学に提出された「O」という学生の卒業論文『平家物語における「あたら」の研究』をもとにして、高木がその一部を抜き出して書き直したものである。当該学生からは卒業時に「すきに利用してかまわない」という許諾を得ている。

（2）実際に見た書籍の出版年だけではなく、初出の年次も示すことで、その論文がどのような時代に発表されたのか、あるいは研究史的に他の論文との前後関係も明確になる。可能な限り初出年次を示すことを推奨する。

# おわりに

高木　信

本書は本来なら二〇二〇年には刊行する予定であった。そのつもりで原稿を書いてもらい、集まってきていた。その予定を大幅に遅らせたのは、ひとえに編者である高木の責任である。言い訳はいくつかはある。言い訳をしてもしかたがないのだが……。

二〇一九年の終わりから徐々に勢力を伸ばしてきた新型コロナウィルス。二〇二二年の半ばになって少し収まってきたかのようにみえたが、新型コロナがなくなる雰囲気はない。そのようなパンデミックな情況のなか、ロシアによるウクライナへの軍事侵攻は始まり、二〇二二年の半ばを過ぎてもいまだに終わっていない。そのようななか、ようやくこの「おわりに」を書いている。

僕のなかの「メトロノーム」がコロナ禍で狂ってしまった。気力、体力、時空間感覚、他者との距離感、コミュニケーションをとろうとしても、「いま―ここ」でどのような〈ことば〉を使用するのが普通だったのか…そういったことがらがよくわからなくなってしまった。多くの人が似た感覚を持ったのではないだろうか。そんな崩れいく「いま―ここ」を支えてくれたもののひとつが広い意味での〈文学〉的なものたちであった。そしてはじまってしまったロシアによる戦争。その前には民族紛争、そしてテロリズム。このような〈戦争〉情況に抵抗するものもまた〈文学〉的なものだとずっと信じて研究を続けてきた。

戦争文学としての『平家物語』をきちんと論じることが、生きることの根底を支えてくれると信じて軍記物語の研究をしてきた。戦争にNOと言える、人を殺すこと(人が殺されること)の不条理に異を唱える、死んだ人とどのような関係を築くことができる(あるいは不可能である)かということを〈文学〉は教えてくれるのだと信じている(ロマンティシズムなどではなく)。

高木の停滞によって頓挫寸前であった本書の刊行を、自発的に社会的な必然性があると思い出したわけではない。編集補佐として手伝いを申し出てくれた本橋裕美氏の「いま出さなくてどうするんですか!」という叱咤があってはじめて再始動することが可能となった。本文のチェック・索引作りにとさまざまな面倒くさい作業を率先してやってくださったことには感謝しかない。

※

二〇二二年は、NHKの大河ドラマ『鎌倉殿の十三人』で平家の滅亡が描かれ、古川日出男訳『平家物語』(河出書房新社 二〇一六年)を原作とするアニメ『平家物語』(フジテレビ 監督:山田尚子)が放送された。また古川『平家物語 犬王の巻』(河出文庫 二〇二一年→二〇一七年)を原作とするアニメ映画『犬王』(監督:湯浅政明)が公開された。鎌倉時代の始まりから室町時代にかけた日本中世史は注目を集めているが、『平家物語』じたいはそれほど注目されていない。二〇一二年にNHKで大河ドラマ『平清盛』が放映されたときも『平家物語』ブームはそれほど起こらなかったと記憶している。歴史上の出来事を描いているにもかかわらず、『平家物語』が語っているのが「本当のこと」ではないからだろうか。しかし、大江健三郎の『万延元年のフットボール』で語られる「本当のこと」は、登場人物が言うほど世界が壊れてしまうようなものではなかった。源氏物語千年紀や二〇二四年放送予定の大河ドラマ『光る君へ』で、『源氏物語』ブームは到来した(しつつある)というのに。『平家物語』には事実が求められ、『源氏物語』にはロマンを求めていると言うことだろうか(「本当のこと」はテクストの外にはないはずなのに)。

「本当のこと」は大事だろうが、「たったひとつの本当のこと」だけが大事なのではない。リテラシーこそが重要なのだ。本当のことにふりまわされず、「本当のこと」と思われているものが、「どのように語られているか」、どのように語ること/読むことが「本当らしさ」(と思われているもの)があるように信じ込ませるのか。テクストを読む方法はその秘密を明らかにしてくれるはずである。

※

『平家物語』研究も一九八〇年代までの熱さも研究者層の厚さも喪われているように感じられる。諸本論、成立論を乗り越えないと、『平家物語』の世界に参入できない雰囲気があるからだろうか。もっと自由に、多様な角度から『平家物語』にアクセスできる、その可能性の一端を示せたなら、本書は成功したと言ってよいだろう。

本書によって多くの人たちが、『平家物語』を読む扉を、文学を読む扉を開いてくれたら、この上のない幸せである。

※

すっかり遅れてしまったが、ようやく本書を刊行することができることになった。執筆者各位(刊行に間に合わなかった鈴木泰恵氏には深くお詫びを)に、編集をしてくださったひつじ書房の森脇尊志氏に、そして読者のみなさんに感謝と陳謝を。

二〇二二年九月二六日

## 章段索引

# 索引

## 【執筆者紹介】（五十音順、＊印編者）

①経歴・所属②主な著書・論文

**大津雄一**（おおつ　ゆういち）
一九五四年生まれ。①早稲田大学大学院文学研究科博士後期課程単位取得満期退学。博士（文学）。早稲田大学教育・総合科学学術院教授。②『軍記と王権のイデオロギー』（翰林書房、二〇〇五年）、『挑発する軍記』（勉誠出版、二〇二〇年）ほか。

**荻本快**（おぎもと　かい）
①国際基督教大学大学院教育学研究科博士後期課程修了。博士（教育学）。相模女子大学学芸学部准教授。Contemporary Freudian Society (New York) 在籍②『哀しむことができない―社会と深層のダイナミクス』（木立の文庫、二〇二二年）、「コロナと日本人の心―神話的思考をこえて」（共著、『精神療法』、二〇二一年四月）ほか。

**木村朗子**（きむら　さえこ）
一九六八年生まれ。①東京大学総合文化研究科言語情報科学博士課程修了。博士（学術）。津田塾大学教授。②『乳房はだれのものか―日本中世物語にみる性と権力』（新曜社、二〇〇九年）、『その後の震災後文学論』（青土社、二〇一八年）ほか。

**塩山貴奈**（しおやま　たかな）
一九八八年生まれ。①学習院大学大学院人文科学研究科博士後期課程修了。博士（日本語日本文学）。愛知淑徳大学文学部助教。②「平重盛の法名をめぐって」（『国語国文』二〇一九年一一月）、「重源の入宋をめぐる言説とその展開」（『国語と国文学』二〇二二年三月）ほか。

**鈴木泰恵**（すずき　やすえ）
一九五九年生まれ。二〇一九年逝去。①早稲田大学大学院文学研究科博士課程満期退学。博士（文学）。東海大学文学部教授。②『狭衣物語／批評』（翰林書房、二〇〇七年）、『狭衣物語　モノガタリの彼方へ』（翰林書房、二〇二二年）ほか。

**高木信**（たかぎ　まこと）＊
一九六三年生まれ。①名古屋大学大学院博士後期課程修了。博士（文学）。相模女子大学学芸学部教授。②『「死の美学化」に抗する―『平家物語』の語り方』（青弓社、二〇〇九年）、『亡霊たちの中世』（水声社、二〇二〇年）、『亡霊論的テクスト分析入門』（水声社、二〇二一年）ほか。

**樋口大祐**（ひぐち　だいすけ）
一九六八年生まれ。①東京大学大学院人文社会系研究科（博士課程）修了。博士（文学）。神戸大学大学院人文学研究科教授。②『乱世のエクリチュール―転形期の人と文化』（森話社、二〇〇九年）、『変貌する清盛―『平家物語』を書きかえる』（吉川弘文館、二〇一一年）ほか。

**松下健二**（まつした　けんじ）
一九八七年生まれ。①学習院大学大学院人文科学研究科博士前期課程修了。学習院高等科教諭。②「西光法師の平氏討伐―『平家物語』鹿ヶ谷説話の原構想」（『日本文学』二〇一五年一二月）ほか。

**水野雄太**（みずの　ゆうた）
一九九一年生まれ。①東京学芸大学大学院教育学研究科国語教育専攻修士課程修了。城北中学校・高等学校教諭。②「方法としての歌語り―『大和物語』の語りから『源氏物語』帚木三帖へ」（『大和物語の達成―「歌物語」の脱構築と散文叙述の再評価』武蔵野書院、二〇二〇年）、「伊勢物語―和歌の特性と散文の語りが生み出す物語」（『国語教科書の定番教材を検討する！』三弥井書店、二〇二一年）ほか。

**本橋裕美**（もとはし　ひろみ）
一九八三年生まれ。①一橋大学大学院博士後期課程修了。博士（学術）。愛知県立大学日本文化学部准教授。②『斎宮の文学史』（翰林書房、二〇一六年）、「ジェンダー―古典―」（『日本文学の見取り図』ミネルヴァ書房、二〇二二年）ほか。

21世紀日本文学ガイドブック❸

# 平家物語

The Hituzi 21st Century Introductions to Literature　The Tale of the Heike
Edited by Takagi Makoto

発行　二〇二三年二月二〇日　初版一刷
定価　二二〇〇円＋税
編者　©高木 信
発行者　松本 功
カバーイラスト　山本 翠
ブックデザイン　廣田 稔
印刷所　三美印刷株式会社
製本所　小泉製本株式会社
発行所　株式会社 ひつじ書房
〒一一二-〇〇一一
東京都文京区千石二-一-二 大和ビル二階
Tel. 03-5319-4916　Fax. 03-5319-4917
郵便振替 00120-8-142852
toiawase@hituzi.co.jp　https://www.hituzi.co.jp/
ISBN978-4-89476-510-8　C1395

21世紀日本文学ガイドブック

❹井原西鶴　中嶋隆編
江戸時代初期の出版文化を視野に置き、メディア史・東アジア文化史・テキスト構造など多様な観点から西鶴作品の魅力にせまる。研究案内も充実。西鶴文学を知る最初の一冊。

❺松尾芭蕉　佐藤勝明編
松尾芭蕉の人とその文学を知るための入門書。韻文史に芭蕉が登場した意義をはじめとし、最新の研究成果から興味深いトピックを集めた。芭蕉作品の魅力にせまる最初の一冊。

❻徳田秋聲　紅野謙介・大木志門編
近代日本の散文をめぐる新たな冒険家であり、かつまた物語的想像力の伝統をくみ上げながら、「文学場」の生成に立ち会ったひとりの作家の軌跡を、その受容史とともにたどる。

❼田村俊子　小平麻衣子・内藤千珠子著
女優にして作家、編集者。近代のはじめに作家として生計を立てた、樋口一葉や与謝野晶子と並び文学史的にも重要な田村俊子の魅力に迫る。

各定価二〇〇〇円＋税